Stefanie Gödeke

Die unzählige Alte

Erzählung

„Denn es zeigt sich jetzt, dass tatsächlich nur die Verständigungsrationalität *im emphatischen Sinn* –und nicht z.B. eine die normativ neutrale Sinnverständigung nur durch Machtansprüche oder Interessenbezüge ergänzende Rationalität – der Autonomie des selbstreflexiven *Sprachlogos* entsprechen kann. Es lässt sich also zeigen, dass der Sprache tatsächlich das Telos der Verständigung innewohnt."

Ein zweiter Versuch, mit Habermas gegen Habermas zu denken,
Karl-Otto Apel 1998

„Die Mauern stehn

Sprachlos und kalt; im Winde

Klirren die Fahnen."

Hälfte des Lebens, Friedrich Hölderlin ‚1804

„Wenn er allein war, war es ihm so entsetzlich einsam, dass er beständig laut mit sich redete , rief, und dann erschrak er wieder, und es war ihm, als hätte eine fremde Stimme mit ihm gesprochen."

Lenz, Georg Büchner, 1839 von Gutzkow veröffentlicht

„Geschwätz!" brüllte er."Die bekannten Idiotismen. Natürlich! In der Mitte thront immer das souveräne Ich. Und das Ich meint immer, es wäre da. In Wahrheit ist es schon futsch im selben Moment, wo der Magen anfängt, sich selbst aufzufressen. Das tut er nämlich. Wenn man nicht wieder was anderes hineinstopft, frisst er sich selber. Das ist beginnende Unsterblichkeit.(...)." - „Quatsch", schrie er geärgert." Es gibt überhaupt keinen Kreislauf.(...) ". Endlich sagte sie vorwurfsvoll: „Es fehlt Ihnen eine harmonisch befriedigende Weltanschauung." „Das sagen meine Kritiker auch", seufzte der Philosoph.

In Harmonie mit dem Kosmos, Theodor Lessing 1930

„Dass Philosophieren sterben lernen heiße"

Essais, 19. Hauptstück, Michel de Montaigne, 1580

Die unzählige Alte

Buch-Umschlaggestaltung von Julian Frederik Kolbe

Webseite der Autorin: www.stgoedeke.de

Herstellung und Verlag:

BoD – Books on Demand, Norderstedt

Bibliografische Information der Deutschen
Nationalbibliothek

Die Deutsche Nationalbibliothek verzeichnet diese
Publikation in der Deutschen Nationalbibliografie;
detaillierte bibliografische Daten sind im Internet über
http://dnb.d-nb.de abrufbar.

ISBN: 978-3-7481-9426-2

Ein schriller Ton drang in die Stille des Treppenhauses. Hinter der Wohnungstür blieb es still. Nach dem dritten Klingeln, der Zeigefinger hatte lange auf die Schelle gedrückt, waren langsame, schlurfende Schritte zu hören, die sich von innen näherten. Das Schloss wurde zurückgeschoben und die Tür einen Spalt geöffnet. Eine Weile, bevor sie sich auf den Weg gemacht hatte, war der jungen Frau mitgeteilt worden, die Klientin sei von der Sorte „störrischer Mensch, schwierig zu handhaben". Die Wohnsiedlung, die sie zehn Minuten durchquert hatte, bis sie die richtige Hausnummer fand, lag dann verwahrlost zwischen unscheinbaren Büschen und Gerümpel. Man roch die Armut, bevor man sie sah.

Die Haustür hatte mühelos Zutritt gewährt. Das zugige Treppenhaus war hell, von einer Einfallslosigkeit übertüncht, die trotz der frischen Farbe kahl wirkte. Ein schwerer Dunst, ein Gemisch aus klammer Wäsche und erhitztem Fett, hing in der Luft. Wie von selbst schüttelte sich leicht und unwillig der Kopf, straffte sich ein Halsmuskel: „Guten Tag, Frau Born. Ich heiße Maren Gottschalk". Von heute aus betrachtet, schob sich Marens Stimme unnatürlich laut in den Türspalt.

Das Gesicht gehörte einer sehr alten Frau, die die dargebotene Hand übersah. Im übrigen blieb es skeptisch. Vor allem die wachen blauen Augen, durchdringend und hochmütig im

Blick, die in das Gegenüber einfielen. Sie waren von einer breiten, zum Kinn hin schräg abfallenden, aber fleischlosen Hautfläche umgeben. Die Schultern, leicht vornübergebeugt, drückten Ablehnung aus. Ein nackter, sehniger Arm hob sich, strich dünnes weißes Haar zurück, das Gesicht blieb geneigt, der Blick fasste fest und voll zu. Runzeln, rechts und links über die Wangenknochen gezogen, standen im Kontrast zum frischen Farbton der Iris, dazwischen schob sich eine schmale Nase vor, gerade und stolz, und am kräftigen Hals war ein Muttermal. Die Greisin sah gebrechlich, aber nicht hilflos aus, beeindruckte durch die Zähigkeit, mit der sie sich kaum merklich bewegte, und durch die Kantigkeit ihrer Kontur. Die knochigen Hände hatten dieselbe Festigkeit wie die Augen. Einzelne Finger waren leicht gekrümmt. Kühn, fast herrisch erschien der Schwung der Augenbrauen und energisch das Kinn. In der Tür stand eine herbe, protestantische Schönheit, die sich bis zuletzt allein behelfen wollte.

Die junge Frau rief sich Daten ins Gedächtnis. Man hatte sie informiert: Johanna Maria Born, Jahrgang 1913. Da öffnete die Methusalin lauernd die Tür, lockte mit dem Finger, bedeutete ihr, hereinzukommen. In ihren hellen, klaren Augen funkelte ein Schimmer Misstrauen in spiegelglattem Vergnügen. „Aber waschen dürfen sie mich nicht", sagte sie und kehrte der Fremden gemächlich den Rücken zu. Sie ging mit kleinen Schritten hinüber in einen winzigen Flur und weiter in das anliegende Zimmer. Die Ausdünstungen ihres Körpers warfen Marens Geruchssinn ins Treppenhaus zurück, ihre Beine folgten pflichtbewusst. Sie betrachtete blasse, sehnige Waden, pergamentgeäderte, ungebräunte Haut. Johanna Maria Born trug ein von Hüfthöhe an von Urin durchtränktes, ockergelb beflecktes Nachthemd, dessen stellenweise von weißer Farbe durchsetzter Saum ausgefranst war. Im Wohnraum angekommen, setzte sie sich in einen von zwei schäbigen, altertümlichen Sessel von unbestimmt dunkler Farbe und hielt den Blick nach vorn, das Kinn schob sie vor: Ein gealtertes Kind, mit diesem weiten Blick, über die Jahre hinweggezogen.

Maren reagierte ausweichend und fragte nach den Utensilien für einen Kaffee, das war der übliche Auftakt. Die sechzig, maximal neunzig Minuten, die sie zur Verfügung hatte, damit sie nachher auf einem Pflegedienstplan ordnungsgemäß abgerechnet werden konnten, waren schon vor Beginn des Dienstes, vor Ablauf irgendeiner Zeit aufgeteilt in einzelne Arbeitsvorgänge, die keinen seelischen Zugang erschließen wollten. Johanna Born war keine Hilfe, sie brauchte sie. Alltägliche Probleme hatte sie längst verworfen, lange schon, bevor Maren bei ihr eintrat. Seitdem gehörten sie nicht zu ihr, sondern zum Personal, den jungen Frauen.

Die Schachtel, die sich Wohnung nannte, bestand aus einem einzigen Zimmer, quadratisch, mit breiter Fensterfront und einer schmalen Balkontür, einem kleinen Flur samt integrierter Kochnische, einem winzigen Bad. Die Wände wirkten fleckig, klebrig und feucht. Der Balkon, ein ummauerter Kasten, war mit knospenlosen Geranien geschmückt und ließ Platz für einen Wäscheständer und mehrere hintereinander aufgestellte Wäsche- und Mülleimer. Die Badezimmertür stand Tag und Nacht offen, für den Notfall, obwohl der immer seltener eintrat: Johanna machte gern in die Hose. Der Eingang zwischen Flur und Wohnzimmer war türlos. Hier lebte sie, umgeben von Kalenderbildchen, einem Familienfoto und einem braunen Holzkreuz, die seit nunmehr vierzig Jahren an der braungemusterten Blümchentapete hingen: Sie wollte nicht fort, sie wollte hier sterben.

Die Filtertüte fand sich, die Kaffeedose dagegen nicht, und während nach ihr gesucht wurde, saß Johanna regungslos in ihrem Sessel und starrte ins Licht der Fensterscheiben, das

7

die grobmaschigen Vorhänge durchließen. Maren wandte den Kopf in Richtung des kleinen Waschbeckens mit dem Sprung in der Emaille und des kotbespritzten Klodeckels, der sich zwei Meter von ihr entfernt befand. Sie zog die Tür zum Bad mit einer schnellen Handbewegung zu, so dass ein ausreichend schmaler Lichtstreifen auf die Küchennische fiel, aber der Toilettenrand hinter der Tür verschwand. Die Kaffeedose fand sich im Vorratsschrank, inmitten weiß gestrichener, morscher Holzbretter, gehalten von schwärzlich muffigen Seitenwänden. Dazwischen standen, ordentlich aneinandergereiht und sortiert, Gewürze, Lebensmittel in Dosen und verschweißte Verpackungen. Jemand hatte vorgesorgt. Der halbdunkle Raum darunter bot Platz für einen Staubsauger, Handfeger und Schaufel, Eimer und Putzlappen. Flüchtig streiften die Augen der jungen Frau drei Herdplatten. Sie stellte eine gelbe, henkellose Kaffeekanne, offensichtlich ein Einzelstück, auf das schmale Küchenbord, eine moderne Kaffeemaschine besaß Johanna nicht.

Während die braune Flüssigkeit aus dem Filteraufsatz lief, betrat Maren den Wohnraum. In der Ecke gegenüber der Balkontür stand ein wuchtiger Fernseher auf einem wackeligen Beistelltisch, an einer Längswand befand sich eine alte Klappcouch, die Johanna nachts als Bett diente. Ein weißes, zerknülltes Bettlaken, ein an einigen Stellen geflickter, lindgrüner Bettüberzug und ein hellblau-weißgestreiftes, zusammengedrücktes Kopfkissen hingen zerwühlt halb über dem Couchrand, halb auf dem ausgetretenen, an den Außenrändern zerfaserten, sonst bleichen Teppichboden. Eine schmodderige Strickjacke lag über der Lehne des zweiten, unbenutzten Sessels, von dem aus Maren mit einem verbeulten kleinen kupferfarbenen Kerzenständer, einem schmutzigen Papiertaschentuch, einem von Essensspuren befleckten Glas und einigen Paar Nylonstrümpfen Bekanntschaft schloss und darüber hinweg

Johanna ins Gesicht blickte. „Ich habe Hunger", sagte der alte, blutleere Mund ohne Umschweife, und das klare Blau um die Pupillen bis zum Irisrand unterstrich die Herausforderung. Eine knappe Lautbildung war alles, was sie zwischen ihren schmalen Lippen hervorbrachte. Die Muskelbewegung am Kiefer, der breit war, unterstrich die Starrsinnigkeit, mit der sie auf Gefühl verzichtete.

Die junge Frau hob den Arm und sah auf ihre Uhr. Das Ziffernblatt mahnte: Zehn Minuten waren schon vergangen. Sie stand auf, um den Kaffee einzugießen. In einem sperrholzartigen Ungetüm aus dunkler Eiche, das die beiden letzten Weltkriege überstanden hatte, fanden sich links hinter Johanna eine Kleiderstange für Wäsche, auf der rechten Seite Fächer für das Geschirr. Maren entnahm zwei Tassen, zwei Unterteller, einen Frühstücksteller. Das Porzellanservice war unvollständig, aber fein geschliffen. „Nach dem Waschen, Anziehen, Kämmen und Zähneputzen mache ich Ihnen ein Frühstück nach Wunsch. Blutdruckmessen und Medikamentennahme dürfen wir nicht vergessen", sagte sie und stellte das Geschirr auf den Tisch, legte die Nylonstrümpfe zur Seite, ging zur Balkontür, öffnete sie, sog lauwarme frische Luft ein, schmiss, von einem Strahl gleißenden Sonnenlichts geblendet, das Taschentuch in den Abfalleimer und kehrte zum Sessel zurück. „Als erstes ziehe ich Ihr Bett ab und dann setze ich mich fünf Minuten zu Ihnen, um beim Kaffee ein wenig Gesellschaft zu leisten. Dann helfe ich Ihnen gern im Bad." Die junge Frau stand auf und ging zur Kochnische, nahm die Kaffeekanne, kam zurück, goss Kaffee ein. Die alte Frau saß bewegungslos und schwieg.

Maren hatte von diesem Schweigen gehört, sie war darauf vorbereitet worden. Es war sozusagen einzigartig, einmalig in seiner Konsistenz, ein stählerner Ring, der Angst umschloss und ausstrahlte, so hieß es von Mitarbeiterinnen, die andere

Menschen rund um die Uhr betreuten. Sie hatten zu bleiben, Altenpflegerinnen, Krankenschwestern, seltener auch Krankenpfleger, unter wechselnden Leibern, Gerüchen und Dünsten aus After und Mundhöhle, eitrigen Wundmalen, offenen Geschwüren, psychotischen Schüben und Kathederpisse, schmerzlichem Stöhnen, wirren, grimmigen Zurufen und geflüsterten Dankesworten. Sie würde gehen, das war ein Unterschied. Es war das Jahr der Abgabetermine, der mündlichen Prüfungen, der schriftlichen Anfertigung einer Arbeit. Sie hatte es vorwiegend mit Männern zu tun: Mit jungen und alten, beredten und verschwiegenen, toten und verehrten. Netten, Liebenswerten, Verrückten, Querköpfen, Geifernden, grüblerischen Zweiflern, Fachverwaltern knappster freundlichster Tonlage, mitunter erschüttert vom eigenen Eifer, der Vollstreckung des Lebens durch schwindelerregende Theorien, von packender Gesetzeskraft, von höchster Innovation, atemberaubenden Paradigmenwechseln, die ganze Schübe von Menschen durch die Welt schleuderten über Hunger Dürre Katastrophen Arbeitslosigkeit hinweg, auf Kongressen, in Wertekommissionen und Parteigremien. Sogar Managerseminare waren voll davon. Maren verglich das Schweigen und die Stille der philosophischen Bibliothek, den flatternden Hauch der wahllos umgeblätterten Buchseiten mit Johannas einfachem Dünkel, während sie das stinkende Bettzeug abzog, die Decke draußen zum Lüften auf den Wäscheständer legte, die nassen Bezüge in den Plastikeimer warf und zudeckelte. Nachher wird sie in den Keller gehen, um eine Waschmaschine laufen zu lassen.

An die Plastikhandschuhe hatte die junge Frau sich schon nach den ersten Tagen der Einarbeitung gewöhnt, auch an die Sitzunterlage, die die Fasern der Kleidung von Angestellten und Mitarbeitern schonte. Sie kannte die Pflegelotions und Hautcremes, die Abrechnungsordner, die

Buchführungsanordnungen. Weniger vorbereitet war sie auf die Scheiße, die überall in der Wohnung verstreut lag, zu kleinen Krümelchen zusammengerollt und vertrocknet und auf den Anblick von Johanna, die, völlig unbeabsichtigt natürlich, mit ihren ausgelatschten Hausschuhen unbekümmert durch das frisch Hingekackte lief. Sie hatte sich dieses Jahr mit einem alten Menschen ausgesucht, einer Frau, die starb, obwohl man noch nichts sah davon. Ihr Schweigen rief etwas herbei, was nicht schon der Tod sein konnte, allenfalls ein Vorläufer. Johanna galt als verwirrt. Maren hatte noch nicht herausgefunden, warum, aber sie griff zurück auf den Bescheid, den man ihr mitgegeben hatte: Gesichter sah Frau Born. Lauter Gesichter bisweilen. Sie konnte nicht ahnen, was ich später, viel später mit Johannas Augen sah: eine nackte, vorüberhuschende Gestalt, die hinter dem Fenster Fratzen schnitt und einen überlangen Penis wie eine geschwollene Gurke gegen die Fensterscheibe drückte, einen Mann, der plötzlich hinter dem Fernseher auftauchte, einem Affen gleich, klein, behaart, dunkel, mit frechem, in der Stirn zusammengedrücktem Gesichtsausdruck, der seinen schwellenden Schwanz zärtlich am Bildschirm rieb, sich vor Johanna verbeugte und die Beine breit gestreckt, vor ihr zu onanieren begann, langsam, genüsslich, mit Bewegungen, die ein Stöhnen bei ihr hervorriefen. Johanna hörte es genau und sah gebannt der kräftig wichsenden Hand zu, die die weiche Konsistenz härtete, sah die glänzende, runde, sich rötende Eichel zwischen Daumen und Zeigefinger dicker und dicker werden, sah den fleischgewordenen Wulst sich durch die halb geschlossene Hand stemmen, fühlte sich hin und her gerissen vom Schreck, der sich in keinem lustvollen Gefühl aufhob. Der Mann war so plötzlich verschwunden, wie er gekommen war.

Die subjektive Gewissheit innerer Erfahrung wollte Johanna weder teilen noch rechtfertigen noch hervorheben, eine mit anderen geteilte Sprache kannte sie kaum. Sie war angewiesen darauf, dass jemand sie auch so verstand. Dafür konnte die Philosophie ebenso wenig wie Johanna Maria Born mitsamt ihren kunstlosen Wänden, die Maren schauerlich trüb streiften; weder Verdienst noch Moral schmückten sich bei Johanna, weder wirkte im Besonderen das Allgemeine noch erschien das Schöne als Idee. Es gab nur dieses Kreuz, und das als einsamen, undeutlichen Fleck in einem verglasten Rahmen steckende Foto aus der Jugendzeit: Da stand sie halbwüchsig im Schatten unter ihren Geschwistern, fünf waren es von ursprünglich acht, die übrig geblieben waren. Von diesen lebte noch sie.

Wenn man sich fragt, ein abwegiger Gedanke natürlich, reine Neugier vielleicht in diesem Fall, vielleicht auch nicht. Wenn jemand fragen sollte, warum Maren damals Philosophie studieren musste, was nicht allein von den Buchrücken, dem bedruckten Papier und der Welt abhing, die es wieder und wieder zu interpretieren galt, weil Mitleid und Leiden zusammengefasst Nachdenklichkeit erleichtern, dann bekommt darauf keine Antwort, wer Johanna nicht kannte. Natürlich ist es unsinnig, jetzt, im Nachhinein, Johanna Maria Born kennenlernen zu wollen, denn sie ist tot, längst vermodert oder auch verbrannt. Und ich wüsste nicht einmal zu sagen, auf welchem Friedhof überhaupt, in welcher Urne, unter welcher Erde sie steckt hier, heute, noch wo ihr Geist sich derzeit befindet. Nur die Schatten, die sie an die Wand warf, in einer Höhle, an die sich Maren noch erinnern können wird, wenn sie selbst einmal daran ist, abzugehen, diese Schatten werden länger und länger, und eines nachts, wenn sie verschwunden sind und Maren mit ihnen, wird man in diese Höhle eintreten können. Johanna würde dort sitzen, starrsinnig wie eh und je, und unbeherrscht und ganz und gar nicht stumpfsinnig mit dem Kopf nicken und jedwede Auskunft verweigern. Die Schatten galten nicht ihr, sie blickte nie auf und suchte keinen und nahm nicht an, was sie auf anderes Augenlicht abwarf.

Ursprünglich hatte die junge Frau weder Licht noch Schatten im Sinn, sie ging an den Verwaltungsgebäuden der Universität, den Menschen, den Bücherständen und Buchläden, den stehenden und stromförmigen Gebilden von vereinzelt und massenhaft ins Blickfeld gestoßenen, rein zufälligen Ansammlungen von Studenten vorbei, trat auf die Ampelanlage zu, überquerte die Straße und fragte sich: Wofür leben? Das fragte sie sich täglich, wöchentlich, monatlich und meinte, die Philosophie wüsste eine Antwort darauf. Eine Antwort sollte es geben für eine, die durch Grüppchen von menschlichen Wesen hindurchging mit dem Kopf unter dem Arm wie eine Reisende, einem Kopf, den man auch wieder abgeben konnte, wenn man ihn nicht mehr für nötig hielt: wenn der Tod das Leben zu sich hereinholte. Dass der Kopf gewisse Funktionen hatte, die nicht nur das Denken betrafen, schob Maren auf ihren Körper zurück, den sie tagtäglich in Gebrauch nahm beim Waschen, Gehen und Küssen. Manchmal dachte ihr Kopf, ohne sich um den großen ganzen Rest des Körpers zu kümmern. Das nahm sie zum Anlass, ihn zurückzurufen, doch die Verbindung zwischen Körper, Empfindung und Kopf war nicht wieder herzustellen. So sah der Tod aus, den die Philosophie mit Johanna teilte. Die junge Frau teilte ihn mit sich selbst.

Nun hatte Johanna auch eine Großmutter gehabt. Das könnte sich ändern, bald schon, wenn intelligente Maschinen vieles besser können als der Mensch, wenn die ersten computergesteuerten Kreaturen Entscheidungen ohne menschliches Bewusstsein treffen und sich selbstständig vermehren. Wenn wir unsere Unsterblichkeitsphantasie in unserer eigenen Technologie abspeichern, unser

Bewusstsein schrittweise durch Microchips ersetzen. Weißes Haar wirkt schließlich alt, schwabbelig der Speck an den Hüften. Solche Brüste brauchen auch kein Silikon mehr. Ein gieriges Verlangen, in welchem Jahrhundert wurde es geboren? - als das Schicksal der zurückgebliebenen Afrikaner mitsamt den verbliebenen Großmüttern mit dem Schicksal kommender Generationen in der Galaxie nicht mehr vergleichbar war. Es ist denkbar, dass Johannas Großmutter auch gern einen Blick auf die Erde geworfen hätte, aber ihr Leben stand in keinem Verhältnis dazu.

Doch wozu den Erzählvorgang durch verschwenderische Gedanken strapazieren, das Filmmaterial voreilig opfern, das der Kopf den kleinen Bedeutungsträgern entnimmt, wenn sie beispielhaft angeordnet sind. Statt durch Ausschweifung Gefahr zu laufen, sich in bildlosen Bestandteilen zu verlieren, kehre ich ohne Umschweife zu den damaligen, rätselhaften Geschehnissen zurück, die zweifellos auch ohne die Erwähnung von Johannas Großmutter geeignet wären, einen Bericht, eine Dokumentation, eine Erzählung mit Material zu füllen. Es soll Johannas Eigenart überlassen bleiben, von der man sich allzu leicht anstecken lässt, wie man sieht, die Toten im Munde zu führen wie andere Leute Redensarten.

Johanna rief sie herbei, in dem sie hörbar vor sich hinmurmelte, nachdem sie in großen Pausen geschwiegen hatte und schwupp, saß ihr toter Bruder asthmatisch atmend auf der Couch, schwupp, saß ihre früh verstorbene Schwester in einer Ecke des Zimmers, schwupp, ging ihr verschollener Vater hinkend durch den Raum, schwupp, stand ihre ermordete Mutter mit verschränkten Armen verführerisch im Türrahmen. So abgeschlossen von der übrigen Welt war das Leben in dieser Wohnung, dass die Zeit bei Johanna rückwärts lief statt vorwärts, ihre Stimme Gestalten hervorrief, die sie tonlos agieren ließ, und die Gegenwart derart bevölkerte, dass, war man erst einmal eine Weile bei ihr, sich hinter der Wohnungstür alles, was sich draußen abspielte, in eine ferne, unwirkliche Klamotte verwandelte.

Wenn ich wüsste, dachte die junge Frau, die neben der Alten stand, wie das Schweigen von Johanna auf mich übergeht, wie sie das macht, dass es mich zwingt, fassungslos meinen Blick wieder und wieder auf jenes Foto an der Wand zu richten, besonders zum linken unteren Winkel. Dort stand Johanna mit den jüngsten Brüdern und Schwestern, umschlossen von einem blassen Stehkragen, den der gehämmerte Ausdruck ihrer Augen Lügen strafte. Das war nicht Gegenstand ihres Daseins. Johanna, so stand es im Ordner der Pflegedienstleitung, der Krankenkassenvereinbarung, der Pflegeversicherung, juristisch, utilitaristisch abgesegnet durch den zuständigen, abgeordneten ärztlichen Sachverstand, Johanna musste jetzt ins Bad. Das war auch nötig, obwohl sie den Kaffee nicht angerührt hatte und immer noch kein Wort gefallen war. Auf den Tisch blickte die eine, die andere starrte auf den Schrank, dazwischen schwang sich ein Hauch von Bewusstsein: angespannte Nichthintergehbarkeit. Maren dachte später zurück an dieses erste Gegenübersitzen, als sie das einzige Fotoalbum im Wäschefach fand und einer schnörkellosen, steifen Handschrift entnahm, dass der bis zur Unkenntlichkeit verstümmelte Auswurf einer verhärmten, glanzlosen Frau, die das letzte Foto einer Reihe wiedergab, 1848 geboren worden war. Im anfänglichen Spielraum von Unwissenheit, die sich zu orientieren suchte, öffnete die Alte die Beine und löste sich. Sie urinierte auf den Sessel, dass es tropfte. Ein Blick auf Johanna zeigte Entspannung: sie wirkte befreit. Ihr Gesicht lächelte, ohne sich zu verziehen. Maren konnte gehen oder kommen oder bleiben: im Bad waren sie noch lange nicht. Johanna beugte sich vor, griff nach der Tasse, hob sie und führte kalten Kaffee an den Mund, ein Rinnsal aus dem Mundwinkel ließ sie ebenfalls laufen. „Ich habe Hunger!", sagte sie mit fast geschlossenem Mund, ohne die Stimme zu heben, ein singender Unterton säuselte zwischen den entschlossenen Lippen.

Gleich werde ich Dir eine knallen, dachte Maren mit zusammengebissenen Zähnen, und Dich hinüberzerren ins Bad, wo Du Dir Deinen Arsch allein abputzen kannst, und diese miese, dreckige, stinkende Wohnung verursacht mir Grauen, eine Übelkeit, die noch anhalten wird, wenn ich schon lange gegangen sein werde. Du verdammtes Biest. Ab jetzt ins Bad mit Dir.

„Sie gehen sich vor dem Frühstück waschen, es muss sein!", erklärte die junge Frau. Macht schüttelte sich aus und beugte sich mit Maren über Frau Born, griff nach ihrem Arm, packte Johanna an der Schulter, ihre Gesichter näherten sich. Ein Glimmen entfachte sich unter Johannas gräulich-weißen Haarsträhnen. „Frau Born, ich habe zwei Brötchen mitgebracht. Dazu gibt es Honig mit Butter, dick beschmiert. Und frischen Kaffee. Wenn sie angezogen sind, fühlen Sie sich wohler und können es sich schmecken lassen. Oder hat Ihre Mutter Ihnen das anders beigebracht?" Johannas Lieblingsbruder war Pfarrer gewesen, das musste doch zu irgendwas nütze sein. Immerhin zuckte ihr Gesicht jetzt. „Schlüpfer, Unterhemd, Strümpfe, es ist alles da, möchten Sie lieber den hellblauen Rock oder das dunkelgrüne Kleid überziehen?" Die junge Frau versuchte anzuwenden, was sie wusste: Johanna liebte seltene, beschauliche Momente. „Am besten wir nehmen das Kleid, es ist so schönes Wetter, das passt gut." Mit einem Griff, der beherzt nach vorn stürzte, sprang sie auf und riss die Alte mit sanfter Gewalt aus dem Sessel.

Die Angst fällt zwischen Wangenknochen und Nasenwurzel als Schatten ein. Johanna lässt sich hochziehen, schwankt ein wenig, möchte zurückfallen. Maren verstärkt den Druck. „Na kommen Sie, das schaffen wir doch". Es wird gezerrt und geschubst und geschoben. Das nasse Nachthemd klebt an ihren Beinen und Johanna schlurft und hält sich am Türrahmen fest. Das Bad ist winzig, der Gestank legt sich zwischen Gaumen und Zunge. Die junge Frau kann sich nicht gleichzeitig die Nase zuhalten und Johanna das Nachthemd ausziehen, die jetzt stöhnt, auweh, ohje, achnee und den Ellenbogen knapp an Marens Schlüsselbein vorbeistößt; eine Übelkeit, die sich in den Kniekehlen festbeißt, stößt im Magen eine Runde Sechzig-Grad-Wäsche an. Maren starrt auf die zurechtgelegten sauberen Waschlappen, damit sie das kotbeschmierte, verkrustete Handtuch, mit dem Johanna sich auch die Nase putzt, nicht anzusehen braucht. Johanna spielt ein anales Sprachspiel nach dem anderen, dessen Regeln kaum einer mehr folgen kann. Der Lappen wird ins lauwarme Wasser getaucht, während Johannas krumme Finger sich an den Waschbeckenrand klammern. Ein weißer, gerundeter Rücken mit lauter kleinen Leberflecken schämt sich. Die junge Frau überspielt das mit einer fachmännisch aufgesetzten Anweisung: „Bitte die Beine etwas breiter, Frau Born, helfen Sie ein wenig mit, ja so ist es gut". Johanna beginnt laut und deutlich zu stöhnen und Maren wäscht die dunkelgelbbraune Brühe aus dem Lappen und versteht nicht, sie versteht es wirklich nicht. Sie denkt, Johanna findet das anstrengend, sie hält sich kaum noch und fällt gleich, ich muss mich beeilen, aber die Scheide muss, das weiß ich, besonders gründlich ausgewischt werden, die Hautfalten zwischen den Beinen, da setzen sich sonst Bakterien fest, breiten sich Entzündungen und Vereiterungen aus. Und die Hand, der Lappen und Maren gleiten behutsam zwischen die Beine, hinein in die Wölbung, und Johanna bewegt sich, stöhnt, jammert jajaja, und Maren ist irritiert. Sie trocknet Johanna schweigend ab, die sich nicht mehr geniert: „Kratz mich mal da am Rücken!" Es wird gekratzt. Das stinkende Abwasser läuft durch den Siphon. Johanna muss noch angezogen werden: Der Toilettendeckel ist herunterzuklappen, die Spritzer, nimmt sich Maren vor, entferne ich nachher.

Ihr geht durch den Kopf, warum eine Reihe schwer arbeitender Menschen sich solch misslich zu nennende Bedingungen gefallen lässt, wo doch eine Nachricht, eine Mitteilung, ein Anschreiben gereicht hätte, um über einen amtlichen Bescheid eine Einweisung durchzusetzen und andere Klienten anzufordern. Johanna schnäuzte einer ihrer Mitarbeiterinnen gern in den frisch gebügelten Rock, eine andere schlug unverhofft zurück. Seitdem lässt sie die Hände ruhen.

Von der Sorte Großmütter kannte Maren keine. Ihre nannten sich Oma und waren anders. Das Dorf am bergigen Abhang, einem Vorläufer des hessischen Spessarts, in dem Johannas Großmutter gelebt hatte, war von der Paulskirche gute fünfzig Kilometer entfernt. Soweit war sie zu Fuß nie gekommen, sondern sie ging nur bis Hanau, erst in eine Gelatinefabrik und später dann zur Pulverfabrik auf dem Großauheimer Gelände, und das zweimal in der Woche hin und zurück. Das wusste ich noch nicht, damals, als Maren sich abmühte, Johanna die Strumpfhose über die Ferse zu schieben; der Fuß war hart und knochig und widerborstig und zappelte und wich aus und Johanna machte auauauau, und während sie kniete, fühlte sie, dass Johanna den Kopf hob und sie ansah und plötzlich, ganz plötzlich mischte sich in unsere Augen Farbe, ließ die Rede sein vom Zubrot der Liebe, und sparsam ging sie um mit Weiß. Das war kurz und knapp und vergaß sich wieder. Es lag auf Johannas Gesicht: das vergaß man nicht.

Maren, eine Studentin im Fach Philosophie, in einer Stadt wie Frankfurt, in einem Jahr wie diesem, zog die Tür hinter sich zu. Fiel aus dem Alptraum. Nach den Eintragungen in den Pflegedienstordner suchte sie das Weite, suchte nach

Treppenstufen, schwankte aus der Haustür. Ein Erwachen ergab sich nicht, während Schritt auf Schritt sich lähmend folgten, die Sonne streichelte den Nacken nicht, der kleine Spatz auf der Siedlungsbank sah sie nicht mit gewitzten blanken Äuglein an, nicht der Rosengarten in der Parkanlage blühte und warf mit Duft nur so um sich. Johanna hatte das Leben zusammengestrichen und auf einen einzigen ekelerregenden, widerwärtigen, zerstörerischen Punkt reduziert: Das blanke Nichts. Aber es lebte noch.

Ich gehe da nie wieder hin. Ich habe das nicht nötig. Das hat nichts mit mir zu tun, nicht mit Philosophie und schon gar nicht mit Liebe. Ich bin nicht Jesus: Es gibt Dutzende anderer Möglichkeiten. Teilzeit, freie Mitarbeit, Kurierdienst, Bedienung. Verschiedene Nachhilfeinstitute suchen immer jemanden in den Hauptfächern. Alles, nur das nicht. Und warum sieht mich dieser Mann an, auf der Parkbank, verlottert wie er ist, mit diesen stumpfen, abgeblätterten, leblosen, leeren, nein, das kann man nicht Augen nennen, oder etwa doch, sind das noch Augen, die mich verfolgen. Von weit her sehen sie meine Bluse an zwischen den Rosen, nicht mich, nicht des Frühlings blaues Band und nicht die pflaumenleichte Zeit der Frühe, nur die bunte Bluse sehen sie, verfolgen mich, als hätt' ich was. Das kann nicht sein. Ich bin nicht für diese Welt zuständig. Ich hab sie nicht gebaut und muss zusehen, wie ich zurechtkomme. Da ist ein Kind, mit seinen kurzen dicken Beinchen und den Prachtlocken im Wind und dem runden Po in Shorts, das läuft und springt und freut sich, und dort ist ein Supermarkt, vorn, nur noch an diesem Wasserhäuschen vorbei, wo sie schon wieder gucken, saufen, saugen, schlucken, nuckeln, und durch die Welt, die uns trennt, laufe ich wie unsichtbar schnurstracks abgewandt auf den Einkaufsmarkt zu. Da kommt die Einkaufspassage, hier eine Bank, dort eine Bushaltestelle, in den Supermarkt gehen sie auch, um sich ihr

Gesöff zu holen, den fehlenden Glanz im Auge der Mutter: Es gibt eine Grenze zwischen unsichtbarem Pergamentpapier, Papyrusrollen und diesem, und mein Portemonnaie ist aus Leder und meine Achselhöhlen riechen anders. Was ich leiste, leiste ich, das ist der Beitrag zum Leben. Oder etwanicht? Warum ist sie dann zurückgegangen zu dem Mann und hat sich auf die Parkbank gesetzt zu ihm, und sie haben eine Zigarette geraucht, schweigend, umsonst, völlig umsonst hat sie ihm eine angeboten, und er hat nicht gelächelt, und die Augen sahen rotumrändert müde aus und sahen sie kaum an, schwielige Hände hatte er, und dann sagte sie, heulen wollte sie nicht: Ich muss jetzt gehen.

Der Junge war mager und hibbelig und unübersehbar auffällig mit sich selbst beschäftigt. Er lief zwischen den hohen Bücherwänden der Universitätsbibliothek hindurch und zog Schleifen, stapelte unsichtbare dicke Wälzer und Papiere auf einem freien Tisch, baute Türmchen auf und wieder ab, lief zurück in die Gänge, tänzelte. Zwischen Material und Boden glitt er aus und fiel und schob sich in eine Lücke ausgeliehenen Freiraums zwischen Max Weber und Werner Sombart. Da lugten braunes Haar und ebenso braune Augen und eine kleine Rotznase in einem ovalen Gesichtchen für einen Moment zart und still hervor und lauschten den gelehrten Geräuschen belesener erwachsener Menschen, und Maren konnte nicht anders als lächeln. Dann ging sie wieder an ihren Tisch, meinte, im Umblicken einen zu erkennen, der zu dem Kind gehören mochte und sammelte ein, was sie brauchte, um zu verstehen. Anderntags sah sie schon auf dem Sprung zu einer Vorlesung den Jungen wieder, diesmal in der philosophischen Bibliothek, und auch die Hand, die ihn umfasste. Das ist doch der Bibliothekar, dachte Maren bei sich, der aushilft, wo er kann, und wo er nicht kann, hilft er auch und knipst den Lichtschalter an, wenn nötig, damit die Buchstaben genauer in uns einfallen und nüchterne Gedanken sich ordnen, und gießt die Pflanzen in den Räumen, die uns zu einer harmonischen Gliederung der begrifflichen Erkenntnis im Widerschein der Natur verhelfen, und geht ans Telefon und ordnet Fragen in der richtigen Reihenfolge nach Handapparat, Software und Seminarräumen, und manchmal verhaspelt er sich beim Reden, hat nicht studiert, ist nicht wie unsereins, denkt er, und wird noch ein wenig beflissener. Eine Dreiviertelstelle hat er und sieht denen zu, die über ihn hinweglesen und liefert, was er zu tun bekommt. Und das Kind gehört zu ihm. Aber was soll an dem Kind anders sein als an anderen, was meinst Du, alle sind sich doch auch nicht gleich. Maren weiß es nicht zu entscheiden, nickt freundlich im Hinausgehen. Da steht das Kind und wartet, dass der Vater endlich Zeit hat nicht nur für andere. In den braunen Augen streiten sich Neugierde und die Furcht, dass die Neugierde umsonst ist. Der Vater schaut sehnsüchtig aus dem Fenster.

: Einen Anfang gibt es nicht. Und das Ende ist noch nicht abzusehen. Der nächste große Schritt ist die Entschlüsselung der Funktionsweise der menschlichen Gene, damit die Nutzung individueller Gendaten voranschreiten kann.
Maren kennt den Professor als eine öffentliche Person und als Experten für Wirtschaftsethik und Technologietransfer. Jetzt bricht er ab, verschiebt das Erfordernis einer Enquete-Kommission, die Recht und Ethik der Gentechnik nach Bedarf einteilen soll, auf die nächste Woche. An seiner Stelle spricht heute noch ein anderer: den hat er mitgebracht als Gast. Der steht im Anzug, zwischen den Fingern hält er die Kreide, betont sich an der Tafel mit Brille und Worten, worüber er Zeichen setzt. Meine Damen und Herren. Risiken und Chancen des Zeitalters. In einer Stadt wie Frankfurt liegen Verelendung und Innovation gefährlich nahe beieinander.

Die kommunale Stadtentwicklung gehört weltweit zu den drängendsten gesellschaftlichen Problemen. Um dieser Entwicklung entgegenzuwirken, muss sich die Politik ihrer öffentlichen Verantwortung stellen. Auch in Afrika, Asien und Lateinamerika, wo Mega-Citys mit bis zu 30 Millionen Bewohnern explodieren. Wir können nicht Schritt halten, wenn wir den Fortschritt nicht regulieren, sonst löst der Aids-Faktor all unsere Probleme. Die Zuwanderung von Ausländern, die unter der Armutsgrenze leben, wird zu einem Defekt unseres Systems führen, für das ein liberales Ausländerrecht nicht mehr aufkommen kann. Da uns Johanna schon genug Kopfschmerzen bereitet. Nein. Er sagte: Ich danke Ihnen.

Ein genstrategisch optimales Verhalten hat sie nie an den Tag gelegt, so schien es Maren auf dem Weg zu Johanna. Johannas Großmutter ging es genauso. Die hatte keine Ahnung, dass das Ich durch das Andere auf sich selbst reflektiert. Schreiben wollte sie lernen und ein wenig rechnen, sonst nahm sie es so, wie es war, das zieht sich selbst groß. Der Waschtag begann um vier Uhr, die Wäsche wurde über Nacht eingeweicht und gekocht, damit sich Schmutz lösen konnte, dann wurde sie auf großen Steinen eingeseift und mit massiven Holzstücken geschlagen, und Johannas Großmutter spülte die Kleider in Fluss und Bachlauf aus, die Wäsche musste gebleicht werden und wieder gespült. Vor Schulbeginn waren die schweren, geflochtenen Wäschekörbe und eisernen Wannen zum Wasserbett zu tragen, und nach dem letzten Begießen waren sie nach Hause zu bringen und aufzuhängen, denn eine Wasserleitung hatte der Haushalt nicht und auch kein Waschbrett und keine Kurbelwaschmaschine, und einen Handstampfer hat Johannas Großmutter nie gekannt. Sie heiratete früh und bekam den kleinen Hof. Der Mann trank und gab das Geld aus, und die Landwirtschaft blieb ihr überlassen. Nebenher bekam sie Kinder, hatte keine Zeit für das Wochenbett und kein Geld für ärztliche Hilfe, und der Mann und die Geburten und die körperliche Arbeit auf dem Feld und im Stall ließen die Gebärmutter weit heraustreten, bis sie zwischen den Beinen hing und scheuerte an ihrem Körper. Hin und wieder rieb sie ein wenig Salatöl darauf. Weil der Mann sie in betrunkenem Zustand schlug, sperrten die ältesten Kinder sie in den Abendstunden in den Keller. Johanna hat das lange Zeit unterschlagen. Als sich ihre Großmutter beim Dreschen eines Tages die Hand abriss, versuchte sie eine Unfallrente zu erhalten, aber ihr Mann unterschrieb auf Anraten des Bürgermeisters beim Bürgermeister eine Verzichtserklärung. Johannas Großmutter blieb hartnäckig in der Hoffnung auf eine Rente von monatlich zehn Mark, und die Kaiserin schrieb tatsächlich zurück: Sie könne ihr leider nicht helfen, schrieb sie, und sandte ihr zwanzig Mark. Das war noch vor der Arbeit in der Fabrik.

Zwischen Sandstein, Muschelkalk und Schiefer, steinigen Böden und Kartoffeläckern, von Waldflächen aus Kiefern, Buchen und Eichen umgeben, in einem der windschiefen Steinhäuser, bestehend aus einem überirdischem Keller, einem Wohnraum mit angeschlossener fensterloser, stickiger Kammer und einer kleinen Küchenecke, in einem Wetterloch namens Cassel wurde sie geboren. Unter demselben Dach befanden sich auch der Viehstall und die Scheune. Das gab es in Johannas Siedlung nicht: Johanna lebte in Frankfurt. Weil der Schornstein fehlte, strömte der Rauch gewöhnlich durch alle Räume durch die Luken und durch die in der Mitte quer geteilte Tür hinaus. Im Inneren wohnte die Familie mit entfernten Verwandten und unzähligen Kindern. Die Betten waren schmutzig und in geringer Zahl in dem dumpfen Kämmerchen aufgestellt, man schlief zu mehreren in einem. Die Ortschaft lag vereinzelt und ziemlich abgelegen. Krämer, Trödler, Hökerweiber, jüdische Händler und Botenfrauen übernahmen sommers wie winters die Versorgung der Bevölkerung, die fremdländischen Kesselflicker ließ man auf der Straße vor dem Haus oder im Hof sitzen. Das umherfahrende Volk war unverzichtbar, aber nicht mit Einheimischen zu vergleichen. Zur älteren Schwester von Johannas Großmutter - oder war es die Tante? - war man freundlich: Das war die mit den Holzschuhen und mit der Kötze auf dem Rücken. Sie war Weck- und Butterhändlerin, die Käse, Federvieh und Milch, Kaffee und allerlei Spezialitäten von Kolonialwarenhändlern in die Dörfer trug, aber auch für Postaufträge zuständig war. Manchmal sah man sie in Fulda, Schlüchtern oder Brückenau auf dem Markt, und bei stürmischem Wetter war sie auch mit einem ihrer Kinder unterwegs, um in den Apotheken, den Lädchen und Geschäften der umliegenden Städte für ihre Kundschaft einzukaufen. Mindestens einmal in der Woche lief sie von Schlüchtern nach Fulda und zurück, das macht sechzehn Stunden und trug ihr den Namen „fliegender Holländer" ein. Johannas Großmutter wird sich darauf besonnen haben, als sie den Mann und die halbwüchsigen Kinder verließ. Nur das jüngste Kind, ein Mädchen, nahm sie mit.

Johanna hat sich etwas Besonderes ausgedacht. Sie öffnet die Tür und sagt zu der jungen Frau: „Ich kenn Dich nicht. Du kannst wieder gehen!" Gibt der Tür einen Ruck, als wolle sie sie wieder schließen. Marens Fuß stoppt den Vorgang, die Tür lässt sich öffnen und Johanna schlurft im Hintergrund. Maren blickt auf das Guckloch wie auf ein Bollwerk, eine trutzige Burg, durch deren Schießscharte ein giftiger Pfeil trifft. Johanna will auf keinem Meter Nähe. Die Nachbarin macht auch die Tür auf, noch nicht bekannt, aber vertraut wie das Lied der Straße, es klingt wie ein Leierkasten, der zugunsten von Maren aufspielt und sich gegen Kleingeld und Kinkerlitzchen verwahrt. Große Augen macht sie, rund und mütterlich und vorwurfsvoll und seufzt. „Ja, das Hannerle, das tut´s einem schwer, gell, sie sind noch nich lang hier, gell, das sieht man, so ein verdutztes Gesicht, na, wo es auch herkommen mag, von hier bestimmt net, aber arbeiten müssen´s schon, und nu bei der Hanna, naja, danken wird´s die nich, wissen´s was, kommen sie mal rein, ja, zier dich net, gell, guck, bei mir ist´s sauber, net wie da drübbe, da stinkts ja tach und nacht". Maren spürt einen Widerwillen, oder sind es der Wille zur Macht, das Wissen um Privilegien der Verantwortlichkeit, das Bewusstsein der Freiheit, die geschickt sich in die Tiefe hinabsenken und zum Instinkt werden, eine Sprache finden, die der souveräne Mensch Gewissen nennt, und dies schlechte Gewissen arbeitet nun am Widerstreit der Gefühle und treibt sie nach vorn bis an die Türschwelle der Nachbarin? Aber weiter nicht, denn das Schwache will getröstet werden, das Ressentiment begehrt auf, und Maren verwahrt sich gegen einen solchen Übergriff, schaut unverwandt auf das Namensschild. Die Nachbarin ist unbeeindruckt: „Also, die Hanna war ja mal gaanz anners, sach ich Ihne, die is mir sogar uff die Nerv gefalle, wo´s immer rein gekomme is zu mir, da hatse mir die Fotos gezeigt, die se immer uffbewahrt in dem Schuhkarton, denn an de Großmutter hat se mehr gehangen als an de eigne Mutter, gell, den Vatter hat se ja gar nich, schaun se mal, wie schön ich´s hab, des hab ich mein Mann seelisch zu verdanke, ja, da schaun se gell, den Turban hab ich nur auf dem Kopp wegen de nasse Haare, sonst frierts mer so im Nacke, ich koch grad e Zwiebelsupp, wollen se nett mal reinkomme, das alte Luder, wenn´s Ihne zu bunt wird, kommen se nur zu mir, der Bruder ließ sich auch lang net mehr blicken, wo´s so stinkert und se kaum mehr ein Wort redd, letztes Jahr is er dann gestorben, früher war se anners, gell, von der Schwester und dem Bruder, und der Mutter, dem arm Dingelchen, hat se mer erzählt, aber selbst Schuld, sach ich immer, gell, treu sein muss man schon sein könne, se hat mal Kinner betreut, wissesedas, und die Geschicht mit dem flieschenden Holleender, uff die war se immer so stolz, aber gell, sie wollen wohl net, ich merk schon". Maren schüttelt bedauernd den Kopf, setzt ernste Augen auf und windet sich über den Flur, weist so höflich wie möglich auf die Uhr und den Anlass und den Grund ihres Hierseins hin. Die Nachbarin, mollig und beschürzt, gibt ein Knurren von sich und prüft lauernd ihr Gesicht. Sie schießt auch einen Pfeil ab, lauter Pfeile, die durch die Gegend fliegen. Maren sagt hastig „Auf Wiedersehen" und stößt die Tür zu Johanna auf.

Johanna hat sie schon erwartet. Johanna hat gelauscht. Johanna hat verfolgt, ob die Nachbarin sie herumkriegt. Johanna hat sich nicht im Kopf behalten, wer da heute kommt, aber sie hat sie gleich erkannt. Johanna macht Angst.

Johanna Maria Born sitzt wie immer. Maren stellt sie sich einen Augenblick vor: Gurte um Arme und Beine in einer endlosen Reihe von Betten in einer endlosen Reihe von Zimmern mit einer endlosen Reihe von Psychopharmaka zur endlosen Beruhigung, die endlich einmal still hält. Denn sie kann noch ganz anders. Wenn schon Frauen kommen. Die jungen Weiber haben schwarzes, rotes, blondes Haar, tragen Schamhaar zwischen den Beinen und die Brüste zeichnen sich ab unter der Bluse, hier sitzt ein BH, und dort die eng anliegende Hose und das Top bekunden Sinnlichkeit, und bunt bedruckte, kurze leichte Kleider drücken Freude aus. Johanna schließt geblendet die Augen und senkt das Kinn, bis ihr der Nacken steif wird. Maren steht in der Kochnische und räumt das Geschirr ein. Sie hat Brötchen mitgebracht und Kuchen, das muss nicht sein. Der Kuchen verrät eine Vorliebe. Johanna ist versessen auf Süßes und geht schon lange keine weiten Wege mehr. Maren dreht sich seitwärts, Johanna hält ein wenig den Kopf in ihre Richtung. Das nimmt sie als Signal, ist herzlich dabei in Gedanken, den Vormittag zu verschönern, knappst eine gemütliche Viertelstunde vom abgespulten Durchlauf einzelner Dienstvorschriften ab, harkt Freiräume auf Arbeitsschritte, erzählt Johanna von einem Märchenbuch, welches sich zum unbefangenen Vorlesen eignete, oder es ließe sich munter unterhalten, steht die Sonne nicht hoch am Himmel heute Johanna, die, wenn uns des Lebens Leere tötet, uns mit Hoffnungen das Herz verjüngt. Johanna reagiert prompt und unvermittelt und rundheraus: "Du hast aber einen ganz schön fetten Arsch!", sagt sie.

Maren findet keine passende Antwort. Sie könnte jetzt vielerlei einwenden, dass das nicht stimmt, dass es eine wohldosierte Kränkung ist, aber den Triumph gönnt sie der Alten nicht. Später holt Johanna das Leben herein. Aber das sagt sich so leicht, während Maren betroffen auf leisen Sohlen um diese Alte herumschleicht, als würfe sie bei der leisesten, falschen Bewegung Eissplitter ab. Sammelt die Siebensachen zum Ankleiden zusammen. Es liegt ein Zettel vor und Erleichterung über einen solchen Zettel, der Information und Aufforderung zugleich ist: die saubere, nasse, siedend-heiß gekochte bunte Wäsche ist auf den Dachboden zu tragen, dort aufzuhängen, festzuklammern, und eine Reihe von Bettlaken wartet auf dieselbe Behandlung.

„Ich habe gerade Ihre Nachbarin kennengelernt, Frau Born", Maren wechselt unauffällig die Position und rückt um einen ganzen Meter zu Johanna vor. Die da drüben redet wie ein Sturzbach, um Deinem Schweigen etwas entgegenzuhalten, oder weil ihr langweilig ist, oder sie ist einsam, aber anders als Du. Ist Johannas Starre von ihrem Gesicht zu lösen? Sind die unabweisbar knochig-gekrümmten Hände mit den kurzen, feingliedrigen Fingern, den leicht gewölbten, barsch gekürzten Fingernägeln zu erweichen? Wurden sie jemals geküsst? Haben sie Zärtlichkeit gekannt? Wurden sie umworben? Die Schlüssel sind da, der Korb auch. Johanna hebt nicht das Kinn, verkündet den Hunger nicht und sitzt in ihrem Sessel. Hinter der Tür ziehen Wandmauer und Treppenstein kahl und abweisend vorbei. Der Dachboden ist feucht und das Dachbodenfenster klemmt, graumelierte, verwaschene Flanellhemden hängen schon dort, wer weiß von wem.

Als die junge Frau wiederkommt, ist Johanna verschwunden. Maren läuft durch den staubbedeckten Raum und wieder zurück, sieht hinter der Badezimmertür nach, zerrt den Vorhang beiseite, blickt angestrengt durch das kleine Fenster auf den Balkon. Da ist niemand, hat sie sich getäuscht, das ist nicht möglich, dass Johanna sich in ihrem türkisfarbenen, klammen Nachthemd auf den Weg gemacht hat durch die offene Haustür, wie man Maren vorgewarnt hatte (das kann Dir jederzeit passieren!). Sie erinnert sich, dass andere, die gar nicht so aussehen, auch Sonne und Blumen mögen.

Johanna steht hinter den Mülleimern auf dem Balkon. Zuckt zusammen, als bräche wer durch Glas. Irgendwann zeigt sie ein Aufleuchten in jeder Bewegung der Hautpartien zwischen Augenbraue und Mundwinkel, ein weiches Nachgeben aller Härte, ein schwebendes, fließendes, vorübergehendes Aufleuchten im Antlitz, ein heftiges, tiefes Ein- und Ausatmen, ein Körper, der Nähe erlaubt und Zwiesprache wünscht, ein beidseitig sich senkender Rippenbogen, eine Wonne, die ihr ganzes Gesicht umfasst. Sie wird die Augen schließen und das Kinn zittert, und fassungslos wird sie meine Hände nehmen, die gar nicht gemeint sind, und ausrufen, dass sie mir danke, und ihre kindliche Begeisterung wird so heiter, so hell ihre Augenfarbe lichten, und sie wird mich auf Blütenblätter und Vogelgezwitscher aufmerksam machen und „guck mal da!" wird sie sagen, „sieh doch nur!"

Jetzt setzt sie sich entschlossen auf einen billigen Klappstuhl, presst die Beine zusammen und den Mund. „Sie werden sich verkühlen, Frau Born, wir können nachher ein wenig draußen spazieren gehen, wenn Sie mögen. Nun müssen wir ins Bad", erklärt Maren. Die Geduld läuft wie auf einem Band und stellt sich von selbst ab. Johanna sitzt da, mit verschränkten Armen, die Beine hat sie aneinandergepresst, dass die Knie sich berühren, zwei spitze, umhüllte Hügel stechen in die Luft. Johanna sitzt auf ihren Ohren. Der Weg vom Balkon zum Bad ist doppelt so lang. Maren kennt ihre Vorliebe für Geranien noch nicht, das satte Rot, auf das sie wartet, die Freude, wenn es filigran aus den starken, grünen Stängeln hervortreibt und nach allen Seiten geneigt auseinanderzweigt. Ihr fällt ein: Sie hat Brötchen gekauft und zusätzlich ein Stück Kuchen. Kann sie das verantworten? Vor sich selbst, dass sie den Feind im Kostüm überlisten will, vor Johanna, die sie mit Hilfe der niedrigsten Gelüste zu überreden sucht, vor Dritten, die ihr diesen Sonderweg als Wichtigtuerei ankreiden könnten. - Es wurde bald kühl. Johanna ging plötzlich ganz freiwillig mit. Dann hielt Maren ihr den Kuchen vor die Nase und vor dem Kuchen ließ sie sie noch die Medikamente schlucken, die sie sonst gern unbeleckt wieder ausspuckte. Im Minutentakt wurde erst später abgerechnet.

Seit Maren in den Augen des Bibliothekars den Vater eines Sohnes erkennt, hat sich etwas geändert. Nur was? Sie kann sich schlechter konzentrieren, wenn sie ihn in ihrem Rücken spürt, obwohl er sie nicht beachtet. Das ist eine Täuschung. Das merkt sie, als sie aufsteht, um auf Toilette zu gehen und sich am Automaten einen Kaffee zu ziehen. Da wendet er den Nacken zum Gruß und dreht den Kopf, als hätte er es eilig. Schüchtern mit erhobenen Schultern. Im Vorbeigehen aus den Augenwinkeln springt ein Lächeln herum, das die Mundwinkel anhebt. Womit hat das angefangen? Maren zieht im Zurückkommen ein knappes Gesicht an, das trägt sie zu den Büchern, die liegen noch da wie vorher. Da glotzen sie die Buchstaben an, fremd, großmäulig und nur die leeren Seiten schlagen sich um im Hirn, nach einer halben Stunde weiß sie so viel wie vorher: Ihre Seele und ihr Geist sollen Attribute sein einer alles umfassenden göttlichen Substanz; Deus sive Natura. Beides zusammen? Ja, denkt Maren, und nein. Offensichtlich hat sie sich nicht genügend unter Kontrolle, um intellektuell zu folgen, sie biegt auf halber Strecke vom Weg der unendlichen Liebe zur Mensa ab. Mit schlechtem Gewissen natürlich, Spinozas Ethik hat sie ja alle in den Bann geschlagen, Lessing, Herder, Goethe, Fichte, Schelling, Schopenhauer, während Maren den Stuhl zurückschiebt und zweifelt. Die alte Frage. Wie kann Gott sich in uns selbst lieben, während Johanna aus der Ordnung der Dinge herausfällt, Teil eines Puzzles, dessen Elemente zu kurz geraten waren?

Auf dem Vorplatz des Hauptareals angekommen, im Rücken den Springbrunnen, hat Maren den linken Seiteneingang fast erreicht und weicht geschickt Versuchen aus, ihr ein Flugblatt, einen Aufruf, einen Protest zuzustecken. Beim vierten Versuch nimmt sie doch ein Faltblatt an, liest, worauf sie aufmerksam wird trotz Unachtsamkeit am Frankfurter Flughafen: Eine Nigerianerin sitzt wieder im Flugzeug, glaubte an einen anderen Gott, der uns zu Teilen eines zusammenhängenden Ganzen macht. Maren schiebt das Papier etwas unsanft in die Tasche. Was würde die Nachbarin dazu sagen? „Ich kann auch nirgendwo hinflieschen", würde sie sagen, „und was die Johanna kost an Betreuung Tach und Nacht, bezahlt alles das Sozialamt, und unsereins krischt nischts, und da soll isch der annern auch noch einen Dolmetscher zahle un womöschlisch möcht se bleibe. In alles sollt sich die Philosophie ja auch nett einmische, gell, Fräulein."

Die Treppe führt zu einem der Ess-Säle hinauf, taucht ein im Gewirr vor glasbedeckter Kulisse. Neben ihr werden Lippenbekenntnisse im Schrittmaß durch den Raum geworfen, Essensgerüche ziehen in rascher Abfolge durch den Speisesaal. Der blanke Boden schweigt dazu. Laute Stimmen hallen durch die anliegenden Räume, Gelächter durchzieht den von Studenten bevölkerten Gang: Humor ist, wenn man trotzdem lacht. Da hast du den Salat, wenn die Philosophie so durch den Alltag schlendert, ist sie schlecht zu gebrauchen, und wenn sie gebräuchlich wird, ist sie keine Philosophie mehr. Maren ist er gleich aufgefallen, wie er vorsichtig das Tablett balanciert, angestrengt die Armbeugen um die scharfkantigen Ränder schlingt, damit die Nudeln mit der Spaghettisoße und das Joghurtdressing über den Salatblättern nicht ins Wanken geraten, und die kleine Zungenspitze schiebt sich rot zwischen die zusammengepressten Lippen, und junge Augen blicken derweil suchend nach einem freien Platz, womöglich an einer Fensterfront. Maren will dem Kind gern den Gefallen tun und ausweichen, das tut sie auch, etwas zu hastig vielleicht wegen der Gedanken, die auszublenden ihr nicht gleich gelungen ist, sonst hätte sie den Mann am Tisch aufspringen sehen, wie er da mit seinem Stuhl um sich schubst aus Versehen, wer nun selbstvergessen wen anrempelt, ist an der schwappenden Salatsoße nicht mehr zu rekapitulieren. Die Spagetti hängen dem Jungen jedenfalls im Haar und das Dressing klebt unterhalb von Marens Kinn. Der Junge wirft den Kopf zurück, als wolle er das Tablett hinwerfen. „Du hast nicht aufgepasst!", ruft eine dünne helle Stimme, und die Augen tauchen dunkel ab und reißen Wut auf und werfen sich auf Maren, und eine kleine Hand, die das Tablett loslässt, zieht sich eine einzelne Spaghetti vom braunbewirbelten Schopf und hält sie ihr vorwurfsvoll vor die Nase. Nun schwingt die dünne Nudel hin und her, leicht nur, aber ersichtlich und das spöttische Schmunzeln drumherum bleibt sitzen und sieht zu.

Da kam er wie gerufen, immer zwei Treppenstufen auf einmal, etwas außer Atem und half uns. Er drückte mir mehrere Servietten in die Hand, nahm dem Jungen das Tablett ab, eine Kassiererin eilte mit einem Wischlappen herbei. Sie wusste offensichtlich Bescheid, der Junge gehörte zu ihm und aß, wie des öfteren schon, hier zu Mittag. Ich bot eine neue Portion auf meine Rechnung an. Der Bibliothekar putzte Soßenflecken von der Kleidung seines Sohnes und sagte, das sei nicht nötig, keinesfalls, und Verlegenheit stieß mir Blut in die Wangen unterhalb der Haut und ließ mich seitwärts zur Salattheke blicken, doch die Kassiererin fand von Angesicht zu Angesicht, das sei alles halb so schlimm, und trug die Peinlichkeit mit dem besudelten Tablett und dem schmutzigen Lappen fort. Der Junge hatte seinen Blick umgezogen, sah aufmerksam nach meinem Haar, und ich wollte immer noch wie selbstverständlich sein Essen bezahlen. Unter keinen Umständen, sagte sein Vater und versicherte mir, was alles nicht nötig sei in einer solchen Situation und in jeder anderen auch nicht. Wir kommen allein zurecht, danke. Aber ich ließ sie nicht allein zurechtkommen, es war mir geradezu unmöglich, ich bestand auf Wiedergutmachung. Wir gingen zusammen zwischen Mengen von Leibern und Köpfen und Wortblasen zum Salat- und Nudelbuffet und dann in die Warteschleife zur Kasse und vermieden es, eine Nähe heraufzubeschwören, die die Anonymität von Unbekannten zerstört und konventionelle Verpflichtungen, wie das Verziehen eines Gesichts, das Bekanntmachen von Namen und die Bereitwilligkeit von Bewusstsein herausfordert, als täte man es freiwillig und nicht aus Übereinkunft. Vor der Kasse nahm die Verlegenheit wieder zu, als in der Schlange die Worte sich nutzlos freundlich ergaben und über jede intime

Abweichung hinwegglitten und die Kassiererin uns aufmunternd zulächelte und der Kopf leer und still wartete und fremde Rücken und fremdes Nackenhaar sich nur wenige Zentimeter vor meiner Nase bewegten und der Junge neben mir wieder sein Gesicht anhob und mein Haar betrachtete. Da erklärte er eine Spur zu großzügig, dass ich bei ihnen sitzen könne, und war sehr weitsichtig für sein Alter, weil nur noch ein Tisch an der Fensterfront frei war und ich ihm schlecht antworten konnte, dass ich nichts lieber wollte, als von ihm weg um die Ecke meiner aufgehalsten Unachtsamkeit zu biegen. Sein Vater verstand sogleich und unterbrach mit: „Simon!", und ich überlegte es mir anders und sagte: „Nein, nein. Ich komme gerne mit, wenn Sie nichts dagegen haben", und wir gingen zu dritt an den Fenstertisch, und der Junge saß zufrieden. Er entzog uns jede weitere Aufmerksamkeit und aß und suchte die einzelnen wandernden Flecken auf dem Campus als Menschen zu zählen. Als er laut bei vierunddreißig angekommen war, hatte ich Salatblätter mundgerecht auf die Gabelspitzen verteilt und sein Vater hielt seine Ellenbogen dicht am Körper. „Ich heiße übrigens Frank, Frank Jakobi", sagte er, „ich habe die Bibliothekarsstelle im Fachbereich Philosophie inne, ich glaube, wir kennen uns schon vom Sehen." „Ja, das kann sein", erwiderte ich, obwohl ich wusste, dass es so war. Simon unterbrach das Zählen, als er meinen Namen hörte, und beugte sich mit seinem Oberkörper über die Tischplatte. „Weißt du was? Meine Mama hieß Susanne, aber sie ist tot, " sagte er, und seine grünbraunen Augen nahmen einen hellen Ton an. In seinem Gesicht zog sich jede Lebhaftigkeit zurück, sein Blick wurde so spröde wie die Ellenbogenflicken an der Herrenjacke seines Vaters. „Na sowas", sagte ich trocken, ohne es zu wollen, „da haben wir was gemeinsam, meine auch." Der Junge machte den Eindruck, als ob er verstünde. Er nickte lebhaft. „Sie ist schon tot, seit ich lebe. Aber ich hab ja noch einen Papa", sagte er, und wir vermieden es, seinen ruckartig den Stuhl zurückschiebenden Vater zu beachten, und taten so, als seien wir unter uns. „Und Deiner? Was ist mit Deinem?", fragte Simon mit offen aufgeschlagenem andächtigem Mund, und ich ließ die Gabel sinken. „Der ist tot", sagte ich ruhig.

Schon beim verspäteten Durchschlüpfen durch die Masse der Anwesenden war es zu merken: Das Hampelmännchen war heute wieder besonders hampelig. Es schleuderte seine Gliedmaßen überkreuz durch die Luft, zitterte in den Knien, dass es wackelte, fuchtelte mit den übergroßen Händen an den dünnen Ärmchen um seinen spargeligen Leib herum und spielte mit Muskeln in seinem Gesicht, dass es nur so zuckte. Seine glattfrisierten, öligen Haare klebten quer über der Stirn, und dahinter entfalteten sich rechts und links ein Paar Ohren. Die Übergröße seiner Ohren wusste es regelmäßig zu benutzen, um seine Hände demonstrativ hinter sie zu legen, die mühselige Last seines Berufsstandes andeutend, und in den Raum zu krächzen, dass es nicht verstehe, was ihm von einer der hintersten Reihen im überfüllten Vorlesungssaal zugerufen werde. Es ließ diejenigen, die das taten, nach vorn antreten, um ihre aufdringlich unerfahrenen Fragen zu stellen oder, was seltener geschah, ein Argument zu formulieren. Wenn das Hampelmännchen seine Hände langsam von den Ohren fortnahm und vor seinem Bauch verschränkte, von leicht wippenden Schuhabsätzen oder von eilig unterlaufener Betriebsamkeit des Hin- und Herlaufens begleitet, schien es angestrengt zu lauschen, bis es sein Gesicht gegen den Sprechenden schleuderte und ihm krächzend in die Sätze fuhr. Ein blasser junger Mann mit dunkler Brille und extremem Kurzhaarschnitt hatte am Rednerpult soeben etwas vorgetragen. Das Hampelmännchen hampelte um ihn herum und sah zu dem ihn um Haupteslänge überragenden Studenten hinauf, als wolle es sich eine große dicke Wurst schnappen, um sie fachgerecht zu lagern und vor Ungenieß-barkeit zu bewahren. Maren schlich in der vorletzten Reihe auf einen der wenigen freien Plätze. „Das ist sehr schön und anschaulich, was Sie gesagt haben über ihre Betrachtungen des Glücks als konkrete Utopie. Aber wir sind ja hier in keiner Veranstaltung über naive Malerei. Nicht wahr, meine Damen und Herren, Sie müssen nicht lachen, Sie reden gemeinhin geradeso über die Utopie wie dieser junge Mann hier, als könnten Sie sich ein Bild von ihr machen, aber eine positiv ausgemalte Utopie ist keine Utopie mehr, denn so wie Utopie im strengen Sinne ohne den Gedanken an die Abschaffung des Todes nicht gedacht werden kann, gibt es andererseits ohne die Schwelle des Todes keine Utopie. Wenn Sie mal den denkwürdigen Satz Oskar Wildes nehmen: „Eine Karte der Welt verdient nicht einmal einen Blick, wenn das Land Utopie auf ihr fehlt,“ merken Sie, dass die Utopie, die Wilde meint, ja nicht das Sichtbare, Ausgepinselte, Hinzugefügte sein kann, wie Adorno zu sagen pflegte, sondern in der Negation dessen steckt, was ist. Im Ungenügen. Man kann aber von der Abschaffung des Todes nicht reden, als ob der Tod nicht wäre oder so, als wäre er etwas Seiendes. Man kann die Utopie als Antinomie zwischen Leben und Tod aufdecken und, abgesehen von den verschiedenen philosophischen Ansichten über Glück, über die sich streiten lässt, wohnt dieser Antinomie eine Bedingung inne, die auch für das utopische Land auf der geographisch angelegten Karte gilt. Wer Hungers stirbt, hat keine andere Utopie als die Hoffnung auf ihre Voraussetzung, und wer satt ist, stößt an die Grenzen der Freiheit, wie Sie an der gegenwärtigen angelsächsischen Diskussion feststellen können, meine Damen und Herren, und Sie sind so freundlich und nehmen wieder Platz, junger Mann!“ Das Hampelmännchen hampelte, unterbrach sich kurz, und spuckte dem mit vorgeneigtem Kopf sich entfernenden Studenten unbeabsichtigt hinterher, als es beim Sprechen mit der

Zunge heftig an den Gaumen stieß, wurde aber ruhiger, während es an die Außenaspekte des Glücks gelangte und die Ideen der gegenseitigen Anerkennung als Selbstzweck und Minderung des Leidens durch das Prinzip der Wohlfahrt veranschaulichte und mit einer philosophischen Gelassenheit über die Kategorie der Möglichkeit redete, von der Maren nichts spürte, weil die Bewegung des Hampelns in ihr eine Unruhe erzeugt oder wachgerufen oder vertieft hatte.

War das zu denken: Es werden die Ordnungsprinzipien des genetischen Programms und die Menschen und die Philosophie auf Bewährung in den sozialen Alltag entlassen? Maren war schon müde, bevor sie bei Johanna ankam. Die Sonne schien schwer und schmierig auf die Scheiben. In ihrer Hand lag das Lenkrad, sie versuchte dem Straßenverkehr aufmerksam zu folgen, dem Verlauf der Straße, den Querverbindungen, aus denen andere Autos quollen, Stoßstange an Stoßstange fielen sie vorwärts und zurück, kamen vor der roten Ampel zum Stehen, hupten, hörten Musik und fuhren wieder an. Mit Maren fuhren grelle Schlagzeilen aus dem Radio und Wortfetzen aus Nachmittagsresten und sie spürte eine Bewegung im Kopf, die mich anstößt auf Sprache, bin ich es, die diese Helligkeit spürt? Wenn es keine Wahrnehmung ohne Gefühl gibt, wenn nichts zu erinnern ist ohne eine gefühlsmäßige Einstellung, wenn es nicht möglich ist, Sprache zu erlernen ohne eine emotionale Bewertung ihres Sinns, warum suche ich dann den Tod zwischen Mauerritzen auf? Der stößt mir keine Worte ins Denken, verknappt auf Laufbahn. Meine Zunge bewegt sich, übt schmiegsam sich angepasst zwischen Lauten: ein Taumel, der vom Magen in den Kopf steigt. Schließlich hatte der Professor nach einer Seminarstunde augenzwinkernd zu einem anschaulich lächelnden, voll erblühten jungen Doktoranden gesagt, Pädagogen seien dafür da, dass sein Sportwagen nicht demoliert werde von Jugendlichen, die nicht mehr als das

Wort „Scheiße" herausbrächten, deren Leben sich mit Betäubungsmittelgesetzen zur Akte legen ließ, solange sie den coolen Moderator mit der echt geilen Ausstrahlung und einen Rennfahrer als Vorbild hätten, bis die Vorladung zum Haftrichter zum x-ten Male von keinem anderen Vermerk begleitet wurde als dem oft wiederholten Satz: „Du wirst mein Leben eh nich kapieren, Alter". Oder las ich das gestern erst in der Zeitung? „Aber zurück zum Ernst", sagte der Professor, doch, daran erinnere ich mich, „wir tragen die gesamte griechische Mythologie auf unseren Schultern, wenn wir nicht auf den Schultern von Riesen stehen", und der Doktorand nickte und behielt sich vor, in den Ernst einzutreten wie in eine Kirche. Was für ein Unsinn, ein Sammelsurium an Stilblüten, ich muss besser auf den Verkehr achten, das Hupen gilt mir, aber ich fühle mich wie ein gestiefelter Kater im Taka-Tuka-Land und halte Hans-Guck-in-die-Luft an den Händen. Und hatte das Hampelmännchen nicht betont, es existiere eine gut erhaltene DNA, die das Erbgut des Tasmanischen Tigers trägt? Die *Generation @*, zu der ich, nicht aber Johanna gehört, wird also mit Hilfe der *Gefrierfachwaisen,* der nicht verbrauchten künstlich erzeugten Embryonen, zum Klonen von menschlichen Embryonen vorrücken, vom homo disponibilis zum homo xerox, ganz zu unserem Vorteil, denn wenn beim Herstellen von genetisch identischen Zellen durch Teilung aus einem einzelnen Organismus zufällig ein Abfallprodukt zu Therapiezwecken von Aids entsteht, wird einer der Biomediziner den Nobelpreis kriegen. Was ist das menschliche Leben anderes als ein ganz beliebiger Rohstoff? Das hat er doch gesagt: „Was ist schon ein Embryo mit 46 Chromosomen, wenn man auf dem Wege der Klonung den Sozialismus revolutioniert." War so ironisch. Diese Gleichheit; alles identische Erbinformation. Über die Menschenbanken brauchen wir uns keine Gedanken machen, denn die Reproduktionstechnologie wird uns erlauben: greifbare Visionen.

Das Hampelmännchen wurde still und der Professor lächelte sein feinstes Lächeln, aber vielleicht täuscht sich Maren da, während sie geistesabwesend eine rote Ampel überfährt, und ich mich bemühe, sie auf den freien Parkplatz hinüberzuwinken, denn ich merke schon, jetzt wird es schwierig, sie biegt in eine Seitenstraße ein auf den Parkplatz und setzt den Blinker falsch, sie hat lange nicht mehr über den Flugzeugabsturz nachgedacht, und wir können nur vermuten, wie es war: denn sie redet nie darüber. Wie die Maschine der betreffenden Fluglinie vom Typ Condor Boeing 727 ins Meer stürzte, nachdem sie die Rollbahn beim Landeversuch zweimal vergeblich umkreist hatte, beim dritten Versuch war sie ins Meer gestürzt, berichteten die Fluglotsen, der Bordcomputer war nicht ausgefallen, wie die Nachforschungen ergaben, und die Maschine und hundertsechsundachtzig Menschen gingen in Flammen auf, bevor das Wasser über ihnen zusammenschlug und sie in den Fluten verschwanden, und die Besatzung hatte vorher keine Probleme gemeldet. In Berlin waren sie am Nachmittag abgeflogen, ein Triebwerk der Maschine hatte beim Landeanflug Feuer gefangen, und in Bahrein sollte nur Zwischenstation sein. Wenn man meine Eltern nun reproduzieren könnte, dachte Maren, und konnte sich nicht mehr erinnern, in welchen südlichsten Teil Afrikas ihre Eltern reisen wollten damals, es war ein Pilotenfehler und lag nicht am Material, und seitdem hatte sie diesen Blackout. Wie viele Trainingsprogramme wird der Pilot gemacht haben, um die Technik zu beherrschen, fragte ein Journalist im Fernsehen später einen anderen, aber was nützt das, die Asche in den Urnen wird wohl kaum ausreichen, um meine Eltern zu reproduzieren, eines Tages vielleicht, wer weiß. Denn einen Arm von der Mutter fand man, Maren hatte ihn anhand des goldenen Armbands, eines Erbstücks der osteuropäischen Urgroßmutter mütterlicherseits wiedererkannt, und den Vater hatte sie unterleibslos zwanzigtausend Meter vom Flugzeugwrack entfernt in einer Halle identifiziert, und seither lebte sie mit diesem harten trockenen Knoten in der Brust, denn wenn ein Mensch, der aus dem Uterus entstammt, auf einen Menschen trifft, der in einem Reagenzglas künstlich herangezogen wurde, und diese beiden treffen auf einen Menschen, der aus einer Klonung hervorgegangen ist, geben sich alle drei die Hand und versichern sich ihres doppelten Chromosomensatzes und des gemeinsamen Rechtsstatus als eingebürgerte Menschen, und ihre Herstellung spielt keine Rolle. Sie ist derart überzeugend auf Umwelt und Erbgutsinformation abgestimmt, dass jedes Genom seinen Zweck erfüllt: Hier haben wir unempfindliche, reizarme, reaktive Menschen, hervorgegangen aus jener *Generation@,* die unsere sozialen, politischen und wirtschaftlichen Steuerungssysteme bedienen, wo Computer und Roboter nicht einsetzbar sind, dort wird es ein System geben müssen, nach dem man die Menschen einteilt auf die besseren und die schlechteren Planeten, so dass die Bewohnbarkeit eines Planeten Auskunft gibt über den Status der dort lebenden Wesen. Der hängt ab von dem Grad der materialisierten Unsterblichkeit, einer gewissen Ähnlichkeit mit den heutigen Robotern und der vegetativen Seelenverwandtschaft, und das Hampelmännchen wäre sich mit dem Professor ganz einig in Normenbegründungsversuchen, die nicht jedermann vermittelbar sind. Denn wir sind niemals am Ende aller Utopien, und gegen 17 Uhr Ortszeit am nächsten Tag hätten meine Eltern am Flughafen ihres Urlaubslandes sein sollen, daran erinnerte sich Maren ganz genau und auch an das Gesicht des Bibliothekars und seine blau-gelb-grün gesprenkelten Augen, als Simon sich zurücklehnte und schwieg. Seine grünbraunen Augen hatten wieder eine dunklere Farbe angenommen, er blickte abwesend durch die Scheibe auf den in der Mittagshitze wie leergefegten Campus.

Maren nahm ihre Gabel auf und stach in ein Häufchen Salatblätter ein; nun war es Frank Jakobi, der sie betrachtete. Das war unangenehm. Ich wollte nicht über den Tod meiner Eltern reden. Ebenso wenig über den Tod einer unbekannten Frau und jungen Mutter. Johanna fiel mir ein, mein Leben schien momentan nur aus Toten, Halbtoten oder Lebensmüden zu bestehen. Was hätte ich auch sagen sollen? Das Antlitz meiner Eltern war für mich nur schweigsam zu erreichen. Ich sah den Schatten, der mich hinters Licht führte, ich hielt ihm Plätze frei, wechselnde Koalitionen. Mir war wärmer am Körper ohne den Schmerz. Man kann keinen Flugzeugabsturz erklären, wenn man nicht dabei gewesen ist, und wer dabei gewesen ist, hat meist keine Chance mehr, sich zu erinnern. Merkwürdigerweise schien Simon aber keine ausführlichere Erklärung zu erwarten, und ich betupfte mir erleichtert die Lippen mit einer Serviette. Das aufwallende Gefühl, isoliert zu sein in meiner Biographie, wich mit einem Ruck aus meinem Körper, als ich aufstand. Ich wandte mich mit einem Gruß in beiläufigem nettem Tonfall an den Jungen und streifte seinen Vater mit einem glatten Nicken. Er stand etwas umständlich auf und streckte mir die Hand entgegen. Seine Sicherheit schien in dem Maße zuzunehmen, in dem ich meine verlor. Was soll das? dachte ich, solch blaugelbgrüne Augen von feinen Fältchen umgeben, hatte ich bei einem Mann noch nie aus der Nähe betrachtet. Einzelne helle Härchen durch-strichen seinen braunen Oberlippenbart. Der Händedruck war sacht und fest. Ich spürte ihn noch im Handgelenk, als ich mitten auf der Straße den Bettler sah und neben ihm den Hund.

Ein dunkler Fleck im Licht als Maren müde den Kopf hob vom Lenkrad lag etwas schwer und klobig im Hauseingang war das eine Tüte voll Altpapier oder für die Altkleidersammlung zum Abtransport bestimmt während das Zündschloss knackte dann stieg sie aus nahm Tasche und Jacke und ging die Schritte vom Auto auf den Bürgersteig zu und von der Schnauze des Hundes tropfte der Speichel das gab sie sich zu dass der Schwanz leicht wedelte von links nach rechts auch das noch ja bevor die Abwehr in der Mechanik der Abläufe den Körper schneller mobilisierte als der Blick erfassen konnte wie verrenkt zwei dreckverkrustete Hautstellen an den Ärmelaufschlägen sichtbar wurden der Körperförmige lag reglos und unnahbar dunkel als Abfall von Menschenwürde und wollte nicht beachtet sein wie sein Hund das aushielt war beiläufig ein Gedanke der hinglitt als sie die Beine sah im Vorwärtsgehen lag der Straßenzug ganz ebenmäßig und sonnenbeschienen in den Häuserreihen die gewohnte Welt über dem Pflaster war flirrende Spätnachmittagshitze in halbschattiger Hinterhoflandschaft einer Genossenschaftssiedlung war das Gerumpel eines Schwertransporters auf der Durchgangsstraße hinter malzbonbonfarbener vierstöckiger Häuserwand war Sicht auf rosafarbene großblättrige Herzformdolden eines freistehenden Rhododendrongewächses hinter exakt geschnittenen Buchsbaumhecken war offenes wäschebespanntes mit Motorrädern bestücktes Asphaltgrundstück nur diese Beine so klumpig wie der Rest und Fersen waren nicht als solche zu erkennen und vom Kopf fehlte jede Spur in dem Flecken billigsten Kaufhausstoffes der nach Kotze roch und aussah als sei er einmal als Trainingsanzug verkauft worden ohne klumpige rohe Fleischstümpfe und Maren riss von den Füßen der Unkenntlichkeit ihr Bewusstsein und ein Empfinden los die erstarrt wie im Schreck voranschritten und das Knäuel Hund unbeachtet ließen weil jede weitere Regung sich nicht zu erlauben besser war wo die gewöhnlichste Bekümmertheit nur wider Willen wahrnimmt was sein kann aber doch nicht jetzt in dieser Straße nicht hier wenn ein gekipptes Fenster den Ton von den neuesten Meldungen des Sports verständlich macht und zu verstehen gibt was zu tun ist in Erwägung einer Unwirklichkeit von Sekunden die vorübergeht zu Johanna.

„Ja, wissense das denn nett? Isch habs ihrer Kolleschin, der anndern da, die mit dem grauen Haar, doch schon gesacht! Viermal warse unnerwegs heut Nacht, zweimal hatse bei mer geklingelt!" Maren fühlt sich den in die Hüften gestemmten Händen und dem vorwurfsvollem Augenaufschlag, der die runden dunklen Kirschaugen unter dem aufgeplusterten Haar von Johannas Nachbarin kurz zusammenpresst, kaum gewachsen, wie sie zusammen aus dem tageshellen Hinterhalt auftauchen. Gerade erst hat sie die ummauerten Balkonreihen hinter sich gelassen, und sich gefragt, wo die Kinder der Familien dieser Siedlungen spielen. Sie hat noch keins von ihnen gesehen, nur ein Baby greinen hören, und eine raue Stimme plärrte: „Halt's Maul". Da waren die in Müdigkeit fortlaufenden Sinneswahrnehmungen weiter geschritten, um sich konzentriert auf den Anblick Johannas vorzubereiten und gegen kommenden Arbeitsaufwand gewappnet zu sein: ein in Ruhe vorbereitetes Abendbrot wäre willkommen gewesen, Hausarbeit von der gewöhnlichen Sorte und eine Puppe namens Johanna, die fremdelt. „S'hat widder ihre Mutter gesucht, uffm Friedhof, obwohl der ganz woanners is, da drübbe Richtung Nidda und da lischtse jagar nett, und dann hat se misch gefragt, ob ich ihre Nachthemden geklaut hätt! Dabbei hattese drei ufeinannergezoge und hielt a Blumenstengelsche in der Hand. Un geflennt hat se wechen der Mutter. Ja, sachesemal, kann man des denn nett abstelle. Daddefür muß doch wer zuständisch sein! Ihre Kolleschin hat mir bloß gerate, mei Klingel leis zu mache, aber was nutzdendas, wenn se rum- schreit und stöhne tut wie am Spieß. Den Herrn Demel, den Nachbarn uff der linken Seit, stört des ja nett, der is Alkoholiker, aber des is doch kei Zustand, un was Sie nu widder fürn Gesicht machen, wie die anner auch, na jetzt nickt se wenigstens, das wollt ich mal gesacht habe, Fräulein!" Der Hausflur ist kalt und wenig einladend wie immer, die Helligkeit des Tages hat sich schlagartig zurückgezogen, im Rücken von Maren bückt sich die Nachbarin, brummelt Unverständliches und schlägt die Fußmatte aus.

Johanna sitzt nicht wie sonst, und der Fernseher läuft. Ein Wäscheberg im Flur signalisiert schon auf den ersten Blick Unordnung, die sich auf den zweiten Blick über die ganze Wohnung verteilt. Im Spülbecken liegen eine abgepackte Wurstrolle und mehrere Scheiben Schwarzbrot, aus einem offenen Glas Johannisbeermarmelade auf der Spülablage quillt ein Taschentuch, und der Marmeladendeckel liegt auf dem Fußboden neben Klecksen von Konfitüre, die sich bis zur Badezimmertür in einem klebrigen Schmierstreifen entlangziehen. Auf dem Wohnzimmerboden verteilen sich ein Dutzend verschiedenfarbige, zerschlissene Hand- und Küchentücher, und auf dem Sofa verstreut liegen die Fotos aus der Schachtel, die Johanna sonst versteckt. Eine Schere, ein Klebeband (wo hat sie das gefunden?) und das Fotoalbum auf dem Wohnzimmertischchen sprechen dafür, dass Johanna sich mit der Vergangenheit beschäftigt. Auf die Frage nach der vergangenen Nacht gibt sie keine Antwort. Sie steht vor dem Fernseher mit einem erröteten, energetisch zuckenden, verzückten Gesichtsausdruck und winkt dem Bildschirm. „Mach mal lauter", ruft sie Maren zu, mit einer wie elektrisiert wirkenden Stimme, deren krächzender Nachhall von einer verborgenen Aufgeregtheit herrührt. Im Nachmittagsprogramm spielt sich eine der üblichen Talkshows ab, und die Kamera zeigt im Großformat das weinende Gesicht einer beleibten Frau zwischen zwei Männern, offenbar streitenden, aufgebrachten Kontrahenten. Johanna tritt an Maren heran. Sie wirkt leicht entrückt in ihrer Lebhaftigkeit und streicht sich nervös einzelne weiße Haarsträhnen glatt, die ihr in die quadratische Stirn fallen. Die herbe Linie ihrer Brauen ist mit von Empfindung erregter Ausdrücklichkeit, einem irren Licht in den blauen Augen und der halb geöffneten zahnlosen Mundhöhle verbunden. „Ich muss dem Herrgott danken dafür, dass alles so schön ist, hat Dich der Herrgott geschickt? Guck mal, was ich alles hab, diese Wohnung hier und die Strümpfe und die Handtücher, ist es nicht schön bei mir? Ich habe alles, Essen und Trinken und ein Bett, und die da heult!" Johanna wendet sich wieder dem Bildschirm zu und dem Frauengesicht, auf dem Nässe in Bächen läuft. Ein teigiges, flächendeckendes Dulden ist in die Körperhaltung der Frau eingezogen. Ein wulstiger Arm ist zu sehen, die Kamera schwenkt auf ihn zu, er hält sich krampfhaft an der Stuhllehne, der andere liegt halb an den unförmigen Leib gedrückt. Johanna winkt erneut, die einzelnen Finger bewegt sie etwas gekünstelt und mit einer gewissen Portion Boshaftigkeit, begleitet von einem kleinen glücklichen Lächeln, das sich unverwandt am Unglück der Frau weidet. „Mach doch mal Ton an", sagt sie zu Maren, die über die Handtücher gestiegen und zu ihr hinüber gegangen ist. Maren stellt bei sich fest, dass die Klientin Frau Born sich mehrmals umgezogen haben muss, unter einem blassblauen, knielangen Wollkleid trägt sie eine lange, braune, schon etwas verfilzte Hose und darüber eine weiße und eine gelbe Bluse, die sie verschränkt miteinander hier und da zugeknöpft hat. Johanna findet sich heute sehr schön. Maren beugt sich zu ihr hin, nimmt ihr die Fernbedienung aus der Hand und drückt mehrmals auf den Tonregulierer, bis eine belegte Stimme zu hören ist, während die Kamera sich auf das offene, aufgeweckte Gesicht einer jungen Moderatorin richtet. Die findet sich mindestens ebenso schön wie Johanna: Das sieht man. „Ich verhalte mich manchmal nicht so, wie ich sollte, und dass mein Mann mich dann schlägt, versteh ich zwar nicht so, aber dass er wütend wird, das schon", sagt eine von Resignation unterlegte Stimme, die aus der fett-beleibten Frau mit den tiefliegenden Augen spricht. Sie wird kurz von der Kamera eingeblendet, bevor diese erneut zu dem verständnisvoll abschätzig bedenklich aufgeklärten Kopf-schütteln der jungen Moderatorin hinüber schwenkt, die erwartungsvoll zum Gegenstand ihrer Talkshow, dem Publikum, blickt. Einer der männlichen Gesprächspartner springt auf, schaut zwischen Kamera und Moderatorin hin und her und erklärt: „Deswegen muss er sie ja nicht gleich schlagen". Die Moderatorin beeilt sich hinzuzufügen, was der Lebenspartner, ein muskelbepackter Mann, der, die Hände in die Hosentaschen vergraben, in bemühter Gleichmütigkeit dasitzt, denn wahlweise verständnishalber tun könnte. Johanna, die eben noch zu Maren gewandt: „Ich versteh die nicht. Worüber reden die denn?" vor sich hinmurmelte, wird starr in Haltung und Blick und stiert auf den Bildschirm, der diesen Mann vor sie hinwirft, als könne sie ihn abonnieren. Maren öffnet den Mund, das Telefon klingelt. Sie lässt Johanna Maria Born stehen, drückt im Rückwärtsgang den Ton etwas leiser und läuft um den Wohnzimmertisch herum, um den Hörer abzunehmen. "Hier bei Born, Maren Gottschalk am Apparat." Am Ohr grüßt die dienstälteste Altenpflegerin mit ihrem Namen, während Johanna noch immer schmachtend auf den Bildschirm starrt, zusieht, wie die fettleibige Frau sich schwerfällig aus ihrem Stuhl erhebt und von einem betont freundlichen Gesicht der Moderatorin verabschiedet wird. Ein einarmiger alter Mann betritt als nächster Talkshowgast den Senderaum. „Die Dienstbesprechung ist auf nächste Woche Donnerstag verschoben", das unaufhörliche Knacken, das gegen das Ohr fällt, filtert die Verkündung in stimmhaft menschliche Ober- und Untertöne, „bitte seien Sie pünktlich, auf der Tagesordnung stehen folgende Punkte: Medikamentenabnahme, Aufteilung und Besetzung der

Dienststunden und ein Vortrag über manisch-depressive und psychotische Demenzschübe. Außerdem, nehmen Sie es mir nicht übel, möchte ich Sie daran erinnern, die Handschuhe immer zu benutzen, die zur Körperpflege bereitliegen. Wenn Sie sie in Gebrauch genommen haben, sind sie wegzuwerfen, denn die Übertragung von Bakterien schadet nicht nur Ihnen, sondern auch der Klientin. Wenn Frau Borns Zustand sich nicht bessert, geben Sie ihr eine halbe Tablette zusätzlich nach dem Abendbrot." In Ordnung. Danke. Bis nächste Woche.

Als Maren aufblickt, hat sich die Abendsonne unter das Fenster gesenkt. Johanna hat den Fernseher eigenhändig abgeschaltet und steht schräg abgewandt regungslos. In ihrer Körperhaltung hat sich etwas verändert. Es ist eine Stille in sie eingezogen, die ungemütlich wirkt und unantastbar und in den Raum übertritt. Schweigend beginnt Maren, in der Wohnung aufzuräumen, sammelt die Handtücher auf, faltet sie zusammen, legt sie in den Wäscheschrank, zieht einen Kreis um Johanna, enger und enger, ohne sie zu berühren, schiebt den Schmutzhaufen im Flur zur Seite, holt einen kleinen roten Wäschekorb aus dem Bad und stopft die Schmutzwäsche dort hinein. Sie holt frisches Brot aus dem Kühlschrank, das Marmeladenglas gehört auf den Balkon in den weißen Flaschencontainer. Um Johannas Knöchel spannt sich die faltige, ausgetrocknete Haut, ihre gekrümmten Finger haben sich zu einer knorpeligen Faust zusammengeschlossen, sie hält die transparenten Augenlider gesenkt. Rühr mich nicht an. Ich kenne ihre Ungezügeltheit schon, das betäubte, trockene, verquollene, rohe Fleisch, hinter dem ein Nerv pocht auf dem langen Weg der Überwindung, wenn wir niemand vorstellig zu werden gedenken, nicht zu scherzen belieben, über die eigenen Füße stolpern, wenn wir nichts weiter als die eigenen Bedürfnisse sind. Johannas Augenlider sind beschwert, ein grauer

Schmierfilm liegt über ihrem Gesicht. Sie hat nur die Wahl zwischen Ausklängen.

Falls noch etwas gewesen sein soll, habe ich mich geirrt. Diese uferlose Art: der unbedachte Unterschied zwischen einer objektiven Relation und der eigenen subjektiven Empfindung. Es ist nicht mein Verschulden. Es heißt von der Welt, ihrem Leiden, dass es nicht aus seiner Haut kann, aber sich formen zu Gestalten bei Lebzeiten. Hat Johanna nicht recht? Die Schale voll Obst: zwei Äpfel, einer rot und einer gelb, eine Banane, eine Birne. Grüne Weintrauben. Die weiße Kerze, die daneben auf dem Tisch steht, das Tischtuch, das etwas beschmuddelt aussieht, weil sie heute schon warm gegessen hat. Braucht sie mehr, eine andere Vorstellung von Glück? Maren überkommt eine Müdigkeit, die Schlaf anbietet, ehe er da ist. Sie wehrt sie ab, nimmt das Marmeladenglas in die rechte Hand und geht auf Johanna zu, um auf den Balkon zu gelangen. Die Greisin möchte schlagen. Hebt ihre Hand. Da hilft nichts; nicht die Augen, sie wärmen den Mund nicht, der offen steht, wie Münder es tun, wenn Atem, überall Atem, verbraucht ist und die Brust gesenkt, still wie nichts. Nicht die Ohren, angewachsen schräg überm rötlich aufgebrochenen Gesicht, die das Hören nicht halten, die Haut vom Hals abhängen, hinters Haar schieben, graue Alterssträhnen. Eine junge Frau und eine alte. Ein Schoß dort, wo Lippen, Augen, Beine nicht verweilen wollen, inmitten der Bewegung; schon atmet die Haut wieder, die Haare fliegen vor Hast, Hände legen zu, holen auf, stoßen ins Leere. Maren ist Johanna ausgewichen und stellt sich an, als hätte sie nichts bemerkt. Sie öffnet mit einem Ruck die Balkontür, bückt sich, stellt das Glas ab, richtet sich auf. Der beginnende Abend hat die Bäume hinter blauvioletten Wolkenfetzen in riesige Schatten versetzt. Johanna Maria Born dreht sich um und schlurft langsam auf ihren Sessel zu.

Maren wird die Balkontür leise schließen, im Vorbeigehen die kleine Wandlampe einschalten, das Schwarzbrot mit Butter beschmieren und mit Sülze belegen, ein frisches Glas Orangensaft auf den Tisch vor Johanna stellen, sie wird Bettdecke und Kopfkissen neu beziehen, aufschütteln und ein Laken über die Couch stülpen und dessen Enden in den Spalt zwischen die Armlehnen und die Sitzfläche stopfen. Während Johanna isst, wird sie die trockene Unterwäsche über der kleinen Badewanne im engen Baderaum zusammenlegen und im Wäschefach verwahren. Sie wird Johanna zwingen, ihre Medikamente zu nehmen, die ihre Tabletten mehrmals in der hohlen Hand versteckt und darauf hofft, Maren könnte klein beigeben, gleichgültig werden, achselzuckend sie sich selbst überlassen. Maren wird schreien müssen und drohen mit dem Abtransport ins Altersheim und schmeicheln mit dem wartenden, duftenden Bett. Sie wird sich eine halbe Stunde lang abmühen, bis Johanna bereit ist, sich die Blusen aufknöpfen zu lassen, in das von einem Strahler vorgewärmte Badezimmer zu kommen, sich auszuziehen, waschen und einsalben zu lassen. Johanna wird sagen: „Du Luder, Du, mir ist kalt", während Maren ihr das Nachthemd über den Kopf stülpt. Maren wird dastehen mit zusammengebissenen Zähnen und einem Schläfenschmerz, der bis in den Nacken reicht und dicht unter die Augen. Sie wird sich sagen, dass sie die halbe Stunde Verspätung das nächste Mal wird abknapsen müssen, sie wird sich wiederholen, dass sie von diesen Vorgängen lernen könne, was das sei, unbefangene substantielle Sittlichkeit, wenn Johannas Selbstbewusstsein das an und für sich Allgemeine zum Prinzip der eigenen Willkür macht, sie wird sich behelfen mit dem verdienten Geld.

Sie greift sich den Ordner, als Johanna endlich im Bett liegt, unfriedlich, aber zugedeckt, um Eintragungen vorzunehmen:

Klientin J. hat den Kopf zur Wand gedreht. Die undeutlich beleuchtete Dunkelheit hinter heruntergelassenen Rollläden, das zusammengeschnürte Päckchen der Fotos samt Fotoalbum auf der schmalen braunen Wandablage, die düstere Lautlosigkeit eines klammen Atems streifen Marens Wangen, als sie mit kaum hörbarem widerwilligem Gruß den Kopf im Flur wendet und sich die Strickjacke überzieht. Johanna blickt, dunkel umrissen von Kontur, todesbleich auf kahle Wand. Die Tür fällt ins Schloss. Im gleichen Moment öffnet sich die Wohnungstür der Nachbarin. Die bringt aufblendendes, grelles Licht in Gang, steht im Treppenhaus und will und hat und tut und Maren weiß, sie will nichts mehr: „Lassen Sie mich in Ruhe, gute Nacht" ist alles, was sie will.

An einem Tag wie diesem schob sich eine zarte, gebräunte Hand unter ihren Arm und ein Buch, so gut wie aufgeschlagen, schob sich nach. Da war ein Karlsson zu sehen, der von der Astrid Lindgren, der, zu dem Lillebror ins Zimmer fliegt und ihn zu Unsinn anstiftet. Maren kennt den molligen, frechen, fliegenden Karlsson ganz gut, aber das könnte sie an etwas erinnern, was sie lieber vergessen möchte, überhaupt hat sie gar keine Zeit jetzt. Sie fragt sich, was es heißt, wenn sich das Sein verzeitlicht. Auf Simon ist sie in diesem Zusammenhang von Seiendem in der Seinsart des Bewusstseins nicht gefasst, sie haben sich lange nicht wiedergesehen.
„Findest Du nicht auch, dass der Karlsson manchmal ganz schön unverschämt ist?", fragt er unschuldig schüchtern wie obenhin, wo doch die lang bewimperten Augen nicht wagen, Maren dabei anzusehen. Der Junge steht dicht neben ihr, in Schulterhöhe zu ihrem Kopf und schaut auf ihr Haar. Maren riecht seine frische, unverbrauchte, kindliche Anwesenheit unter T-Shirt, Jeans und Sportschuhen. „Von den fünf Bonbons, die sie sich teilen wollen, die sind aber eigentlich vom Lillebror, nimmt sich Karlsson drei, steckt sich eins in den Mund, damit es gleich aufgeht, und als der Lillebror protes-

tiert, weißt Du, was der Karlsson da sagt? Das stört doch keinen großen Geist!" Findest Du nicht auch, legt sich die junge gebräunte Hand neben Marens Ärmel, wagt aber nicht an ihm zu zupfen, und tippt stattdessen auf die Abbildung, findest Du nicht, schiebt sich die Hand wieder zurück und blättert unbeholfen Seiten um, und will das Kinderbuch wieder zuklappen, unter gesenkten Augen schielt Simon auf Marens dick in Leder eingebundenen Band. Findet Maren nicht plötzlich auch, dass es heute sehr heiß ist, geradezu glühend, dieser Sommertag wirft mit Kreislaufzusammenbrüchen nur so um sich, klitschnasse Hemden, schweißnasse Achseln, feuchte Stirnen, an der Fensterscheibe tummelt sich ein Schwarm Fliegen, und im geöffneten Fensterspalt stülpt sich die Luft.

Das Telefongespräch mit Amira hat noch nicht stattgefunden, aber am frühen Morgen des angebrochenen Tages hatte Maren sich Amiras erinnert und auch Charlottes. Beide Freundinnen waren sehr unterschiedlich und sich doch ähnlich, hatte Maren punkt sieben Uhr unter der Dusche festgestellt, während das lauwarme Wasser auf sie herab prasselte und über die Schultern perlte, wie Tag und Nacht unterschiedlich sind in Ansehen und Ausformung. Unterschiedlich war ihre Hautfarbe, ähnlich waren sie sich in ihrer Zuneigung. Sie lassen beide oft zeitgleich von sich hören, stellte Maren verdutzt fest, während sie die Lotion über die weiche Haut an den Innenseiten ihrer Oberschenkel strich, ihren Schamhügel und die fleischigen, empfindlichen Innenseiten seiner Wölbungen einseifte, sich über die Hüften, die Pobacken und den Bauch fuhr und die runden, weichen Brüste bis auf die Brustwarzen nicht ausließ. Sie legte ihren Kopf zurück und genoss das spritzende Wasser auf der nackten Haut, das in kleinen Bächen an den Beinen entlang lief und das Schamhaar kräuselte. Amira läuft jetzt sicherlich schon in öffentlichen Gängen und Fluren an

Krankenbetten auf und ab, gibt hier eine Spritze, dort eine Erklärung und operiert, wenn sie nicht gerade im Kreißsaal steht. Charlotte wird ab neun Uhr für die Rundfunkanstalt auf dem Börsenparkett stehen und um die Wette laufen mit Aktien- und Fondsgesellschaften, Brokern, Indexen und dem neuesten Stand des Dow Jones. Maren rubbelte sich in das Handtuch hinein, bis hinunter zu den einzelnen Zehen, die sie sorgfältig abtrocknete, zog ein schwarzes Gummi aus dem Haar, umfasste es mit beiden Händen und schüttelte es nach vorn, um die letzte Feuchtigkeit am Haaransatz vom weichen Frotteestoff des Handtuchs aufsaugen zu lassen. Charlotte, die Elegante, mit ihrem weizenfarbenen Haarknoten im Nacken, wird immer ein Single bleiben, meinte sie voraussehen zu können in dem, was sie sich dachte, während sie sich die Zehennägel schnitt und aufpasste, dass sie mit der Spitze der Nagelschere nicht ans rohe Fleisch unterm Nagelbett stieß. Hin und wieder wird Charlotte ihr Haar für einen Mann öffnen. Hingegen schien ihr Amira, die Warmherzige, mit den ebenholzfarbenen Augen, in denen stets ein schwarzer, schimmernder Ton schwamm, unter Menschen, bei ihrem Mann und den zwei Kindern gut aufgehoben, seit sie wieder in Deutschland wohnte. Aber einem solchen, an den Haaren herbeigezogenen Gegenstandsbewusstsein hätte Heidegger noch keine Bedeutsamkeit zugesprochen, und ich sitze nun hier mit diesem Kind, frisch geduscht vor Stunden und schon wieder klitschnass auf der Haut, und dieser Junge soll seine geschickten Versuche, mich zu erweichen, unterlassen. Wo ist eigentlich sein Vater?

Als könnte ich auf ein unumstößlich spontanes Gefühl zutreiben, das so viel Anlauf nahm wie Karlsson, wenn der Propeller auf seinem Rücken sich in Gang setzte vor vielen, vielen Jahren in meiner Kindheit. Barsch wies ich den Kleinen zurecht und mich selbst mit ihm, dass geflüstert werden soll in solch hehren Räumen der Geschichte des Geistes, die die Frau, die ich war, in ihre natürlichen Schranken verwies und mich anstarrten in Form von abweisenden Büsten und abschätzigen, spöttischen Blicken männlich durchdachter Reflexion. Und Karlsson kicherte und fuhr durch meine Lungenflügel und stieß an meine Rippenbögen und schrie vergnügt, dass wohl bald Sommerferien seien und die Bibliothek so gut wie leer und der Junge doch wohl kaum mehr als sieben oder acht Jahre alt, und diesmal war es sein Vater, der errötete, gerade als Karlsson wieder im Buch verschwunden war, zugeklappt, lag es dinghaft da. Da steckte der kleine, dicke, unverschämte Kerl noch einmal seine Nase heraus, schaute verwundert und ließ mich im Stich, wie damals den Lillebror, wenn ihnen die ganze Sache zu bunt geraten war. Und mir kam es vor, als sollte dem Jungen eine Gardinenpredigt gehalten werden, die sich mit den Regeln derer behilft, die nicht fliegen können. Simon stand mit hängenden Armen und schamhaft erloschenem Gesicht vor einem Stuhl, auf dem er warten sollte, und seines Vaters Stimme fuhr über seinen Wirbel, schnitt ihm den Weg ab, bog an den dunklen, langen Bücherborden vorbei und verebbte in einer der dunkelgrau steinernen Büsten ehrerbietenden gewissenhaften Mäzenatentums der Philosophie. Und das unumstößliche, spontane Gefühl filterte aus dem Sediment kommunikativer Verlautbarungen eine hervorgepresste Entschuldigung, die ausreichte für ein Vergnügen. Das berief sich plötzlich und überraschend auf Karlsson, lachte, freute sich über das verdutzte Gesicht des Bibliothekars, überwand jede momentane Hemmung und betretene Geste, klappte Heidegger aus der Welt und schritt auf den Jungen zu. Und das alles wegen Simon, dachte Maren bei sich, oder warum tust Du das, im Palmengarten warst Du lange nicht, was aber geht es Dich an, wenn ein Kind unablässig Haare betrachtet. Das erkläre jetzt mal seinem Vater, wie hinterhältig Verse einfallen.

Die Du schon mein Knabenherz entzücktest,
Welcher schon die Knabensträne floss,
Die du früh dem Lärm der Toten mich entrücktest,
Besser mich zu bilden, nahmst in Mutterschoß

Da kam diese müde, dreiste Stimme verlogen wie nur was, erzählte volltönend von durchwachten, zerarbeiteten Nächten, von geradezu rheumatisch arthritischen Ausmaßen in den Gelenken rund um Schultern, Kniekehlen und Ellenbogen, von der höheren Gewalt gesunder Luftverhältnisse (in einer Stadt wie Frankfurt!), über die Niederungen ausgeschlachteter Kopfhöhlen, die jetzt unbedingt, vorzugsweise ohne Aufschub, mit Wonne spazieren zu führen seien. „Ihr Sohn könnte mich für eine Stunde begleiten." Ja. Er wurde röter als rot im Gesicht, ich dachte, gleich platzt er wie Johanna, wenn sie blass wird, er sprach von Umständen, die es mir mache, was so viel heißen mochte, dass wir uns gar nichts angingen. Dies Unverfänglichste ging gegen mich an, es kam mir recht, um, gepeinigt von meinen einfältigen Einfällen, wieder hastig umzudenken: Siehst Du wohl, Karlsson, sah ich im Zusammenpacken der Utensilien den Anlass nicht bei mir, wohl aber Zurechtweisung. Kühl im Gebaren legte ich Missbilligung in die Muskelbewegung meiner Mundwinkel, die Simon prompt und auf seine Weise interpretierte. Er warf einen Blick auf seinen Vater und fragte: „Darf ich?". Inzwischen ganz ungesprächig, wandte ich mich zum Gehen, und Frank Jakobi zog ein Buch aus dem Regal heraus, in dem er arg angelegentlich blätterte. Dann riet er seinem Sohn streng zur Kappe, die er auf dem Kopf tragen sollte, der Hitze wegen, und runzelte eine Augenbraue, wie über sich selbst. Für einen Augenblick grasten wir unsere Gesichter ab, schnippten mit Scheren im Verlauf: Bist Du es nicht, ist es der

Zorn aus schlaflosen Nächten. Er schickte mir Zwerge ins Haar.

Als wenn die Ereignisse, die mit diesem Tag zusammenhingen, noch nicht verbraucht waren, besann ich mich auf die erste Begegnung mit meinem Onkel. Wir gingen damals nach der Beerdigung meiner Eltern an einem Strand spazieren, er, ein älterer Mann und Bruder meines Vaters, und ich, die ihn aufforderte, von sich zu erzählen. Er widersprach nicht, gab bloß zurück, ich solle fragen. Dazu fand ich nichts, wir schwiegen und gingen einige Zeit so nebeneinander her. Ich spürte den Sand unter den Sohlen, Sand in allen Poren, in den Körperöffnungen, Sand im Haar und auf den Lippen, überall körnige Beschaffenheit. Unangenehm bestürmt kam ich mir vor, eine betriebsame Leere, aber keine durchdachten Fragen im Kopf, mir fiel nichts Sinnvolles ein. Als wir auseinander gingen, dankte er mir zum Abschied. Seine Antworten seien ihm neu und fremd zugleich erschienen, und er sei einer so geduldigen Zuhörerin entwöhnt.

Ich strich diese Erinnerung zusammen, um unbeschwert und aufgehoben mit Simon zu gehen. Und unbeschwert und aufgehoben waren wir, als zutrauliche Enten uns, die wir Brötchen in den Händen hielten, umlagerten, und die Küken aufgeregt hin und her trippelten, und Simon auf die Idee kam, eines in seiner kleinen hohlen Hand mit nach Hause zu nehmen, und ich ihm davon abriet. Unbeschwert waren wir, als er mir zögerlich sein Waffeleis entgegenstreckte: „Willste mal probieren, meins ist auch lecker", sagte er, und am Rande des Springbrunnens fielen uns Wassertropfen entgegen, und Simon lief wie ein Irrwisch wieder und wieder durch sie hindurch, breitete die Arme aus, blieb stehen. In der Nähe blinkte über eine angrenzende Wiese hinweg eine kleine Eisenbahn, der Zug fuhr durch Gesträuch und ein

Blütenmeer, und aus dem Wasser grüßten Seerosen. Danach ruderten wir aus Leibeskräften auf dem Teich und schaukelten um die Wette, aber mir wurde es schlecht dabei, und Simon erklärte sich zum Sieger und setzte sich tröstend zu mir auf eine Bank im Gewächshaus und betrachtete lange fischschwänzige Wesen. Die Sonne schwitzte wohltuend an einem nahezu wolkenfreien Himmel in unsere ungetrübte Stunde hinein, die sich verlängerte und verlängerte, und als wir wieder unter der Palme ankamen, die vor dem eisernen Drehtor südeuropäischen Schatten spendete, wurde Simon störrisch und sprang mit einem Satz ab, lief davon über die gegenüberliegende Straßenseite, ließ sich rufen mit ärgerlicher Stimme und folgte dem erschrockenen Tonfall. Auf dem Heimweg war er nicht mehr derselbe. Ich wusste beim Abschied an der Hintertür des Philosophikums nicht zu sagen, ob es gut war, der Philosophie auf diese Weise den Rücken zu kehren. Das Leben in einer Tonne war einfacher als die Ungewissheit, etwas Richtiges oder Falsches zu tun.

Ich hätte den Telefonhörer nicht mehr abgenommen, wenn das Klingeln nicht angedauert hätte. Es war Amira, heiser, verquollen und dumpf. „Stell Dir vor, hör mir bitte zu", sagte sie abgehackt, „wir haben heute Drillinge auf der Station, aber keine Mutter mehr". Das kann nicht sein, dachte ich, das gehört nicht in diese Geschichte. „Es begann als ganz normaler Vorgang", sagte Amira, die noch nicht wusste, dass ich vor einiger Zeit einen kleinen Jungen kennengelernt hatte, „aber was heißt schon normal, bei einer Geburt ist nichts normal oder so normal, wie die Unfassbarkeit des Vorgangs einer Geburt seit Jahrtausenden ist. Es sah ganz gut aus für eine Drillingsgeburt während der Schwangerschaft, das erste Kind kam auch ganz normal, aber was heißt schon normal", sagte Amira, ihre Stimme klang flach und gepresst an meinem Ohr, „wir haben die Mutter mit Infusionen begleitet, der Wehenschreiber zeigte an, wie wenig die

Muskeln drei Kindern gewachsen waren, aber jedenfalls es kam, saß mit dem Kopf eine Weile fest, wir haben die Saugglocke benutzt, und es ging auch gut so weit, es ist ein Junge. Bei dem zweiten Kind hat ihr die Hebamme immerfort zugeredet, geschrien hat sie schon lange nicht mehr, sie musste ihre Kraft zum Pressen gebrauchen, das Kind saß dann fest, trotzdem es ein Winzling ist, ein Mädchen von tausend-fünfhundert Gramm. Wir haben zu viert um sie herumgestanden und gedrückt, und sie hat es tapfer herausgepresst. Beim dritten Kind fiel der Wehenschreiber aus und die Mutter ins Koma, kannst Du dir das vorstellen, ich konnte es mir nicht vorstellen, bis es soweit war, aber es war so, eine fünfundzwanzigjährige Frau! Der Vater sitzt da, sitzt einfach nur da und weint nicht, kann nicht weinen. Wir konnten das Kind mit einem Kaiserschnitt herausholen, es war wieder ein Junge, er liegt jetzt im Brutkasten, ob er's überlebt, weiß ich nicht. Ihr ist eine Schlagader im Kopf geplatzt, und eine Stunde später war sie tot. Nichts zu machen, verstehst Du, die Hebamme ist grau vor Schmerz, wir haben uns alle gut vorbereitet, alles bereitgestellt für den Notfall, Dienstwechsel eingeplant, die Kinderklinik informiert, es war nichts zu machen. Ich mache mir Vorwürfe, dass der Kaiserschnitt nicht gleich gesetzt wurde, aber wir hatten das Einverständnis der Mutter, eine vitale, junge Frau, sie wollte es erst einmal versuchen. Niemand war auf ihren Tod vorbereitet. Obwohl wir immer auf alles vorbereitet sind. Es tut mir leid, dass ich Dich störe", sagte Amira erschöpft. Ich hörte sie leise weinen, und sagte nichts, wusste nichts zu sagen, blies in den Hörer und schluckte hilfloses, schweres Schweigen. „Es geht schon", sagte Amira, und wir wussten beide, dass es nicht so war, und legten auf.

Im Büro roch es muffig, aber die Sekretärin grüßte freundlich und schickte Maren den Gang entlang bis zu einem der Diensträume, in dem regelmäßig Besprechungen stattfanden. Woran man absieht, dass jemand alle seine Illusionen verloren hat, Tag- und Nachtträume, die Lust auf Metaphysik und Sex, sinnliche Lebensfreuden, die der Resignation entgegenstehen, Gefühle, die uns emporheben aus den Niederungen des Alltags, wenn wir bewegt werden und uns angesprochen fühlen, wenn Kunst, Kultur und Gespräch mehr sind als dumpfer Rauch und blasser Dunst von Sehnsüchten und Erinnerungen: Ausgezehrt und verwirkt sah ich die dienstälteste Altenpflegerin, das war unverkennbar zu behaupten auch auf den Abstand von zehn Metern schon, in dem sich Maren auf einen Stuhl drückte. „Wie schön, dass Sie da sind", sagte die Dienstälteste spitz mit einem Blick auf die Uhr, „ich möchte Sie bitten, nächstes Mal pünktlicher zu sein, nach der Teamsitzung haben fast alle hier noch ihre Termine wahrzunehmen, einschließlich meiner Person und führen kein Studentenleben wie Sie". Maren war in dem Bewusstsein gekommen, sehr pünktlich zu sein, tatsächlich war es früher Nachmittag, ihr Zeiger zeigte zwei Minuten nach zwei, aber sie war die Letzte der Eintretenden in der Runde. Die Altenpflegerin trug ihr Gesicht wie ein misslungenes, mühsam auswendig gelerntes und sterbenslangweiliges Gedicht auf und kroch mit einer quäkenden Stimme in den fatalistischen Verlauf der zwei folgenden ausgemergelten Stunden, unterbrochen nur von der Bitternis des Vorgangs, wenn sie scharf an unabänderliche Tatsachen, wie das Anlegen von Mullbinden, die Dosierung von Echinacin und Baldrian, von Psychopharmaka und den professionellen Gebrauch verschiedenster Haut- und Pflegesalben erinnerte. Die übrigen Anwesenden saßen hufeisenförmig und zückten ihre Notizblöcke: Liebe Johanna, schrieb Maren, Deine wahnhaften Investitionen werden nun hier objektiviert, aber noch nicht in Anstaltsform. Was man so endogene Psychose nennt, Dein manisch-depressives Irresein, haben wir alle hier zwischen unseren Einkommensschichten differenziert, so dass die

Zuteilung bei schizophrenen Alterserkrankungen infolge unserer fürsorglichen Bemühungen weiterhin in den untersten Schichten am häufigsten und schwersten anzutreffen ist. Bürgerliche Familienfälle haben es leichter, abzufedern, eine Sprache zu finden. Es ist aber noch nicht auszumachen, ob unsere individuellen Defektzustände, unsere ungünstigen Erbanlagen und unsere mangelnde Resistenz gegenüber unbekannten Infektionserregern beim erforderlichen Leistungsniveau auf die gesellschaftliche Verfassung anwendbar bleiben. Zumindest bei der dienstleitenden Altenpflegerin, die Du gut kennst, und bei mir habe ich feststellen können, dass wir zu der besonders gefährdeten Gruppe gehören, die gerne in eine unwirkliche Atmosphäre eintritt. Du wirst nicht glauben, dass ich daran gewöhnt bin; in der Philosophie, einem traditionellen Familiengeschlecht mit langer Ahnenreihe, gibt es lauter solche Leute. Sie fordern ständig dazu auf, in die gedankliche Meta-Reflexion einzutreten und aus dem Leben heraus, sonst spricht die Sprache nicht mit ihnen und sie nicht in einer Sprache. Und bei der dienstältesten Krankenschwester ist die Symbolisierungsfähigkeit durch Abarbeitung so verkrüppelt, dass alles gleichnishafte Denken in ihrer markanten Falte zwischen Nasenflügel und Mundwinkel konkretisiert ist. Die Variationen unserer Libido und unser Entwicklungsprofil messen sich am Verfall Deiner ohnehin allzu geringfügigen Leistungskurve. Wir haben Dich bereits aufgegeben. „Und wie kommen Sie nun mit Johanna zurecht?", fragte die Dienstälteste in Marens Notizen hinein, in einem scharfen, zurechtweisenden Ton, der schon vorwegnahm, dass sie in jedem Falle mehr wusste, als Maren kundtun konnte. „Ich würde sagen, sie steht auf einer Stufe mit Nietzsche", antwortete Maren. Da lachten sie, bevor ich zur Vorlesung musste. Nur die Dienstälteste lachte nicht.

„Wenn man ihn sieht, schwört man auf Designerbabys und pränatale Diagnostik", murmelte Charlotte vornüber gebeugt nahe an Marens Ohr, „sicherlich schreibt er gerade einen Artikel über „Sex im Zeitalter seiner reproduktionstechnischen Überflüssigkeit".“ Sie blickte sich um. Der Vorlesungssaal füllte sich allmählich. Charlotte schlug einen munteren Tonfall an und schob ihre gespreizten Hände in die Nackenbeuge: "Darin rechnet er nach, um wie viel mehr die neuen Technologien sozialen Bedürfnissen statt biologischen Notwendigkeiten entspringen, da die künstliche Gebärmutter ganz im Dienst der Befreiung der Frau steht. Einmal Cyberspace für uns alle, direkt bis unter die Haut, und der Euro, der Yen, der Dollar sind gerettet." Eine Reihe von Kommilitonen bahnte sich den Weg in die Vorlesungsreihe, neben Charlotte und Maren waren noch einige Plätze frei. Sie nahmen ihre Jacken und Taschen, standen auf, dehnten Rücken und Schulterblätter nach hinten und ließen sie durch. „Die Fondseigner, über die ich gestern schrieb, setzen neuerdings wieder auf die konventionell arbeitende Konkurrenz in Brasilien, seit der Preis für Gen-Soja auf dem Weltmarkt fällt. Das kann sich bald wieder ändern, nur die kleineren Produzenten halten da nicht mit. Die Bauern bringen sich massenweise selbst um. Wen juckt´s." Charlotte zuckte mit den Achseln, schnitt eine Grimasse und blickte hinüber zum Eingang des Vorlesungsraums. Der Professor stand umringt von einigen Studenten, nestelte ungeduldig an seiner Krawatte und erklärte charmant die Termine seiner Sprechstundenzeiten. Man hörte einzelne Uhrzeiten herausfallen. Charlotte legte die rechte Hand über ihre linke Schulter, nahm den Ellenbogen vom Tisch, und wandte sich erneut an Maren: „Die Webseite des Senders hat im Schlussquartal des Geschäftsjahres bereits mehrere hundert Anzeigenkunden gewonnen. Sie erhöhen den Marketing- und Vertriebsaufwand, sie möchten zu den meistbesuchten Online-Adressen im Sektor Wirtschaftsnachrichten werden.

Gerade sind sie dabei, einen ganz neuen Werbetypus zu installieren: Zielgruppe höchstes Nettoeinkommen unter den Senioren. Die wurden bisher wie zweite Klasse behandelt, aber jetzt haben sie fünf Untertypen ausgemacht, auf die sie sich konzentrieren: den traditionellen, den repräsentativen, den lustbetonten, den authentischen und den qualitätsbewussten Typ. Darauf werden die Anzeigenangebote ausgerichtet. Wahrscheinlich bekomme ich bald ein Angebot, da einzusteigen. Und wenn ich ablehne, Pech für mich!"

Maren blickt die Freundin von der Seite an, unterlässt es aber zu fragen, ob Charlotte das Angebot annehmen wird. Der Professor ist an das Rednerpult gestiegen, das Gemurmel im Saal verebbt. Charlotte packt einen Kugelschreiber aus und lehnt sich zurück. Sie hat das ebenmäßig klassisch geschnittene Gesicht eines Models, an dem man sich nicht satt sehen kann und das seine Wirkung selten verfehlt. Verstohlene Blicke von männlichen Kommilitonen streifen sie des öfteren, aber auch Maren liebt das Zusammenspiel ihrer grünlich seewassertiefen Augenfarbe, die von dichten, dunklen Wimpern umrahmt wird, dem feinen mattglänzenden, von hellblonden Natursträhnen durchzogenen Haar, dem von hellen Härchen überzogenen, leicht gebräunten Teint, der exakt wie mit einem Zirkel vorskizzierten geschwungenen vollen Lippenlinie und der grazilen Körperhaltung, die jedes Muskelspiel ihrer Glieder in einer natürlichen Balance hält, wie sie kaum perfekter zu modellieren wäre. Charlottes Schönheit ist von einer Kunstfertigkeit, die die Natur im seltenen Idealfall selbst hervorbringt. Alles an ihr könnte Klischee sein, und die Arbeit ihres Lebens besteht darin, sich diesem Bild zu entziehen. Das dachte ich schon, als ich sie zum ersten Mal sah, ich sah sie und dachte es. Wir aber standen in Zürich vor einer aus Skelett- und Leichenteilen zusammengeschusterten, etwa zwei Meter hohen Statue namens Venus von Milo 2000, die über und über behängt war mit glitterndem Tand, in Plastikfolien eingeschweißten Algen und klebriger, getrockneter Schokolade. Ich ging seit dem Tod meiner Eltern regelmäßig in Museen, um mich von meiner Trauer abzulenken und auch, um ihr zu begegnen. Ich wollte etwas ausgedrückt sehen, was mir fehlte. Auf den Totenschädel, diese Totenfigur, war ich allerdings nicht gefasst. Ein unlebendiger Schmerz drückte mir beim Betrachten des Kunstwerks in die Augen, und je mehr ich mich zusammennahm, umso schlimmer wurde er. Eine junge Frau stellte sich neben mich, was ich in meiner Beklemmung als störend empfand. Ich versuchte, sie aus meinen Augenwinkeln zu verscheuchen, spürte, dass sie auf ihrer Anwesenheit beharrte, und gab es auf, sie aus ihrer Unmittelbarkeit zu entlassen. „So sind wir", stellte sie in einem munteren, nüchternen Ton fest, ohne meine innere Abwehr zu registrieren. Gezwungenermaßen sah ich sie an, und wir hatten diesen Déjà-vu-Effekt: eine Seelenverwandtschaft, die sich aus ihrer blanken Schönheit und meiner verwurzelten Verzweiflung ergab. „Das ist erst der Anfang", sagte ich, „das Ende ist noch nicht abzusehen". Einige Tage später fuhren wir gemeinsam zurück nach Deutschland.

Nun saßen wir hier. Charlotte besuchte, wenn es ihre Arbeitszeit zuließ, in Abständen als Gasthörerin die Universität. Ich beugte den Kopf nach vorn, wandte meine Aufmerksamkeit dem Professor zu, meine Gedanken zerstoben in der Bemühung um Konzentration. Zügig beladene Worte drangen in meinen Gehörgang ein: „Wenn das geistige Material, die geistige Produktion patentiert wird, kommt ihm ein Eigentumsverhältnis zu, das über den Zugang zu Informationen, Gütern und Dienstleistungen geregelt wird. Der Besitz von Ideen, Konzepten und Wissen gehört zum elektronischen Netzwerk digitaler Service-Einrichtungen auf dem Markt, als dessen Produkt die Zwischenmenschlichkeit Grundlage der industriellen und technischen Gesellschaften ist. Wir reden im Bereich angewandter Ethik, um es mit einem UNO- Bericht zu sagen, über den Umstand, dass es in Tokio mehr Telefone gibt als in ganz Afrika. Sie sehen das Dilemma globalen Problembewusstseins. Die Vereinten Nationen sind bestrebt, Telekommunikationsgesellschaften nicht nur zum Profit, sondern zur Zusammenarbeit mit Hilfsorganisationen bei der Verbesserung von Katastropheneinsätzen und zum breiteren Zugriff auf neue Impfstoffe anzuhalten. Wenden wir uns nun dem Punkt zu, an dem die philosophische Argumentation ansetzt:" - Die Konzentration setzte aus. Maren kam, aus einem Grund, der rein theoretisch unklar blieb, über diesen Punkt nicht hinaus, ihr Kopf dachte mit ihrem Körper und versuchte das Gehörte auf Johanna anzuwenden, die letzte Seminarstunde des Hampelmännchens schob sich vor den Professor. Sie waren von der Barbarei zur Selbsteinstimmung der Vernunft und der Selbstdurchdringung des Geistes gekommen. Das Hampelmännchen hatte betont, dass es nicht genug sei, zu verstehen, dass das Verstehen noch über die Vorstruktur, in der man denke und lebe, hinausgehen müsse. Woher sonst solle Wahrheit kommen? Wenn sie nur aus dem Seinsgeschehen geschöpft werde, könne sie nicht reflexiv sein. Das war sehr einsichtig. Johanna gibt den Skeptiker ab, dachte Maren. Ihr fehlt die Universalmoral. Und ich bin der Einfaltspinsel.

wenn jegliches argumentieren verboten ist kann ich das denken nicht lernen dann komme ich in haft oder bin abfall oder habe keine funktion eben johanna kann nicht sprechen kann nur glauben also nichts da schob mir charlotte ein zettelchen zu gehst du heute abend mit mir tanzen oder der glaube ist ein bild mit dem ich diesem leben einen sinn eine hoffnung gebe aber ja doch ich komme mit

Amira war in der nächsten Woche für Maren nicht zu erreichen. Sie kümmerte sich um die Säuglinge und den Vater, operierte eine Gebärmutterschwulst heraus, begleitete mehrere undramatische Geburtsvorgänge und nahm sich Zeit für ihre Familie, wenn es ihr Beruf zuließ. Derweil ist Johanna nicht außer Acht zu lassen, denn Maren hatte an diesem Wochenende, inzwischen ist der spätsommerliche August weit fortgeschritten, einen doppelten ambulanten Dienst vor sich, und auch Simon wartet. Von seinem Vater wollen wir vorerst nicht sprechen. Maren schrieb nebenher an ihrer Abschlussarbeit und häufte hin und wieder Erinnerung auf ihren Onkel, der weit entfernt lebte, irgendwo in Amerika, Indien oder Singapur, wie wir uns denken können nach seinem Kommentar. Hat ein kleines Hausboot vielleicht oder einen umgebauten Lieferwohnwagen, vielleicht auch einen Neuanfang gemacht, verkauft, was zu verkaufen war, und ist gegangen. Wie man sich das eben so vorstellt. Aber wohin ist er gegangen? Immerhin liegt ein Brief von ihm in Marens Briefkasten, korrekt abgestempelt, aber durch den plötzlichen Gewitterregen heute Morgen ist der Umschlag aufgeweicht und weder Adresse noch Stempel sind zu entziffern. Den Brief wird uns Maren vorenthalten, sie hat ihn selbst noch nicht gelesen. Er liegt neben ihr auf dem Tisch, während sie mit aufgestützten Ellenbogen, beide Handrücken an die Schläfen gedrückt, für Stunden in der Welt ihrer Lektüre verschwindet: *Ohne etwas Mut kann man nicht einmal eine vernünftige Bemerkung über sich selbst schreiben. Ich glaube manchmal Ich leide unter einer Art geistiger Verstopfung. Ich bin sehr oft oder beinahe immer voller Angst. Es ist mir immer fürchterlich wenn ich denke wie ganz mein Beruf von einer Gabe abhängt die mir jeden Moment entzogen werden kann. Wie man auch nicht merkt dass man fortwährend atmet als bis man Bronchitis hat & sieht dass was man für selbstverständlich gehalten hat gar nicht so selbstverständlich ist. Und es gibt noch viel mehr*

Arten geistiger Bronchitis. Oft fühle ich dass etwas in mir ist wie ein Klumpen der wenn er schmelzen würde mich weinen ließe oder ich fände dann die richtigen Worte (oder vielleicht sogar eine Melodie). Aber dieses Etwas (ist es das Herz?) fühlt sich bei mir an wie Leder & kann nicht schmelzen. Oder ist es dass ich nur zu feig bin die Temperatur genügend steigen zu lassen? Das Hampelmännchen ist zu loben, das so was durchgehen lässt; auch noch als Abschlussarbeit. „Die transzendentale Reflexion dürfen Sie nicht außer Acht lassen", wollte es in einem ersten Gespräch mit Maren über Absicht, Struktur und Motiv jedoch betont haben. Saß, um einen rauchigen Rest im Aschenbecher zu ersticken, und war fortwährend dabei, die atemlos ausgestoßenen Sätze im Raum auf ihre Phonstärke abzuklopfen, ihnen mit den trommelnden Fingern auf dem Tisch einen Zeitraum zugestehend, den sie kaum verkraften konnten. Erklärte auf atemlos beeindruckende Weise den Zusammenhang zwischen der Welt und der Philosophie und das Philosophieren als ein blitzartiges Reflektieren. Und ohne ein Blatt vor sich die gesamte europäische Philosophiegeschichte in einer Stichhaltigkeit (und mit solch leuchtenden Augen), die sich kaum wiederholen konnte.

Johannas Augen glänzen vor Freude. Sie will jetzt gleich, sofort auf die Grünanlage vor dem Haus. Da sitzen sie schon, sie hat es gesehen vom Balkon aus, drei Nachbarinnen, zwei wohnen in den umliegenden Blöcken, eine hat Kirschaugen und wohnt neben Johanna. Maren fürchtet die Postkartenidylle, die auf sie zukommt, scheinbar belangloses Geschwätz in allen Etappen seiner Bösartigkeit. Ungeduldig zerrt die Klientin an ihrer Jacke, und Maren fragt sich, ob Johanna weiß, was auf sie zukommt. Johanna ist ganz woanders, denn sie hat heute eine Amsel gesehen, die sich eine Brotkrume geschnappt hat, sie warf sie ihr hinunter vom Balkon, das übrige Brot liegt verstreut auf den Steinfliesen. In der Wohnung sieht es unordentlich aus, aber nicht unordentlicher als gewöhnlich, und Maren sagt sich, dass sie schließlich auch morgen, an einem Sonntag, staubsaugen könne. Johanna hat die Hand bereits in die Luft gehoben und dreht ihren rechten Arm in unendlich langsamen Kreisen. Sie streckt ihn hoch, ihr Jackenärmel rutscht über knochiges Gelenk. „Frau Born, wir müssen ihre Schuhe suchen, ihre Füße stecken noch in den Hausschuhen", der betonte Satz sucht Rührung zu verbergen. Die kaum getragenen Schuhe finden sich neben dem Fotoalbum im untersten Wäschefach. Johanna Maria Born streicht sich mehrmals hilflos über das weißgrau melierte Haar. In ihrem Gesicht zuckt es unaufhörlich, sie kann das Zittern der Mundwinkel kaum noch beherrschen.

In ihrem Totenschein wird stehen, dass sie an Lungenentzündung gestorben ist, nicht an Altersschwäche, nicht daran, dass ihr Leben zerschlissen war. In ihrem Totenschein wird auf zellpathologische Prozesse verwiesen werden, nicht darauf, dass man eine weiße Delle in ihr Gewebe an Armen und Beinen drücken konnte, dass es dauerte, bis sich diese Delle wieder füllte, bis die Haut ihren natürlichen Ton zurückgewann, wenn man sie versehentlich bei der Versorgung ihres Körpers anstieß. Von der Vorsicht, mit der sie sich bewegte, damit ihre Füße die Bodenhaftung nicht verloren, wird es keine Notiz geben, auch nicht davon, wie sie es schaffte, ohne Zähne zu essen, wenn sie nicht mehr wusste, wo ihre Prothese lag. Der Krankenhausbericht wird wiedergeben, dass sie unter Inkontinenz, grauem Star und altersbedingtem Muskelschwund litt, nicht aber den feinen Uringeruch, den sie trotz der Windeln, die wir ihr anzogen, stets ausströmte, und an den ich mich allmählich gewöhnte. Es wird vom Absterben der Gehirnzellen die Rede sein, aber nicht von den Entschlüssen, die sie gegen Ende ihres Lebens fasste, und nicht von meinem Erschrecken, wenn ich ihrem geräuschlosen Atem nachlauschte. Nicht von der Beklommenheit, die mich überkam, wenn der noch pulsierende Totenschädel über der Bettdecke mir klare, leuchtende Augen zuwandte. Einige Monate vor ihrem Tod bewegten sich ihre Hände in einer unnatürlich erscheinenden, verrenkten Weise häufiger, ihre ausholenden Armbewegungen wirkten unkontrolliert, um Sekunden später plump auf den Tisch zu fallen, an dem sich ihre Finger festkrallten. Sie verharrte stundenlang im Sterben, in einem dumpfen, starren Zustand, der ihrem Tod vorausging wie ein Ring, in den sie eintrat, der unsere Angst umschloss, die Angst der Lebenden, und eine besinnliche, eine ängstliche, eine triste Teilnahmslosigkeit war in ihr Gesicht gerückt, das allen Ausdruck nach innen, auf einen uneinholbaren, fernen Bereich wandte. Sie starrte abwesend und abweisend aus dem Fenster, wenn sie saß, auf die karge Wand und ins namenlose Dunkle, wenn sie lag, aber dieses unantastbare Starren war so laut so stark so mitteilsam wie eine Botschaft: es fiel ihr zunehmend schwer, noch einmal ins Leben zurückzukommen. Johanna Maria Born wird sein: eine stille, in sich gekehrte Sterbende, die ihre Einsamkeit hinnimmt und aushält wie das Leben.

Aber jetzt wehrt sie sich noch.

die blauen Augen aufgerissen läuft sie an meinem Arm die Nachbarinnen schauen zu wie wir mühsam vorwärtskommen Schritt folgt Schritt ihre Beine schieben sich nach vorne ich halte sie fest bin Brücke in obdachloser Welt nun prüfen sie mein Gesicht machst du das gern oder tust Du nur so wir sind zuerst dran aber Du wirst später folgen mach Dir nichts vor es ist schwer es ist mühsam es ist schmerzhaft so Johanna da bist Du liebst die Sonne so sehr die bald nicht mehr scheinen wird für Dich aber nun komm mal setz Dich her erzähl ach Du kannst nicht willst nur schauen willst nur Freude haben an den Vögeln an den Blumen an der Luft wie schade halten wir also den Mund merken doch das ist etwas Besonderes vielleicht das letzte Mal für Dich diesen Nachmittag sind wir gnädig aber zu essen bekommst Du doch wohl nachher was gibt es denn für Dich was kann das junge Ding denn kann sie mehr als studieren im Leben stehen mit zwei Beinen wir konnten es nicht wissen darüber werden wir schweigen Fräulein Johannas Schuhe sind offen und ihre Mutter liegt in Cassel na Johanna denkst wohl dran wie sie da lag auf der Wiese früher haste mehr erzählt davon konnte auch die Großmutter nichts ändern das hatte sie davon man darf sich gegen das Leben nicht auflehnen das ist eine Sünd wenn man mehr will als man kann als einem zusteht sieh mal uns an da blieb der Schuster bei seinen Leisten sag ich ja aber nun haste ja die Fräuleins und wirkst so ungerührt so friedlich so glücklich unter dieser Sonne zu sitzen da kommt ein Wind auf Johanna wirst gehen müssen Johanna ein jeder Wind geht seinen Weg geh Du mal den Deinen das Fräulein am Arm sehn sie nicht beschützenswert aus grad jetzt wen meinst Du na uns doch uns

Johanna stößt einen markerschütternden Schrei aus, ihre klammen, kalten Finger krallen sich in meine Bluse, ihr Mund schreit offen, die Prothese verrutscht, hängt schief, Johanna bewegt sich nicht, rührt sich nicht mehr, steht, als würde sie hier auf der Stelle festwurzeln. Es sind noch knappe zwei Meter zur Haustüre, im Rücken das aufgeregte Gewatschel der Nachbarinnen, und Johanna ist stumpf wie eine geborstene, gespaltene Kräuterhexe aus den verfluchten Gärten des Satans, der irgendwo hier herumschleicht, ihr schaumige Bläschen über den Mund streicht, sie sabbert sich die Jacke voll, wischt und verteilt schleimige Nässe unbeholfen über Hals und Kinn, ich ziehe ein Taschentuch, Johanna, sag ich, Johanna, kommen Sie Frau Born, das schaffen wir, nur noch ein Stück, kommen Sie weiter, ja, so ist es gut, noch ein Stück

weiter, nun die Treppen hinauf, heben Sie ihren Fuß ein wenig höher, ja so ist es gut, noch drei Stufen, dann haben Sie
es geschafft, nun stößt sie wieder mit den Ellenbogen, wischt
unwirsch mit dem Taschentuch, die starre unbewegliche
Miene ist eine Maske, die das Gesicht schließt, warnend
warten ihre halben Augen, bis ich aufgeschlossen habe, dann
gehen wir in einer Berührung, die einer gewalttätigen
Umklammerung gleicht, auf den Sessel zu, es ist ein
Zweikampf, den ich verlieren werde, nur fallen soll sie nicht,
mit jedem Stück, den der Sessel näher kommt, will sie sich
mehr losreißen, erschöpft wirft sie sich hin. Wischt sich über
die bleichen, trockenen, blutleeren Lippen, schließt die
Augen und schürzt leicht ihren Mund.

Johanna ist am vorigen Abend umstandslos ins Bett gestiegen, die Erschöpfung war ihr noch anzusehen, sie schnarchte
leise, als ihre Betreuerin ging. Das gab Anlass zur Zuversicht,
aber nun ein ganzer Tag allein zu zweit, was wird das geben?
Johanna Maria Born liegt im Bett, sie will und kann und mag
nicht aufstehen, „Ich bin nicht da", ruft sie, als Maren zur Tür
hereinkommt. Ihre Stimme schnarrt und gurgelt, es bleibt
unverständlich, was sie murmelt und bezweckt, dazwischen
wird gehustet und gerülpst, als hätte sie zu viel Wasser ge-
schluckt, aber das mag die Fülle der Erlebnisse sein, die ihren
Körper ins Bett drückt,die sie ächzen und schnaufen lässt bei
anhaltender Bewegungsunfähigkeit ihrer Gliedmaßen. „Fliegenscheiß", murmelt sie schließlich deutlich hörbar, „das Essen kommt, wart doch, es kommt". Maren hat den Kaffee
schon gebrüht und berät mit sich, wie sie Johanna dazu bringen kann, sich aufzusetzen. Das Wohnzimmer ist von klarer
Helligkeit durchflutet, einzelne Staubpartikel schweben wie
winzige Lichtfalter durch den Raum, nur ein einzelner, dunkler Fleck auf dem Familienfoto an der Wand lässt stutzen; der
war doch gestern noch nicht da. Zögernd geht Maren über
den verkrümelten Teppichboden, staubsaugen muss sie

auch, das dachte sie schon, streicht eine Welle mit dem Fuß glatt, nachher wird sie die Sessel umrücken müssen und den Teppich zurechtlegen. Zwischen dem gepolsterten Sessel, auf dem Johanna sonst sitzt, und dem Fußende ihres Sofas nimmt sie den verglasten Rahmen in Augenschein, aber vom Glas fehlt jede Spur, das Bild hängt lose im Rahmen. Johanna wird in den vergangenen Stunden ihre Gründe gehabt haben. Johanna, warum hast Du das gemacht, das Gesicht Deiner jüngsten Schwester mit einem schwarzen Filzstift übermalt, oder ist es Kugelschreiber, aus der Entfernung ist es nicht zu erkennen, das schwesterliche Antlitz ist ein schwarzer Fleck wie Fliegenscheiß, das kleinbürgerlich aufgereihte, possierliche Gruppenbild der Familie bloßgelegt im nächtlichen Affekt. Wie wird die Schwester geheißen haben? Johanna nestelt einen Fuß unter der Bettdecke hervor und winkelt das Bein am Bettrand an, schwingt das Knie hoch, wedelt nach links, wedelt nach rechts, zackig, mit einer Kraft, als sei der Affekt erneut in sie eingeschossen, stemmt Knie gegen Marens Schienbein, stößt sie weg, was geht Dich das an? Taubstumme Manieren richten sie umstandslos auf und strecken eine lange, auffällig fleischige Zunge heraus. Wir spielen Spielchen heute, Maren. Aber das kenn ich doch schon, Johanna, ich dachte, das brauchen wir nicht mehr. Aber dieses hier, das kennst Du nicht. Schau Dich doch um.

Da stand sie, ehemals verführerische Schwester, heute schwarzer Fleck wie Fliegenscheiß, der Fleck auf dem Bild ist verschwunden. Die Schwester öffnete eine feuchte und kalte Kammer, von schimmeliger Rußschwärze überdeckt. Zwei Betten für sieben Menschen, tranken Kaffee aus zerstampften Kohlstücken, dazu gab es trockenes Schwarzbrot, denn wenn der Bauer ein Huhn isst, dann ist er krank, oder das Huhn, und wenn ich der Herrgott wär, äße ich dreimal am Tag Milchsuppe. Bei den Mahlzeiten wurde noch für sie mitgedeckt, die mit Wasser vermischte Milch brach sie aber schon aus. Auch ein Bruder hatte sich angesteckt, in der Zeit, als er die gemeinsame Schwester beschlief, wenn er nicht auf der Seite bei der Mutter lag. Kam aber durch. Der Tod zweier Säuglinge und der Unfall eines Kleinkindes waren verwunden. Waren Sie das? Jedenfalls ist wieder ein leerer Platz geschaffen durch Frost und Erbrechen, Fieber, Durchfall und Husten, Kopfweh und Wirrheit, das letzte Geld hatte der Vater ausgegeben, um einige Messen lesen zu lassen, die standen ihm näher als der Arzt fern in der Stadt und waren auch billiger. Die Schwester hört sie nicht, ehemals anmutigstes Kind unter Geschwistern, sitzt bei Johanna in der Ecke, ein schwarzer Fleck wie Fliegenscheiß, mit einem Körper wie eine Kammer. Lag schlechter gebettet als Johanna heute, in einem Bett, dessen ursprüngliche Farbe nicht mehr zu erkennen war und in dem das Stroh ein schwärzliches Aussehen angenommen hatte, mit muffig riechender Bettdecke und zusätzlich einer alten Jacke zugedeckt, und wenn Johanna, der die Mutter ein schwarzes Kleid aus Sackleinen nähte, das Deckbett aufhob, sprangen die Flöhe so dicht umher, dass sie im ersten Moment nur die Wahrnehmung des Flimmerns vor Augen hatte. Die Schwester hustete, es war aber nichts als typhusartige Erkältung, die nahm ihr den kümmerlichen Atem, wurde „Fliegenscheiß, Fliegenscheiß".

Und wie kam die Schwester auf das Gruppenfoto, das einen sozialen Stand vortäuscht, der während eines Fototermins abzulichten war? Und wie kam der Fototermin zu Stande, wenn Johanna damals keinen blütenweißen Stehkragen besaß? Maren geht zwischen flachen Steinen auf und ab. Notgedrungen, wenn es gar nicht anders geht, hat die dienstälteste Altenpflegerin fürsorglich eine Pause in die Dienstzeiten eingerechnet. Das kommt besonders am Wochenende vor, wenn endlich der Groschen fällt, nicht der Groschen, mit dem Johanna ihre Wohnung bezahlt hat, als sie noch arbeiten ging und ihr Leben bestritt, als sie in einem Kinderheim zwischen zwei Weltkriegen einen schmalen Lohn verdiente, als sie das alte, lang besparte und beliehene Familienfoto samt Rahmen aus den Händen des Pfarrbruders freudig entgegennahm, das sie längst verschollen glaubte, anschaute und kurz entschlossen wegsah, als sie die nachträglich retuschierte fremde Gestalt als ehemalige Schwester anerkennen sollte.

als ich zum ersten mal in einem deutschen krankenhaus arbeitete, sagte mir eine weiße stationsschwester, ausländer würden stinken. sie riechen anders als wir einheimischen, verstehen sie, sagte sie herzlich und nett, wahrscheinlich, weil sie sich anders ernähren und pflegen, aber sie werden sich sicher schon bald bei uns eingewöhnen, sagte sie freundlich, sie sind ja ärztin. als ich zum ersten mal in washington war und an dem großen geschäftsessen nach barrys einstand in der firma teilnahm, war ich die einzige schwarze unter all den weißen im saal, mit ausnahme derer, die uns bedienten. als ich george neulich vor dem dienst zur schule fuhr, weil wir seinen turnbeutel zu packen vergaßen, und er es eilig hatte, erzählte er mir im auto, dass seine mitschüler ihn gefragt hätten, ob unsere nasen von geburt an so platt seien. irgendwie deformiert, sagten sie. barry ist als weißer amerikaner, der in ihrem land arbeitet, gern gesehen, wenn es um die unersetzlichkeit der amerikanischen vorstellungen von freiheitlicher demokratie geht, das geht auch uns etwas an, sagen sie, wir haben den holocaust in die welt gesetzt, und ihr nur die sklaverei. obwohl barry nicht müde wird zu erklären, aus welchem land ich komme, bleibe ich die afrikanerin, simbabwe, nigeria oder kenia, entschuldigen sie, wo kamen sie her? fragen sie, gibt es bei ihnen denn noch großwildjagden? ich sage ja, und auch buschmänner. ihre frau ist so hübsch, loben sie barry, da haben sie sich ja ein

71

kleinod mitgebracht. bohrt shell nicht auch für uns in der gegend?

Der Junge saß gesenkten Kopfes und las, er las auch noch, als Maren leise durch die Glastür in die Bibliothek trat, und wenn man genau hinsah, tat er nur so. Er wartete auf den Heimweg zu einer warmen Mahlzeit in bewohnten, vertrauten Räumlichkeiten, und die Studentin mit dem matten braunen Schimmer von Kastanien im dunklen Haar, die den Farbton und das humorvolle Lächeln auf seinem Nachttisch geklaut hatte mit ihrer Verdopplung, ging ihn nichts an. Sie ging auch um eine Ecke und sah ihn nicht, sprach nicht mit ihm, merkte nichts, packte ihre Bücher aus, und im Lächeln hatte er sich geirrt: da war keins. Da rief ihn sein Vater von der sich wiederholt öffnenden Glastüre zu sich, und er sprang auf und sah sich nur ein einziges Mal um und kümmerte sich keinen Deut um sie. Es würde Kartoffelbrei geben und Mais und Spiegelei heute Abend, wie er es liebte. Sie mussten aber einen Umweg machen, denn es war Fachbereichssitzung, erklärte ihm sein Vater, heute Abend, Simon, bist Du allein zu Haus. Sie liefen in einem schnellen Zug eilig über den Campus und Simon durchdachte die gebratenen duftenden Spiegeleier auf seinem Teller und half die Kartoffeln mit Milch zu begießen und kleinzustampfen, und nahm sich den Teller randvoll mit Mais. Dann schob er das Durchdachte auf morgen, denn die Fachbereichssitzung wartete auf eine Vorbereitung kopierter gelehrter Geräusche und tonnenweise Papier in einer Erwachsenenwelt, die sich mit Mais schlecht vertrug. Sie traten in ein turmhohes Gebäude ein und stiegen im Getümmel ihn streifender Körper eine Treppe hinauf. Auf einem tunnelartigen Flur vor einer Reihe von auf- und zuklappenden Türen inmitten über ihn hinwegsehender, stirnrunzelnder junger Menschen und ihren unbegreiflichen

Worten aus Solipsismus Dogmenzwang Entwicklungslogik sprach sein Vater mit einem lustigen Männchen, das beim Reden mit den Händen wie ein Fechtmeister fuchtelte, ihm mit seinem Zeigefinger beinahe ins Nasenloch stach und quer über seine Schulter in die Luft schnitt, als wolle er ihm das Stechen beibringen, aber so gut wie Errol Flynn war er nicht. Als sie die Treppe wieder hinunterstiegen, machte sein Vater ein sorgenvoll vorbereitetes Gesicht, in dem sich Arbeit anhäufte, das Gesicht verschwand in der Arbeit, und die Arbeit nahm die Spiegeleier und fraß sie auf, und den Kartoffelbrei zerstampfte sie bis zur Unappetitlichkeit, und ein kleines Häufchen Mais blieb übrig, dazu gab es ein belegtes Brot. Aber ein Eis, Papa, wollen wir ein Eis essen gehen, und meine Legoburg hast Du Dir letzte Woche nicht angesehen, weil Du sie Dir vorgestern ansehen wolltest, und vorgestern ist heute und heute hast Du keine Zeit. Es tut mir leid, mein Sohn, ich hätte gern Zeit für Dich, morgen bestimmt. Und wieso lag ich im Blut und Mama starb daran.

Über die Endpunkte einer Straßenlinie, die ich zu überqueren hatte, begegneten wir uns, sie standen an einer Ampel, deren oberste Signalleuchte auf Rot zeigte, ich ging bereits über Grün geschaltet auf sie zu. Im Wahrnehmungsraum sinnlich erfassbarer Gegenständlichkeit, zwischen Eisenbahnschienen, quietschenden Autoreifen und knatternden Auspuffrohren, dem saftigen Geruch von gebratenem Hammelfleisch, wahllos aneinander vorbeilaufenden, bunt bemusterten Menschen unbekannten Ausmaßes stachen ihre leibeigenen Gesichtsformen konzentrisch heraus und hielten meinen Blick fest. Ich lief absatzweise, meine Beine bewegten sich fühlbar reibungslos unter dem Körper, im Magen entstand eine Dichte, die den Anblick von Frank und Simon Jakobi in den Kopf sog und greifbar genau zu zweidimensionalen Konturen umriss.

Auf dem Mittelstreifen angekommen, war es immer noch rot zwischen uns. Vertraut erschien mir sein Anblick, und neben ihm der Junge, so vertraut zu zweien, dass es mich schmerzte zwischen Unterleib und Zunge. Da lag mein Leben vor Füßen, so abgeschmackt und plattgewalzt von den Realien des Daseins, als solch dahingefleddertes Wortgeröll von beidseitig beschriebener Seite, so aufgebraucht von vergeblichen Hoffnungen, die ich mit Einsamkeit überschulterte. Meine Endlichkeit rieselte durch ihren Anblick, ich sah durch sie hindurch auf Johannas Sterben, ich zählte die kostbaren Überbleibsel der Hinterlassenschaft meiner Eltern, die ich bis auf wenige Dinge verkauft und verschenkt hatte, ich erinnerte mich des immer noch ungeöffnet daliegenden Briefes meines Onkels unter aufgeschlagenem Tageswerk einer Hand voll Philosophie, ich maß mich an Amiras mit Seele gefüllten Augen, ich schmeckte Charlottes herzhafte Küsse. Ich sah mich auf alle diese menschengleichen, nahen und fernen, früheren und heutigen Gestalten zutreten, sah mich aufgelöst in Schwärze schwimmen, sah den Spalt, in den ich fiel. Ich fiel in Ohnmacht.

Da packte mich jemand, kniete nieder, Leute gab es noch und noch, der Junge war auch da, durch das Flimmern meiner Augäpfel sah ich ein Paar Kinderschuhe, und den leichigen Arm meiner Mutter und den abgetrennten Rumpf meines Vaters, ich sah rote Farbe, die helle Kleidung färbte, geschwollen schluckte ich, nahm wirre Laute undeutlich entgegen, hielt meine Hände wie Signale, blutrotes Signalwerk, das in schwarze Bitternis eintaucht und erschien wie ein Befehl. Er zog mich hoch, danke sagte ich, mir fehlt nichts, was mir auch sonst gefehlt hat, vielen Dank, ein niedriger Blutdruck bei dem Wetter, ja, Sie sind noch jung, da hilft ein Schnäpschen und ein Kaffee, es geht schon, danke, es ist nur eine Platzwunde, Gott-sei-Dank hat der Mann Sie mit seinem Sprung über die Straße geschickt aufgefangen, da haben Sie Glück gehabt. Ich gehe vorsorglich zum Arzt, morgen früh, nein, mir fehlt wirklich weiter nichts, und eine mütterliche Stimme, die mir nah, viel zu nah kam, riet aber doch zu einer Begleitung, wie weit haben Sie es denn, nein, sagte ich, es geht schon. Ich habe es nicht weit. Wirklich nicht. Seine Stimme fuhr an meine Kehle und krümmte mein Haar und schnitt an meinen Herzkammern, dass mir übel wurde und schwindelig, und benommen wie ich war, nahm er mich unter den Arm, der Junge ging an meiner rechten Seite, so blieben wir bis zur Haustür. Ich rief mühsam und heiser den Straßennamen aus, der als Wegweiser zu meiner Wohnung diente, am Philosophikum, der Kirche und dem kleinen Park vorbei gingen wir zu der von meinem Onkel angemieteten Wohnung. Kopflos fielen mir Dankesworte von den Lippen, und der Junge hob mir sein Gesicht entgegen und betrachtete mein Haar und sagte: „Bist Du nicht mehr traurig?" Ich ruderte still und strich über sein Haar. Den blaugrüngelben Augen wäre ich gern ausgewichen, die dazugehörige Gestalt war groß, ich konnte über seiner Schulter vorbei auf eine Buche blicken, wohltuend dunkles buschiges begrüntes Geäst über magerem Asphaltschatten, seine Hand in der meinen, als ich langsam und allein die Treppen hochstieg, zog sie durch meinen Körper.

In der Wohnung ging ich zuerst ins Bad, säuberte vor dem Spiegel die Wunde, betupfte sie vorsichtig mit einem Watte- bausch und etwas Jod und ging dann hinüber ins Arbeitszim- mer. Noch immer benommen, setzte ich mich auf den massi- ven Schreibtischstuhl, der einstmals meinem Vater gehört hatte, und stützte die Hände auf die breiten Holzlehnen. Un- ter aufgeschlagenen Büchern und unordentlich durchein- ander geworfenen Zetteln fand ich den Brief wieder, besah mir die leicht verschmierte, aber noch erkennbar durchge- formte Handschrift meines Onkels, von dem ich nicht genau wusste, wo er sich derzeit aufhielt. Er unternahm des öfteren lange Reisen in Länder, in denen es Ureinwohner und noch nicht ausgerottete Eingeborenenstämme gab. Australien hatte ebenso auf seiner bisherigen Reiseroute gelegen wie Neu Guinea und Brasilien. Ich zog mehrere leicht zerknitterte, dicht beschriebene Blätter aus dem Umschlag, entfaltete sie und spannte meine Augen in seine Nachrichten ein:

Zuerst sahen wir die regen-benetzten und glitzernden Höfe, über denen die felsigen Sandhänge grau grünlich schimmerten, dann die von Unkraut überwucherten Zofenfenster mitsamt ihren dahinter lauernden Mädchen, die ihre Köpfe und Haare, Gesichter und Ohren, Ober- und Unterarme, ihre Brüste, Schultern und Bäuche im vagen Dämmerlicht verborgen hielten, uns aber gierig mit Blicken verschlangen, soweit sie aus der sich ständig verringernden Entfernung die hin und her schwankenden Punkte, die die untere Ebene heraufzogen, zwischen einzelnen Baumgruppen ausmachen konnten, während sie auf das Signal warteten und uns mit Augen ansahen, die metallen wirkten und gläsern glänzten wie polierter Stahl, obgleich Marmorkugeln ähnelnd, die sich beim Spiel bewähren, ohne dass sie ins Rollen gebracht werden, geschweige denn ausgespielt. Im buchstäblich letzten Moment hat die Mehrheit von ihnen uns willkommen geheißen aus Gründen, die wir noch immer nicht ganz verstehen können, wie uns auch unsere damalige Situation, falls das überhaupt abgetrennt gedacht werden kann im Nachhinein vom ganzen, nicht fassbaren Geschehen, bis heute undurchsichtig geblieben ist. In solchen Bruchstellen der Zeit fällt uns, aus dem Vergessen plötzlich heraufbeschworen, diese oder jene Begebenheit auch wieder ein, Flugzeuge, die plötzlich am Himmel auftauchten und über uns hinweg zogen, fast durchsichtig im gleißenden Licht, die ersten Kormorane, die einige Schritte vor uns auf den übrig gebliebenen Palisaden der Stadtmauer landeten und die wir schon damals als Zeichen und Beweis dafür werteten, dass unsere nahe Ankunft erwartet wurde, was sich später durch die freimütigen Erzählungen der Einwohner bestätigt hat. Woher denn hätten wir aber wissen sollen, dass in der Nacht und in den darauffolgenden Morgenstunden die Männer in ihren Fischerbooten auf das Meer hinaus gefahren waren, ganze Schwärme von Fischen und Schalentieren in ihren Netzen an den Strand brachten. Sie hatten die Fänge bereits ausgeladen und sortierten sie nach Art, Gewicht und Größe auf den Holzplanken im kleinen Hafen, und es geschah meist in Sekundenschnelle, dass die Fischleiber, zu Dutzenden aneinandergereiht, aufgeschnitten und entgrätet nebeneinander lagen. Obst und Gemüse wurden von den Frauen in großen, geflochtenen, sandfarbenen Bastkörben herumgereicht, Oliven, Bohnen, Trauben und Mais essend, auf ihre Weise kauend, erwarteten sie die Neuankömmlinge, mit Unterstützung der rauesten unter den männlichen Stimmen, die sich gegenseitig anfeuerten und das Meer lärmend als Schutzpatron aufboten. Uns wurde, wie allen anderen Ankömmlingen, der Zuzug in die Stadt lange verwehrt. Wie die meisten der Menschen in der Umgebung war aber niemand um diese Jahreszeit an einer kriegerischen Auseinandersetzung interessiert, vielmehr blieb alles konzentriert und vorbereitet auf das Geschäft, das mit denjenigen der Neuankömmlinge abzuschließen war, die trotz aller Widrigkeiten, die man ihnen in den Weg gelegt hatte, darauf bestanden, sich wenigstens für einen kurzen Zeitraum niederzulassen, woran zu der Zeit, als wir keine zwei Kilometer von der Stadt entfernt lagerten, niemand von uns zweifelte. Wir haben ja bleiben wollen und nicht gewusst, was die Rauchfahnen am Himmel bedeuteten, dass das Festspektakel seinem Ende zuging mit dem Frühlingswind, der seit wenigen Tagen durch die Ebenen strich, es war auch tatsächlich Frühling geworden, nicht in jeder Beziehung, aber doch unnachahmlich sich präsentierend in einer überwältigenden Blumenpracht, die sich kilometerlang wie ein bunter Wandteppich an unseren

Bewusstseinsrändern entlang zog, schreiende Lilatöne entwerfend, die wir mit aufgekrempelten Hemdsärmeln überwältigten. Wir glühten dabei vor Erwartung, die jedoch beherrscht blieb von der Freigabe einer zügellosen Bestrebung, etwas Genaueres zu erreichen, als es uns bisher gelungen war, und jenen auf die Spur zu kommen, die uns bestätigen würden, was wir sehen wollten. Um ihrer namentlichen Nennung, ihrer Verlautbarung und Ankündigung wegen waren wir aufgebrochen, ihre Kunde hatte uns unablässig erreicht und fortwährend unsere Neugier geweckt, bis wir der Sehnsucht nach einem Dasein ohne Spülmaschine, ohne acht Paar Schuhe und ohne PC nachkamen, was nicht heißen soll, dass es einfach gewesen wäre, sich auf eine Reise zu begeben, die für uns einzig in der Form eines imaginären Schnittpunkts zwischen lückenloser Aufklärung und borniertem Alltagsbewusstsein existent war. Tatsächlich gelang es erst nach mehrtägigen, heftigen Auseinandersetzungen, unsere alten Wohnstätten zu verlassen, unerkannt vom Augenschein derer, die unseren Aufbruch missbilligen würden, wären wir doch niemals, zu keinem Zeitpunkt, auf die Idee gekommen, dass in der Absicht, die wir verknüpft sahen mit unserem zukünftigen Geschick, das Scheitern all unserer Pläne angelegt war. Bis zu jenem vernichtenden Empfang in der Vorstadt, wo wir schließlich froh sein konnten, in der uns zugewiesenen Scheune unsere erste Nacht verbringen zu dürfen, bis Stimmen, um uns die Endlichkeit unseres Unterfangens zu unterbreiten, unsere Namen riefen.

Wir waren Gehör und hörten, wir konnten nicht aufhören damit unter dem zähen Rhythmus, der sich unter den vielen tausenden Füßen formiert hatte, wir gaben den Trampelpfad ihrer Verwünschungen frei, unter dessen Vorbereitung sie schritten, wir hörten sie kommen, und in der Stadt erlahmte jeder Verkehr, nach und nach verlor sich der Puls der

Gemeinschaft im Hören, als gegen Mittag, die Sonne stand hoch am Himmel, eines der Mädchen erstarrte, das uns am Vormittag noch Reis und gesüßte Sojaschnitten gebracht hatte. Sie erstarrte weit sichtbar, und ihr Körper verkam mitten in der Bewegung, in der der Boden sie aufnahm, ein geschwungener bunter Fleck auf der weißen Erdschicht, wenige Stunden zuvor erst waren wir auf diese Menschen gestoßen, nicht überraschend freilich, und uns durchschlich langsam, unausweichlich die Furcht, kroch unter unsere staubbedeckte Wäsche. Wir verfuhren in Eile, so schnell es gelang, sammelten wortlos unsere Habseligkeiten zusammen, bis niemand mehr saß, auch Kinder in einer Ecke zusammenstanden und über die ersten dunklen Staubwolken am Himmel hoben sie uns mit ihren Blicken hinweg, wollten nicht glauben an das, was wir, wiederum Stunden später, als wir erzürnt ob ihrer Weigerung, sich rasch fortzubewegen, mit uns schleppten Schulter an Schulter, was beschwerlich war, solange die kleinen Köpfe sich fortwährend nach dem Hinterland bogen, um mit ihren Sinnen zu überwinden, was wir für unüberwindbar hielten. Ihre Phantasie, verwandelt in Sprachgebrauch, setzte uns zu, tuschelte nach einem Ausweg, wir nahmen es hin und wollten es halb verärgert, halb belustigt zur Seite schieben, bis uns die Nerven aus den Seitenenden sprangen, was uns gebot, die Gespräche zu beenden und eine beflügelte Stille fortzusetzen, heimlich von einer Abmachung zur anderen zu gelangen, hin zu einem festgefügten Ort, an dem man sich angelegentlich würde niederlassen können, wovon bisher keine Rede sein konnte. Auch die Erde, wie sie sich flächig unter unseren Füßen krümmte und zu Hügeln anwuchs, die wir Meter um Meter abschritten, gab kein Dorf mehr her, keine Straße, keinen Wegweiser, der uns verwiesen hätte, nichts deutete darauf hin, dass das Leben, welches gerade erst für uns begonnen hatte, auch bald wieder beendet sein würde und eingedenk der Kümmerlichkeit unserer Vorräte und der Klagen der

Kinder über Übelkeit und bunte Bälle im Genick, sahen wir uns zu einer Rast veranlasst, zu der wir kaum unsere Körper angeordnet hatten, als unsere Halbwüchsigen sich schon bemüßigt fühlten, die Flucht aus dem erlangten Gemeinwesen aufs Schärfste zu verurteilen und derart unsere Unvernunft zu beschimpfen, dass das Blut, von dem wir hatten vermeiden wollen, dass es floss, gefolgt von aufkeimender Freude, und obwohl Minuten darüber vergingen, zur alles umfassenden Herzfrucht pulsierte. Die geröteten Wangen unserer Kinder schlugen uns in ihren Bann wie Flugschriften, die in Sekundenschnelle an uns vorbei schwirrten und unsere Häute markierten. Das war Anlass genug, erneut zum Aufbruch zu drängen, und unter Murren und Widerrufen folgten uns die Jüngeren an den Rand eines kleinen Flüsschens, aus dem wir Wasser schöpften mit trichterförmigen Händen. In der Nacht, in der die Kälte zwischen unsere Schenkel und unter unsere Achselhöhlen kroch, unsere Gesichter einfror und die einfachsten Gedanken lähmte, redeten die Kinder unaufhörlich gegen den Jahreszeitenumschwung an, was so abschreckend wirkte wie er selbst, und ließen sich von uns nicht mehr beeindrucken, sie zogen nicht weiter, blieben sitzen, die angezogenen Knie als Stütze gebrauchend, die Älteren und Ältesten mit ihren Decken umwerbend, die Augen dem werdenden Morgen zugewandt, der lauwarme Luft auf unsere Körper zu heften begann, bis unsere Zehen sich wieder lustvoll bewegten. Mit zunehmender Helligkeit schien lautlos verabredet und ausgemacht, dass unser Weg uns zurück führen würde, und dieser Aufschub hinein ins Ungewisse war uns, mit jedem Schritt, den wir dann taten, als Aufgabe der Zukünftigen zu tun, anzukommen an einem ausgebrannten, verdorrten Stück Land, das unseren Träumen die halbe Fahne hisste und so wenig überzeugend wirkte, wie wir für unsere Kinder glaubwürdig. Diese aber blickten nun zuversichtlich und freundlicher, wenn sie uns ansahen, obwohl auch sie nicht wissen konnten, wie der Boden, den wir nun zu betreten hatten, aussehen würde, es blieb allein jene Reise ins Ungewisse ausgemacht, vor der wir zu flüchten begonnen hatten, und wir vernahmen die abgekommen vom klanglosen Pfad sich rührten, wir sahen die geduldigen Kümmerlinge am Ende der Straße, unbekümmert um die trügerischen Früchte blieb das Grundmuster unserer Geschichte sich treu.

So schrieb der Onkel. Ich verstand kein Wort davon und ging ins Bett.

In der Nacht aber träumte ich von meinen Eltern: Wie meine Mutter in aller Eile die herumliegenden Zeitungen wegräumte, mein Vater beim Gurgeln mit Odol die halbe Flasche verschluckte, beide aber trotz Sodbrennen und Appetitlosigkeit einen netten Abend verbrachten. Danke, ich habe, Sie haben, verlegen, Sie machen mich, ja, darf ich noch, darf ich Ihnen noch, das ist ein netter Mensch, sage ich Ihnen. So viele Leute, von denen man nicht, woher sie kommen und also auch nicht, wie und wo und vor allem mit wem sie warum, nun, da kann man sich doch nicht, voreilig, nein, das kann man nicht, meine Mutter nickt, mein Vater reißt die Schultern hoch, lacht, knipst den Abend in den Apparat, verknipst ihn, bis nichts mehr von ihm übrig bleibt.

Charlotte dachte sich nichts dabei, als der Professor auf sie zutrat. Sie begegnete ihm im Foyer des philosophischen Instituts, zwischen Tür und Angel schob sie sich an ihm vorbei, er sah sie wohlwollenden Sinnes aufmunternd an und folgte ihr lüstern mit seinen Blicken. Sie war nicht in der Lage, es gelassen zu nehmen, der Sog von Versprechungen hob sie auf, zog sie heran und schenkte ihr Spiegel, in denen sie sich wiederfand. Er lockte sie näher und näher, sie war gebunden wie an einer unsichtbar verlängerten Schnur, bis sie vor ihm stand mit einem strahlenden Lächeln. „Wir sind Schablonen unserer selbst", schrie sie Maren später ins Ohr, das war im dampfenden Rhythmus des Tanzes, und auf dem Weg von der Disko zum Eschenheimer Tor nachts um halb eins erzählte sie von einer Einladung zu einem Empfang im Frankfurter Hof für Finanzmakler und Wirtschaftsfachkräfte des Rhein-Main-Gebietes. „Wundern Sie sich nicht über die Vorträge der Manager, die Technologen von heute haben ganz eigene Vorstellungen von der Planbarkeit ihrer Strategien", sagte der Professor lächelnd. „Ich bin es gewohnt", erwiderte Charlotte und dachte an die vielen Schnipsel auf dem Börsenparkett, die alltäglich erneuert werden wollten; sah er sich als Anlage-Chance oder war sie für ein Quickie gut? „Nebenwerte haben oft ein erheblich höheres Renditepotential als die Papiere großer Konzerne", so lesen die Anleger, die sich um eine Auswahl europäischer Small-Fonds bemühen. Die Nervosität in Schwellenländern wächst. Die jüngste Meldung des Tages lautete daher: Aktieninvestments in Fernost bleiben riskant. Aber wie schnell kann sich das ändern. Und sie stehen immer noch da, und Charlotte findet ihn nicht einmal sonderlich attraktiv. Der klassische „Top-Down-Stil", welcher der gesamt-wirtschaftlichen Entwicklung eines Landes bei der Investition eine höhere Bedeutung beimisst als der individuellen Aktienauswahl, ist out. Wer wüsste das besser als sie. Er bietet sich ungeniert an, daraus lässt sich schlecht eine Schlagzeile machen, die Krisen aufstrebender Länder und die geringe Liquidität dortiger Börsen sind mit seinem Angebot nicht zu vergleichen. Ob er sich beraten lässt, wo und wie er etwas anlegt? Von seiner Frau offensichtlich nicht, sonst wäre er nicht auf Charlotte verfallen. Investitionen in den heimischen Rentenmärkten scheinen derzeit für Investoren ohnehin attraktiv. Kaufkraft zahlt sich aus, das ist proportional gehandelt. Charlotte lächelt vor sich hin, gar nicht mühsam. Was lässt ihn ihrer so sicher sein? Er weist dezent darauf hin, dass Abendgarderobe angemessen wäre: das amüsiert sie. Ob seine Frau lieber ein kurzes Schwarzes oder weichfließenden samtenen Stoff bevorzugt? Sie werden lachend Champagner trinken, bitzelnde, abgefüllte Wut.

Am besagten Abend trug Charlotte ein nachtblaues knöchellanges Wollkleid, dessen weiche Stoffwellen den Bogen von den Schultern über die Wölbung ihrer Brüste in zwei Atemzügen nahmen, um sich dann still und anschmiegsam um ihre Taille zu legen und über die Hüften hinab mit den Bewegungen ihrer Beine zu spielen. Sie hatte sich ein Taxi genommen, um nicht in betrunkenem Zustand nach Hause fahren zu müssen und sich vorsorglich den Rückweg à deux abzuschneiden. Er stand schon da und wartete in einem locker aufgetragenen, graumelierten Anzug von der Sorte, die sich um Kosten nicht schert, die goldenen Manschettenknöpfe funkelten mit der Krawattennadel um die Gunst eines dezent snobistischen Anblicks. Sie gingen gemeinsam durch die Halle, er um Armeslänge hinter ihr, sein Blick maß ihren Po, streifte ihre rechte Armbeuge, ihre Schulter, schob sich nach vorn und blieb an ihrem Schlüsselbein oberhalb des runden Halsausschnitts hängen. „Auch ich habe ein Herz! Ich sehe den Internationalen Währungsfonds als Verhinderer von Krisen", beteuerte ein in seinen Vortrag vertiefter, in führender Position sich darlegender Geschäftsmann, als sie in den Saal traten. „Eher doch eine Regulierungsinstanz", korrigierte Charlotte den Redner halblaut, während der Professor sie an einen Ecktisch nur unweit des Eingangs führte. Champagner gab es tatsächlich, sie zog einen Merlot vor. „Das ist eine Reaktion auf den letzten Gipfel und die Proteste der demonstrierenden Globalisierungsgegner", murmelte der Professor, blickte kurz zum Redner hinüber und sah sie dann entschlossen unter gekonnt gescheiteltem, graumeliertem Haar an. Charlotte hörte immer weniger, atmete kaum, blickte auf seine Hände. Braungebrannt, behaart und kräftig waren die Handrücken, hinter der Brille blinkte gestählter Granit, wellenförmiges, eindringliches Interesse bekundend, das nichts offen ließ und sie überflutete. Schlechte Zähne hatte er, bemühte sie sich festzustellen, hinter sinnlich aufgeworfenem Lippenfleisch und spitzen Lippenhügeln. Er parierte ihre plötzliche Schweigsamkeit mit einer verlockenden Öffnung seines Kiefers, der ihr Einblick im Spalt seiner Lippen erlaubte.

Wo bleibt dein kühler Kopf? Charlotte, gar nicht müde, wusste es nicht mehr, trunken von etwas, was nicht das dritte Glas Wein sein konnte. Da saßen sie aber schon um einen kleinen Tisch an der Ecknische der Bar und hatten die dritte Rednerriege seit längerem, genauer seit einer dreiviertel Stunde, hinter sich gelassen. Sie war von diesem und jenem fremd-illustren, geschäftig-jovialen Hemdsärmeligen adrett oder freundlich mit Handschlag, sogar mit Diener begrüßt worden, hatte neugierige, lüstern augenzwinkernde Anzüglichkeiten männlichen und weiblichen Geschlechts über Gesicht und Körper streifen lassen, nahm ihr Glas wie jedes andere, setzte es an, trank in einem Zug, legte den Kopf zurück und lachte herzlich, laut und unbekümmert. Bist du das, fragte sie sich kurz, sehr kurz, mein geheimer Bauchredner, plaudere ja nicht aus dem Nähkästchen, also erzählt sie von dem Kunststudium im Nebenfach damals, vor Jahren, als sie Maren kennenlernte. Und er parliert mit offenem Stehkragen, schwitzt nicht, obwohl sie glüht, aber seine Beinstellung verrät ihn, er schwenkt die Knie wie einer, der sich kaum noch halten kann. Sitzt da vornübergebeugt, inzwischen duzen sie sich, er erzählt vom Floß der Medusa, abwechselnd von der Geschichte und dem Gemälde, als verstünde er was davon.

Und anständig, wie sie sind, haben sie gelernt, sich zu beherrschen, nachdem die Rechnung, wie sich das gehört, auf seine Kosten ging, das wollte er sich nicht nehmen lassen, und bald darauf streifte sein Handgelenk zum ersten Mal ihren Hals, und sie war flüssig und offen wie eine Meerkatze, aber nahm sich zusammen, als er ihr galant die Tür öffnete und sein Atem ihr in den Nacken blies und ihr Haarknoten wie von selbst zu fallen drohte. Als sie sich zu ihm wandte, war sie Anlehnung und Hingebung und Bereitschaft in spiegelloser Dunkelheit, eine verschlungene Gier, die schritt mit, bis ihr auffiel, dass sie vergessen hatte, telefonisch ein Taxi bestellen zu lassen, was ihr durchaus gottverdammt unwichtig, so bestürzend belanglos erschien, und im Schatten der Allee, die zu parkenden Autos führte, gingen sie nahezu verleibt miteinander, ohne jedes Zwischenglied einer Metapher, zu einem Auto, das wohl seines war. Da war es zuerst seine Hand, die sich fest um ihre Hüfte legte, schmerzhaft war das, wie sie ihm entgegenkam, als zöge jeder Knochen, jeder Rippenbogen, jede Pore ihrer Haut Sauerstoff aus dieser Berührung, sie spürte seine Härte, seine mühsam beherrschte Fahrigkeit, seine Hände massierten ihren Rücken, sein Oberschenkel walzte den Stoff, rieb sich auf an ihrer Öffnung, sie klebte feucht an seiner Muskelbank und seiner Zunge, während ein Knopf seines Hemdes durch die lauwarme Nacht flog und ihre Finger die behaarte Brust mit Berührungen übergoss und feine Härchen aufsuchte, seinen Gürtel umfasste und, sobald die Hose lockerer saß, den Reißverschluss öffnete, während er ihr das Kleid bis über die Hüften streifte und mit einer gezügelt ungeduldigen Geste mit seinen Fingern ihre Unterhose anhob, um sie sacht an ihren Schenkeln abzustreifen. Sie spreizte ihre Beine, war glatteste Haut, pulsierendstes Warten und hastender Knochen: Auf dem Kühler des Autos schob sie sich seinem Schwanz entgegen, während er ihre Brüste aneinander rieb und mit gespreizten Fingern umschloss. Als er sich mit einem Stöhnen in ihr vorschob, bis kein Platz mehr war zwischen ihnen, schwamm sie vor Lust. (Mochte da kommen, wer wollte.) Er nahm ihre Beine, legte

85

sie um seine Hüften, sah sie scharf an, beugte sich vor und reizte sie mit gleitenden, stoßenden Bewegungen, Daumen und Zeigefinger bemächtigten sich ihres Kitzlers, bis sie den Kopf im entfernten Laternenlicht zurücklegte, mit ihren Fingerspitzen über eine ihrer Brustwarzen fuhr (welche war es noch?), und sich im fahlen Licht durch halbgeschlossene Augenlider verlor.

Charlotte kramt verlegen nach den Autoschlüsseln, eben noch melodisch bewegt im neonbeschienenen körperstreifenden Flutlicht, im zuckenden, stampfenden, sich schlängelnden, gelenkhüftig sich spreizenden Tanz, in wild sich bewegender, aufblähender, krümmender, zusammenziehender, einheitlicher Masse, im Schmelztiegel verschwitzten vermischten Atems, umhüllt von hämmernden Bässen und unausgesprochenen Aufforderungen, gehäutet durch gellende sirrende betörende Auswürfe tonangebender Lautsprecher, im Rausch der Freiheiten sinnlich aufgeworfenen Scheins von Einheit zwischen Fremden unter einem Disco benannten Gehäuse, klingt ihre Stimme fahl. Mit niedergeschlagenen Augen sieht sie an der Freundin vorbei. Maren hebt sacht die Hand. Sie gehen auseinander, heben den Blick. Ein erstes silbriges Streifengerinnsel durchzieht die nachtschwarze Glocke. Welches Blatt wird es wenden, vorbei an Wortmacht?

der senegalese, den sie blutüberströmt in die intensivstation brachten, hatte seine identität zwei jahre verschleiert. die polizeibehörde sprach von einem enormen gewinn an sicherheit bei der bekämpfung von ausländerkriminalität und nannte ihre eigene arbeit beispielhaft. sobald sie wussten, woher er kam, wie er hieß, wann wo durch wen geboren, war sein bleiberecht abgegolten. der polizeipräsident räumte ein, es könne auch einmal den falschen treffen, wenn illegale nicht länger unbehelligt blieben, aber in diesem fall von, ja, diebstahldelikten und raub, und in jenem anderen, von

Prostitution, nein. ja, nein. außer barry fragte niemand, warum er bleiben wollte. in diesem land nehmen sie frischs andorra in den höheren jahrgängen obligatorisch als schullektüre durch, wie ich es von ammas leistungskurs gelernt habe, aber ihre behörden meinen, wer er sei, dieser afrikaner, sei eine frage eines stempels auf bedrucktem papier. die identität der taiwanesin brauchte gar nicht erst geklärt zu werden, aber natürlich wurde sie amtlich vermerkt, auch wenn alle wussten, sie hatte keinerlei überlebenschance: aids, vollgestopft mit medikamenten, sozial verwahrlost und zu erschöpft, um weiter auf den strich zu gehen. eine übergroße, schlanke frau mit fließendem blauschwarzem haarteppich und wunderschönen silikonbrüsten. sie röchelte so tief und mannhaft, dass es mich irritierte, und die schwester beklagte sich, sie sei so schamhaft bei der körperpflege. als ich sie untersuchte, sah ich die unordentlich aneinandergereihten operativen vorgänge an ihrem genital. Die männer, die sie gebracht hatten, hatten sie vollgepumpt mit medikamenten, damit sie weiterlief, und als sie das nicht mehr konnte, haben sie sie achselzuckend liegenlassen, bis sie angst vor einer leiche bekamen. damit hätten sie sich unterlassene hilfeleistung und niedere beweggründe eingehandelt, also starb sie bei uns. das wichtigste, was ich erfahren konnte von einem ehemals taiwanesischen jungen aus einer armen familie, die nach zwei bereits vorhandenen söhnen endlich ein mädchen brauchte, das durch verkauf nach europa den familienunterhalt mehren konnte, war, dass er keine fünfundzwanzig jahre alt werden würde. plötzlich, als sich die hintergründe ihrer bizarren schönheit herumsprachen, hieß es nicht mehr, mensch, die geilen brüste, haste die gesehen, sondern igitt, mit sowas könnt ich nicht. liegst auf der, willst in ihr loch, und weißt, die du jetzt fickst, war mal n´ mann. ein junge, korrigierte ich, ganz im stillen, ein kleiner, fünfjähriger junge.

Johanna hat heute verschissen. Maren hält krümelweise süß-lichdumpfmodrigen Kot in der Hand, der abfällt vom einge-trockneten braunen Geschmiere am Türgriff. Unbedachter-weise arglos hatte sie den blank erinnerten Griff zur Umkehr vom Treppenhaus benutzt. Sie schiebt die flache Hand über befremdlich verkrustete Spurenelemente auf der Klinke, zieht die Tür zu sich heran. Klebrige dunkle Reste, die zwischen den Rillen ihrer Schuhsohlen eingedrückt ein Muster variieren, das denselben Geruch ausströmt wie Johannas Hausschuhsohlen, an denen plattgetretene Klumpen über der Randnaht sich wie aufgegangener Kuchenteig wölben, liegen auf ausgefranstem Teppichrand im Eingangsbereich des Zimmers, schwärzlich getönte Striemen streifen den fahlen Hintergrund der Flurtapete, die gesprungenen marmorierten Bodenfliesen zur Küchenecke, den grau gewölbten unebenen PVC-Belag im Bad. Johanna sitzt mumienhaft starrgesichtig verkantet im musealen Sessel, hat sich im graupeligen Morgendunst befleckt und beschmiert. Maren wandert an dunkel gesprenkeltem Nachthemdärmel vorbei. Häufchenweise quillt es auf Teppichfasern, bildet Hügelketten, die sich zur Balkontür hin austreten, was übrig blieb vom Durchfall, spreizt sich über beiger Stoffdecke unter angetrocknetem, grünlich schimmerndem Leberwurstrest auf einem Porzellanteller, verdunkelt sprossenweise Hautfalten an Hals und einem Augenwinkel Johannas, verklebt als dunkler Halbmond die gewölbten Fingerkuppen, schwärzt Fingernagelrund und ihre Mundwinkel. Die Luft schiebt Quader von süßlich schwerer Würze des Gestanks in atemerdrückend beschwerender Weise zum aufkommenden Würgereiz, und Maren unterlässt das Wandern, um stechenden Schritts auf die Balkontür zu-zugehen, deren Türgriff noch frei ist von Kotbestandteilen. Was sich nun ändert durch die ungewaschene Innenfläche ih-rer zupackenden Hand, da ohnehin alles zu spät ist im Dunstkreis der Scheiße, der sich, von Johannas unsichtbarem Willen gelenkt, wie ein Mantel über Maren legt, unter den aufgetragenen Wäschestücken einnistet, frohlockende Ableger bildet, in die Haut ihres Körpers einzieht, Poren schließt.

Johanna würde niemals zeigen, dass sie Scham empfindet. Johanna wird niemals zeigen, dass sie Gründe wüsste für Scham. Johanna hat niemals gezeigt, dass sie sich ihrer Scham bewusst ist. Alles deutet darauf hin, dass Johanna sich schämt. Ich hatte das bestritten, aber Maren bestand darauf: Sieh Johanna an.

Sie schiebt das Kinn ein wenig nach vorn, so eisern, als übe sie Blei gießen, und überschaut die Situation mit blaufarben-kristallklarer, ferngerückter Bestimmtheit. Ihre Mimik verbietet sich jeden Kommentar zum Gang der Dinge, aber der Kiefer und die Kaumuskulatur verarbeiten unermüdlich Meldungen der vergangenen Nacht. Langsam, fast andächtig, stemmt sie die Hände auf die Lehnen und drückt sich schwankend nach vorn über den Tisch, stützt sich mit dem rechten Handballen auf der Tischdecke nahe des Leberwurstrests, ächzt und furzt in langen, sich stoßweise abwechselnden Zügen. Das Nachthemd trägt braunes Gewicht, klatscht und klebt an bereits rot entzündeten Stellen der Waden, abwärts vom Po zeichnen sich dunkle, an den Außenrändern ins Wässrige übergehende Wellenringe am Stoff ab. Noch bevor sie ihren Mund äußerst willkürlich verknappt, zahnlos und wie nebenbei in schneidender Tonart öffnet, weist das Zittern ihrer blauviolett getönten Lippen darauf hin, dass sie friert. Den hervorgestoßenen scharfen Ton hat sich Maren eingebildet, die Altweiberlippen beben, fröstelnd zieht Johanna eine Schulter hoch, presst die Lippen zusammen und schaut trotzig über Fassungslosigkeit. Wohin mit uns. Es dauert, bis die gröbsten Flecken entfernt sind, der

Teppichboden eingeschäumt, die Türklinken, die Böden und die Toilette gesäubert sind, die stinkende Bettwäsche im Keller sich sichtbar hinter gläsernem Waschmaschinendeckel in suppigem, braunem Wasser dreht. Maren lässt Johanna ein bisschen frieren, im Widerstreit von Bedenken und Abscheu, so, dass sie sich fasst darüber. Wortlos, mit einer barschen Handbewegung auf Armeslänge dirigiert sie Johanna ins Bad, die es sich gefallen lässt, als könne sie riechen, dass der Gestank durch das Öffnen der Balkontür noch nicht aus Marens Gesichtsausdruck verschwunden ist. Ihre Augen glimmen wieder, kreuzen sich stillschweigend mit Johannas, die unschuldig neugierig dreist schaut, na, was machste jetzt, und dann schneller als üblich den Kopf wendet. Im Bad hält Johanna still, während Maren ihr das nasse, über und über verkackte Nachthemd von den Beinen löst, vorsichtig über den Rumpf zieht und über den Kopf streift, darum bemüht, möglichst wenig Haar zu berühren, was für ein unsinniges Unterfangen. Johanna müsste in die kleine Badewanne steigen, aber so gelenkig ist sie schon seit Jahren nicht mehr. Der Ekel wächst mit jedem Waschvorgang, dem Wasser-Einlassen und dem Absickern der gelblich-braunen, stinkenden Brühe, mit dem Abpulen von Scheißeresten Falte um Falte, Hautpartie für Hautpartie. Der Eingang zum After ist rot, aufgeschürft, entzündet. Johanna geht eben auf Toilette, wenn sie will. Ätsch. Kann das so bleiben. Maren schiebt jedes Nachsinnen von sich, platziert Handbewegung um Handbewegung möglichst mechanisch, möglichst atemlos, möglichst genau, streckt den Kopf sekundenweise aus der Badezimmertür in den schon sauberen, nach Reinigungsmilch riechenden Flur. Es wird nichts nützen, weiß ich vorauszusagen. Johanna hat noch nicht einmal eine Strumpfhose an, steht frierend da in frischer Unterwäsche unter dem glühenden Strahler. Bevor Maren sich setzen kann, macht sie den Mund auf, wie ich´s mir gedacht habe, da es ihr partout nicht gelingen wollte, ihre Magenschleimhaut davon zu überzeugen, dass der Aufwand diesen Aufruhr nicht rechtfertigt: „Du kotzt ja in meine Kloschüssel!", kommentiert Johanna kurz und trocken, als sei das erstaunlicher als alles andere. Maren blickt auf, man könnte es wild nennen, und Johanna freut sich. Ihre Augen leuchten, kippen Farbe, frohlocken, flackern. Ihr Körper steint. Maren schüttelt den Kopf über der Kloschüssel, würgt. "Da hängen frische Handtücher", hört sie Johanna hastig und barsch hervorstoßen, „die hast Du doch da hingehängt." Ungläubigen Sinnes wirft Maren in Gedanken all die Scheiße nach der Alten durch aufgelöstes zerzaustes herabhängendes Haar, gepeinigt von Schwäche und angeschwollenem Hals. Johanna tut so, als merkte sie nichts, guckt in den Spiegel, zuckt zurück im Anblick, streicht sich übers Haar. Ist das Verunsicherung? Ein Zögern in der Armbewegung zwischen Ellenbogen und Handgelenk. Sie hält sich eigensinnig, entweicht schlurfend mit gerecktem Kopf, nicht ganz so unbekümmert wie sonst gibt sie den Raum frei. Geht zum Sessel und rührt sich nicht. Maren tritt aus der Badezimmertür, erschöpft durch Vergeblichkeitsgefühl und Hass. Johanna hat ihre Strumpfhose eigenhändig bis über den Po geschoben und das bereitgelegte Kleid übergezogen. Wie auf geheime Absprache bleibt sie in der nächsten Stunde friedlich und bescheiden unter dem Schweigen verfeindeter Frauen, bis Maren den gesäuberten Türgriff in ihrer mit Seifenlauge behandelten und eingecremten Hand hält, um einkaufen zu gehen. Zurück bleibt eine Dichte, kein Wort, das ausgetauscht, gewechselt, verdreht, einbehalten, widerrufen werden könnte.

„S´is gekomme, wies gekomme sei musst! Des is nisch oft genuch zu wiederhole. Die Johanna gerät doch völlisch aus der Kontrolle, merken Se des nett?! Die wird uns noch des ganze Haus vermade un außerdem hat se den Herrn Demel in ihre Wohnung neigelasse, ja, wenn ischs Ihne doch sach, da brauchen se gar nett den Mund aufmache, s´stimmt, was ich sach! Und der is vorbestraft, n´ Kriminalist is des, nett nur einer von der Sorte, die sich ständisch besäuft, nee, nee. Des hatte irgendwas an Sex mit Minderjährische zu tun, des weiß jeder hier, gell Fräulein. Sehn´s, die Frau Müller tut auch nicken, da müssens mir gar nett reinrede, auch wenn man nich genau weiß, was mit dem arm Dingelche passiert is, wie hieß se noch, die Kleine, ist dann weggezoche die Familie, ach Frau Müller, geben Se mir doch noch´n Stück von dem Viereckigen da mit dem Merrettich drin, des mocht mein Mann so gern, Käse schließt den Machen, hat er immer gesacht und des hab ich beibehalte, jedenfalls, Fräulein, isch hab mal angerufen bei der Zuständischen in der Behörd, und ihre Vorgesetzte hat auch gesacht, es bestehe Handlungsbedarf, aber akut würd isch sachen, akut besteht der! Des kann doch keiner mehr trachen, wenn die Johanna bald vierundzwanzig Stunden betreut werden müsst. Danke, Frau Müller, jetzt is das jung Fräulein hier dran, gell, die Hannerl wird sich freun über den Käs, wo se krischt, früher konnt se sisch des nett leiste, aber jetzt, wo des Amt des alles bezahle tut, naja, in nem Altersheim gehts ihr auch nett schleschter, isch weiß, dass se da nett nei will, aber es geht ja nett immer um´s Wolle, sondern um´s Müsse, gell, Frau Müller, als wir jung warn, musste mer auch dazulerne, also machen mer, dass mer heimkomme, schöne Gruß nach Haus."

Maren blickt der Nachbarin nach wie ein blutjunges Mädchen, wie eine dumme Dern, mit einer Unreife, die allem gilt und allem gutgeschrieben wird, was nicht über dreißig ist, dieser Unerfahrenheit, die das Wort schüchtern den Älteren überlässt und Autorität nur aufbegehrend oder mit Mühe bezweifelt, die sich als ungewaschen hinter den Ohren empfindet, der mit dem Löffel zu drohen ist, wenn sie nicht gleich pariert. Sorten und Arten von Löffeln gab es viele, viel subtilere als der, den sie eben zu spüren bekommen hat, der eher einem morschen Ast glich, der sie, durch heftigen Wind gebrochen, plötzlich anflog und auf sie niederschlug, freilich keinen bestimmbaren, genauen, körperlichen Schmerz auslöste, wie früher die grob und kühl beiläufig gesprochenen Worte der Eltern am Esszimmertisch, vielmehr sah sie von weitem schon, den Einkaufswagen vor sich herschiebend, die Realität in Gestalt dieser Frau. Morsche Äste haben ihr Gewicht, und es gibt ihrer ebenso viele wie Löffel, so viele, dass man von den Gemeinden und Städten nicht erwarten kann, sie rechtzeitig abzusägen, und der Wind, der den einen oder anderen erledigt, fegt diesmal aus einer anderen Richtung.

Maren wäre, wie sie war, gern umgebogen, aber die Käsetheke war nun einmal die Käsetheke, der Supermarkt der Supermarkt, und das Elternhaus das Elternhaus. Warum sollten nicht auch andere einkaufen gehen, und, in Gestalt der Realität, auf die sie so unumstößlich wie unwillentlich stieß, die Form annehmen einer molligen, untersetzten Figur von schätzungsweise ein Meter und sechzig, bekleidet mit einer gestreiften Strickjacke in den Farben lila und schwarz von selbstgemachter Herkunft über einem rot karierten Schürzenkleid. An der Unförmigkeit eines entfernt auf mahagonieschwarzes Färbemittel hinweisenden, formstreng toupierten, wollenen Haars erkannte Maren sehr eindeutig die Nachbarin, bevor die dunkel und satt getuschten Kirschaugen sie erblickten, die über und unter den deftigen schwarzen Kajalstrichen wässerten und krampften; das war, als Maren die kurze Überlegung, einen verschweißten kühl gelagerten Käse zu kaufen, bereits verworfen hatte und, nach Schonung verlangend, flüchtig die Umrisse der Verkäuferin hinter der Theke aufsuchte, um am ausdruckslos aschfahl vergrämten Mittelgrau einer spröden Mitt-fünfzigerin in karger Teilzeitarbeit abzuleiten, die sich über die wortkarge Art ihres Mannes und die lautstarken Unarten ihrer pubertierenden Kinder halblaut mit der Nachbarin Johannas beriet, als Maren die Theke in Hörweite erreicht hatte. Da brach die Rede von sich ab und in Geschäftigkeit aus, fegte Nachbarin vom Kirschbaumzweig, ließ Maren in die Rolle des verlegenen Kleinlauts schlüpfen. Und nun steht sie da und will Käse für Johanna, und die namentlich mit Frau Müller Benannte schneidet hundert Gramm Edamer und hundert Gramm Leerdamer in Scheiben vom Stück und sieht auf ihre Arbeit hinunter. Sodann reicht sie Maren das Paket über den Tisch, stiert sie ausdruckslos ungeniert an, bis die Ware im Einkaufswagen liegt, und typisiert einen angelernten, durchtrainierten, kundenorientierten Stimmlaut: „Wiedersehn".

Ich werde mit der dienstältesten Altenpflegerin reden, um zu erfahren, was vor sich geht, grübelte Maren, fühlte sich abgefertigt, schob den Einkaufswagen, zog die Geldbörse, bezahlte an der Kasse, sah die Nachbarin mit nicht enden wollender, verspäteter Unbelehrbarkeit durch die automatisch sich öffnende gläserne Eingangstür hinausgehen. Vermutlich wird bald eine Dienstbesprechung angesetzt werden, ein Mann in Johannas Wohnung, das ist mehr als ungewöhnlich. Johanna wurde von jeher nur von Frauen betreut, selbst die hinzugezogene Hausärztin kann auch im Ausnahmefall einer Urlaubsvertretung nur schwer durch einen männlichen Kollegen ersetzt werden. Maren ist um die Ecke des angrenzenden Parkhauses gebogen und entschwindet der eingängigen Perspektive; wer hinter ihr ginge, sähe sie etwas verloren, die Schultern leicht hochgezogen, obwohl die Tragetasche nicht schwer wiegt, den nächsten Straßenzug erreichen und durch das offene Tor zum Park laufen, der an die Siedlung angrenzt, in der Johanna lebt, getrennt durch meterhohe Gitterzäune: mit seinem betulich abgelegenen Goethepavillon, in dem angeblich einst die Bettine verweilte, was schon vorstellbar ist, da auch einige Nachkommen der Brentanos in diesem Stadtteil leben, mit seinen breiten Kieswegen, den parkbankbestückten, steinernen Brunnenfassungen, aus denen das Wasser nur spärlich tröpfelt und den wild angelegten Rosenbeeten, deren abgeblühte Sträucher - letzthin erst von städtischem Dienstpersonal beschnitten - nun neue Knospen treiben, die letzten in diesem Jahr. Die ersten gelbpapiernen Birkenblätter wirbeln, durch Marens Schuhspitze aufgeworfen, wie trockene Papierstücke, und falten sich über Kopf am Wegrand.

Da geht sie, wie junge Frauen nun einmal zu gehen pflegen, manche von ihnen jedenfalls, nicht alle, etwas abgewandt, entrückt, als könnten sie sich barfüßig durch ein Nadelöhr schlängeln, aber wir bleiben ihr dicht auf den Fersen, so bestimmt es nun einmal der Lesevorgang, das wäre ja noch schöner, wenn es ihr gelänge, durch diese unbewusst bezeugte sinnliche Einstellung zum Leben, wie sie in der Gangart ihrer Beine, im Fluss ihrer Fortbewegung zur Geltung kommt, sich aus dem fiktiven Reflektieren hinauszuschleichen, sich unerlaubt zu entfernen als Figur im Ensemble, welches, um Johanna gruppiert, von uns abverlangt, ihrer zu gedenken, gerade wo es - das ist zu vermuten - spannend wird. Durch unausweichliche Vorgänge genötigt, verweise ich auf die weiche spielerische Bewegung, mit der Maren die Einkaufstasche von der rechten in die linke Hand nimmt, ihren Schritt verlangsamt, wobei sie aufmerksam auf einen für uns nicht einsehbaren Rosenstrauch schaut, mit einem weiteren Schritt stehen bleibt, mit der frei gewordenen Hand vorsichtig eine Knospe am Wegrand ergreift, eine voll erblühte, gelbe Rose, deren Blätter am Rande schon bräunliche Risse aufwiesen, sie am Stängel zwischen Zeigefinger und Mittelfinger sacht zu sich heranzieht, sich ein wenig zu ihr hinunterbeugt und - die

Enttäuschung zeichnet sich flüchtig auf ihrem Gesicht ab - die Geruchslosigkeit auf ihr eigenes Verlangen zurückführt.

Man fragt sich, wovon die Autorin redet, wo mag die Spannung bleiben, die man sich verspricht, denn wenn schon von dem Verlangen die Rede ist, bekommt man Appetit, und vom Verlangen ist es nicht weit zum Begehren und vom Begehren nicht weit zum Trieb, aber das ist zu kurzfristig angesetzt in diesem menschlich umrissenen, personenhaften Fall, den die Autorin mit dem Namen Maren ausstattete. In Wellen überkam sie ein Begehren: Was sollte das, wenn es keine reine Obsession war, die ihr nicht angedichtet werden soll, anderes sein, als der Hunger nach Liebe, der sich durch Einsamkeit frisst? Muss ich sagen, dass Maren längst weiß, was sie in diesem Moment, wo sie die samtenen Blätter noch einmal zart mit den Fingerspitzen berührt, einer Reihe von Begriffen zuordnet und uns zu verstehen gibt; es hat sich etwas verändert, abgebildet, aufgeschichtet durch jene Wellen, welche Wellen, eine dienliche, eine bewährte, eine treue Metapher, die etwas freisetzen kann, ganze Steinsformationen, Erdschichten, Bodenbeschaffenheiten, Landschaften haben sich unter der Bewegung des Wassers verändert. Wie viel mehr das fehlende Wasser unser Leben, unseren Planeten verändern wird, als alles andere, werden wir erst merken, wenn diese Metapher unbrauchbar geworden ist. Solange ist sie aber noch gültig, eine Welle des Gefühls trägt sie, die blanke Realität lässt es sich ungern gefallen, kondensiert nach Kräften, und wo sie es nicht tut, tun es andere für sie, denn zwei Verliebte in einer Welt, die das Wasser verschwendet, sollen gefälligst aufs Trockene ziehen, das ist eine Frage der Gerechtigkeit und auch des Neides.

Natürlich ist nicht allein zu entscheiden, welche Figur in welcher Reihenfolge als solche gekürt wird, die Figuren hängen an einer Strippe, die ohne Führung sich faserweise aufzulösen drohte, hier ein Teilchen, dort ein Weilchen, hier ein Wörtchen, dort ein Örtchen, lassen wir das, schließlich baue ich auf Leserschaft, sollte ich einmal gedruckt werden, erfolgreich vermarktet und ästhetisch zurechtgewiesen. Oder sie wird mich abseits liegenlassen, verachten und für belanglos erklären, in jedem Fall aber wird sie erst nach mir zu Wort kommen, wenn überhaupt. Daher nutze ich meinen zeitweisen Vorsprung für ein Bekenntnis, dem Maren sehr zurückhaltend gegenüberstünde, weil sie es für Machtgehabe hielte, wüsste sie davon, aber sie ist inzwischen weitergelaufen und hat ihren Weg zu Johanna fortgesetzt. Ich notiere hastig dazwischen: Johanna ist mir die Liebste. Dann kommt Simon, aber das war ja nicht schwer zu erraten. Noch im Sekundärbereich liegt auch Maren, aber mit leicht abfallender Tendenz ins Tertiäre wegen der autistischen Züge, die sie unversehens entfaltet. Sie werden sozialisiert durch die Anwesenheit von Frank. Sein Marktwert muss schnellstens erfunden werden, da hilft nichts, ich werde ein bisschen nachhelfen, so dass der Leserschaft die Wahl leichter fällt; mehr oder weniger angespannt heiter beklommen sicher, indem sie sie durch unterschiedliche Lesarten ergänzt: Poetik lebt von der Stammesgeschichte.

Nun wurde ich neulich erst gefragt, was ich mit diesem Onkel wolle. Die Autorin, die Leserschaft und das Figurenensemble, wir sollten darüber abstimmen. Sich abzustimmen, ist doch etwas Schönes. Seit wir wissen, dass der Sozialismus gescheitert ist, der Kommunismus in Praxis ohnehin nie mehr war als Kaderpartei, scharen wir uns massenweise um die demokratischen Grundlagen Brot und Spiele. Die sind von internationalem Interesse, haben nationalen Stil, profitieren wahlweise von diesem Medium und jener Hörigkeit, beruhend auf dem Abstimmungsverhalten des abhängigen Bewusstseins vom Marktgesetz, seit der Kapitalismus - um von denen, die einfach zu überleben versuchen, jetzt einmal nicht zu sprechen, die lesen ja auch dieses Buch nicht - unsere altehrwürdigen Demokratievorstellungen nicht mehr braucht, so wenig wie der Sozialismus den Kommunismus und der Kommunismus die Marx-Engels-Ausgabe und die Marx-Engels-Ausgabe das Paradies. Mein Gott, was tust Du Dich schwer! hör ich's denken. Dass alle menschliche Erkenntnis ihrem Sinn nach auf die Praxis bezogen ist, gehört ebenso zum Kernbestand der Philosophie wie die Einteilung der Tätigkeiten nach Notwendigkeit und Beglückung. Daran, dass die allgemeine Praxis nach den erkannten Wahrheiten gestaltet werden könne, glaubte weder damals noch heute im Ernst jemand, nur die Philosophen gebrauchen solche Sätze, die politisch dann und wann in Forderungen katalogisiert werden und über die man sich stundenlang ausbreiten kann wie Maren in ihrer Abschlussarbeit, die allerdings einsortiert im Karteikasten der Universitätsbibliothek kaum gelesen werden wird. Transzendentale Reflexion ist nun einmal nicht lebendige Leiblichkeit, und ohne einen Gültigkeitsanspruch ist sie nicht Gewissheit ihrer selbst, so dass wir nun abstimmen können, wer für die Anwesenheit meines Onkels plädiert, und wer dagegen.

Doch Geduld, Geduld ist, was mir fehlt: Da klingelte nämlich ein zukünftiger Leser und derzeitiger Mitleser an meiner Haustür, die ich auch öffnete, so unwahrscheinlich das klingt, und folgerichtig latschte er mit seinen schmutzigen Gummistiefeln durch meinen Flur und störte mich durch Verlautbarungen über seine eigene Lektüre. Zwischendurch bat er um einen Kaffee. Seit Maren bei Johanna arbeitet, ist schon so viel Kaffee aufgesetzt worden, aber der Mitleser ließ mir keine andere Wahl; er lief an mir vorbei und ging voran in meine Küche. Ich muss zugeben, er zitierte genau jenen, den das Hampelmännchen fast unfreiwillig ins Herz geschlossen hat; wenn Maren den Paradigmenwechsel nicht übersieht, hat sie gute Chancen auf eine amtlich benotete Beglaubigung. Der vom Mitleser Angeführte, das angestrebte Abstimmungsverhalten Störende, schrieb in logisch-analytischen als auch in literarischen Bildern: Er hat plausibel gemacht, dass wir niemals nur über einen Satz nachdenken, wenn wir über einen Satz nachdenken, sondern über ein ganzes System von Sätzen, das als Ganzes auf eine Praxis verweist, die erst den Satz verständlich macht, über den wir etwas wissen im Zusammenhang mit anderen Urteilen. „Darüber haben wir uns schon anderweitig verständigt, dass die Verwendung sprachlicher Ausdrücke und die Gebundenheit ihrer Bedeutung mit Gepflogenheiten zu tun haben und mindestens zwei übereinstimmende Subjekte voraussetzen, um für soziale Praxis gehalten zu werden!" - Ich nicke: Darüber ist, wegen geringfügiger Beteiligung an begeisterungsbefähigender Allgemeinverständlichkeit, nicht abzustimmen. „Seit Maren bei Johanna arbeitet, werden nonverbale Voraussetzungen des Sprechens wichtiger als Lüge, Irrtum und Wahrheitsfindung", erwidere ich. „Das liegt an dem Neuerwerb meiner sozialen Praxis: dem Herumtappen im Halbdunkel, meinem Begreifen, das sinnlich ist: Johanna kennt kein Faktum der Vernunft, dessen wir uns a priori bewusst sind und welches apodiktisch gewiss ist. Diesem Mangel hat sie etwas bemerkenswert Lebens-philosophisches entgegenzusetzen." Da stutzt der Mitleser, ja! „Aha", sagt er abwartend. Inzwischen sind wir in meinem Arbeitszimmer angekommen, und er blickt sich suchend um. „Die Geltung gewisser Moraltheorien an das Vorhandensein personaler Eigenschaften zu binden, so dass diejenigen, de-nen diese Eigenschaften fehlen oder abgesprochen werden, auf der untersten Skala der universell gedachten Moral in ih-rer eigenen Scheiße waten, ist bis heute Norm. Bei Johanna geht es nicht um´s Räsonieren und Argumentieren, auch nicht um Armut, es geht um eine Bleibe ihres Körpers. Um seine Anwesenheit in der Philosophie. Und gelogen wäre, zu behaupten, Maren wüsste nicht längst, dass sie sich verliebt hat, und wahr wäre nicht, dass sie wüsste, warum."

Dieser Mitleser, der mich zweifeln lässt, weil er den Onkel für ein abgetakeltes Gauguin-Schmankerl, einen rousseau'schen Tunichtgut, einen esoterischen Kultbündler hält, und der hilfsbereiterweise für eine anständige Grammatik dieses Textes zuständig ist, damit sich das Lektorat des entsprechenden Verlages, der sich bemühen wird, so zu tun, als sei dies ein Werk, nicht allzu sehr über die mühsame Beseitigung analphabetischer Einsprengsel erregt, was am Ende dazu führen könnte, dass der Öffentlichkeit willentlich und vorsätzlich vorenthalten würde, was andauernd zu Tage tritt, dass die Dichterthronbesteigung trotz der immerwährenden, besessenen, kaufmännischen Bemühungen des Verlags auch nicht mehr das ist, was sie einmal war, mischt sich ständig ein. (Während ich in der Küche hantiere, um uns den versprochenen Kaffee zu machen, weist er, nebenbei bemerkt, auf meine selektiv funktionierende Textauswahl hin: Goethe ist tot, Schiller ist tot, und mir ist auch schon ganz schlecht, stehe draußen an der gegenüberliegenden Häuserwand. Daneben sei ein männliches Genital abgebildet. Ob ich darüber schon mal geschrieben hätte?) Ich hatte ihn um Mitarbeit gebeten, aber das Spannungsfeld zwischen meiner grammatikalischen Schwäche und seiner Universalpragmatik übersehen. (Verstehen Sie?) Aber damit nicht genug, es gibt eine Mitbewohnerin des Hauses, die auch noch mitdenkt. Im Moment glücklicherweise einmal nicht, sie ist gerade aufs Klo gegangen. Vom hinteren Teil des Raums, er sitzt inzwischen über meinem Manuskript gebeugt auf der Couch, fragt der Mitleser: „Was macht sie da?" „Was macht sie da, na, was wird sie da wohl machen", sag ich, „möchtest Du mal hineingehen und sie fragen". „Ich meine doch hier, im Text!", erwidert er leicht ungeduldig. Bevor ich eine passende Antwort finde, hört man laut und deutlich das

Wasser rauschen, und kurze Zeit später öffnet sich die Badezimmertür. „Also weißt Du, jetzt haben wir seit längerem schon Seite fünfzig überschritten und die Liebesgeschichte zwischen Maren und Frank lässt immer noch auf sich warten. Findest Du das nicht etwas überzogen?", ruft die Mitbewohnerin mir zu, während sie sie sich vor dem ovalen Spiegel im Flur ihr gewelltes Haar ordnet. Ich denke an Diderots fatalistischen und an Johnsons einsamen Jakob und sage: „Nein. Aber nein." Der Mitleser, inzwischen hat er ein Päckchen Marlboro aus seiner Manteltasche entnommen und sich eine Zigarette angesteckt, wirkt verdrossen oder zerstreut, was nicht gerade für diesen Text spricht. „Hoffentlich gibt es nicht eines dieser üblichen Happy Ends, Vater, Mutter, Kind, drei finden sich bestimmt", grummelt er mich an, und schnickt Asche im Bogen über den Aschenbecher, den ich hinüberschiebe.

Die Wiedergabe der Diskussion, die sich nun zwischen uns entspann und in deren Verlauf wir mal ruhiges, ernstes Maß hielten, mal in offenen, lauten Streit gerieten, sei hiermit vertagt, sie ist mir fürs erste aus der Hand genommen, denn Maren hat inzwischen die Mülltüten in die Müllcontainer auf dem Hof geschmissen, die sie versehentlich an Johannas Tür hatte stehen lassen. Sie hält Handfeger und Schaufel in der Hand und wird nun wohl vor der Wohnungstür den Treppenaufgang kehren. Die Abstimmung ist ausgefallen, sie wurde von den Mitlesern verworfen, ganz demokratisch, zwei gegen eine, was soll man da machen, welche Autoren ließen sich nicht irritieren durch dauerhaften Einspruch. Zumal ich Maren gut genug kenne, um nicht befürchten zu müssen, dass sie es satt hat, im Verlauf der Geschichte herumgeschoben zu werden, wie es mir passt, was zur Folge haben könnte, dass sie mir zunehmend entgleitet, und da ich auf sie angewiesen bin, um nicht allein weiterschreiben zu müssen, setze ich mich schnellstens wieder in ein diplomatisches Verhältnis zu ihr, um unsere Wirklichkeit nicht aufs Egozentrischste zu verderben. Aber weder wird mein schlechtes Gewissen derzeit durch aufregende Ereignisse geschmälert, noch kann ich aufs Geradewohl einen großartigen Spannungsaufbau bieten. Johanna döst einem leichten Vormittagsschlaf entgegen, ihre Gesichtszüge wirken entspannt, ihre Glieder sind erschlafft, einer ihrer Arme hängt längs an der Sessellehne herunter. Maren schiebt die Wohnungstür mit dem Ellenbogen auf, kommt in den Flur, schüttet kleine, graue, staubbehangene Schmutzflöckchen in den Behälter unter der Spüle, geht vom Flur ins Wohnzimmer und hebt Johannas Arm auf die Lehne. Die Alte reagiert mit einem Zucken der Augenlider, schläft aber weiter. Maren setzt sich leise ihr gegenüber in den Sessel, legt Ordner und Stift für die tägliche Eintragung auf ihren Schoß und lauscht den leichten Schnarchtönen. In den Ordner schreibt sie heute nur Flüchtiges von Wohnungsputz, Durchfall und routiniertem Einkauf und lässt dann den Kugelschreiber sinken. Starrt aufs Blatt, unbeschriebene, vorgedruckte Zeilenabstände. Jetzt hebt sie den Kopf, Johanna, da bin ich, sitze hier, während Du schläfst wie ein Kind, zufrieden ermattet im geborgenen, kurzfristig gewährten Zeitraum meiner gespendeten Pflegeleistung, während mich unbestimmbare Ratlosigkeit packt, eine innere Unruhe, die mit der hohen, schwül-herben Luftfeuchtigkeit und den leisen, bunten Akzenten des beginnenden Herbstes nichts als Wolkendreistigkeit gemeinsam hat, die ruckartige Wendung zum Fenster weist am Himmel heute nur auf verhangenes, schmutziges, graues Gebilde, durchleckt von metallgelben Lichtbinsen. Das ziehende Gefühl in der Magengegend treibt Maren einen bitteren Geschmack in den Mund. In der tagträumerischen Sprache, die ausdrückt, was nicht gemeint ist, regt sich Entäußerung. Die Pupille reizt den Ketzerblick, wenn es einer ist, ihr schießen Tränen in die Augen, die von den Wangen bis zur Mundwinkelmulde rinnen und die Oberlippe einsalzen. Der Raum, das Mobiliar, Johannas eingenickter Körper scheinen blass, in überscharfes Licht getaucht. Vor langer Zeit vermählten sich oft genug die Dummheit und die Einsamkeit, Johanna, durch ihre gemeinsame Bewegung erzeugten sie Kinder, die zu oft nur dumm oder einsam sein durften. So ist es bis heute geblieben, Johanna, wir können nichts dafür. Maren scheucht ihre Gedanken auf, bewegt sich leise, steht am Fenster, durch unbewegliche Fensterscheiben ersehnt die Welt ihr Tageswerk, windet und zerreißt Wolkenfetzen in kleine Schnipsel an einer unsichtbaren Schnur den Horizont entlang. Annahmen über das Wetter sind wechselhaft. Der Vorhang riecht nach Schweiß, aber vielleicht steckt mir die Scheiße noch im Sinn und verlangt zu Hause nach einer Dusche, diese Stille jetzt ist wohltuend und grausam zugleich: Stimmen schlagen durch die Wand, die aufeinander prallen wie Gummibälle. Die einfachsten Vorstellungen erstatten uns nichts zurück. Will überhaupt jemand wissen, warum die Vögel fliegen können und warum wir es nicht tun (oder hin und wieder abstürzen) oder warum das je eigene Ich in der Literatur im Plural steht? Was wissen wir vom Unterschied zwischen dem, was man sagt, und dem, was man meint; ob man voneinander mehr wissen kann oder ob, was man sagt und meint, noch ein und dasselbe ist? Maren setzt sich wieder, blickt auf. Das Wohnzimmerinventar ist dasselbe; in der Ecke steht der Fernseher, auf ihm eine kleine Lampe, verschnörkeltes, gewundenes Eisen, wenn sie sich umdrehte, könnte sie sie sehen, so sieht sie vor sich den Tisch, dahinter immer noch schlafend Johanna. Kein Geräusch dringt durch die Scheibe im Rücken, stumm setzen die Vögel zum Fraß an, vereinzelt lugen sie zwischen den Ästen hervor und blättern sich durch die Kronen. Rosen erzittern ohne ersichtlichen Grund. Blassen Blickes streifen sie greise und junge Spatzen. Das Obst wird diese Woche noch von den Bäumen fallen, sah sie,

Äpfel waren es, die letzten, verspäteten Augustäpfel, die erst im September fielen, und niemand darbt daran, nicht einmal der Wurm, den das Amselpärchen halbiert hat, sein Rest hat sich verkrochen. Der Ordner liegt zugeklappt, der Kugelschreiber obenauf. Ein kurzer Luftzug, sie steigt die Treppe hinunter und tritt im hellen Tageslicht heraus auf mostrichfarbenen Bordstein.

Kleine, graue Roboter sorgen dafür, dass noch grauere, kleinere, hundeähnliche Wesen abgeschossen werden, andernfalls werden sie aus dem Dasein des Bildschirms gebissen. Simon verhindert das mit Anspannung, die nach dem ersten Erfolg nicht nachlässt, sich mit jedem Absturz steigert; erst nach mehrmaligem Gewinn ein anderes Computerspiel auflädt. Das Bild auf dem Nachttisch lächelt ihm zu; lächelt ihn an; ermuntert ihn weiter zu machen, immer tut es das; bei allem, was er tut. Er hat drei graue Kläffer hintereinander abgeschossen und geht zur Attacke über; da gibt es noch Widerstand; die werden sich wundern; unter erhöhtem Druck auf die Tastatur explodiert ein Hund nach dem anderen. Die Roboter haben 900 Punkte gesammelt; bei 1000 steigt Simon zu einem höheren Leistungsgrad auf; ist seine ausdauernde Kapazität gefragt und die Effizienz seines Sehvermögens und die Flexibilität seiner Reaktion. Die Kameradschaft zwischen den Robotern und ihm ist wegen der als krankhaft bezeichneten und als auch genetisch bedingt diagnostizierten, mangelnden Aufmerksamkeit im Unterricht häufig in medizinischer Behandlung. Es steigt die Ansicht, dass die Gene für alles verantwortlich sind und dass gegen eine genetisch angelegte Erkrankung geimpft werden muss. Simon fehlt offensichtlich nichts Bestimmtes; er hat seinen Nachttisch, seine Erinnerungen an den Anfang aller Bindungen, die zugleich die Frage nach den letzten Dingen berühren. Die kontinuierliche Explosion auf dem Bildschirm und das Totschießen sind willkommene Ergänzungen demokratischsten Miteinanders, die wie jede Atemtechnik eingeübt werden müssen; Simon wird die Wale schonen oder kaum vermissen und sich mit kleinen, grauen, hundeähnlichen Wesen auf die kommende Technik des Tötens vorbereiten. Das umrahmte Lächeln sieht zu, eine Mutter würde das tun; vielleicht würde sie ihn zwischendurch zärtlich an ihren Körper drücken; vielleicht würde sie die Frage nach den letzten Dingen aufwerfen im Spiel und das Ziel auszutauschen versuchen; aber seine Lust zu töten würde sie akzeptieren wie das Basteln, das Toben, das Essen und es umwandeln. Simon hat dreimal hintereinander gewonnen. Kleine graue Roboter putzen ihre Zähne, sie bringen den Schlaf.

Anderntags ging Maren über eine der Straßen, die zu Amira führte; sie ging über einen Brückenkopf und schritt am Geländer vorbei, um dem aufschäumenden, trüben Schwappen des Mainwassers zuzusehen, das unterhalb der Uferpromenade an anthrazitgraue Steinmauern klatschte, es führten noch andere Straßen zu Amira, aber sie wählte diese, so viele Straßen führen zu einem Menschen, manche führen geradewegs auf ihn zu, manche biegen auf den letzten Metern ab und treffen vorerst auf andere, weniger zugängliche Seitenstraßen oder gar auf eine Schneise, manche schlängeln sich langsam heran, manche führen auf einen Umweg, andere auf einen Schleichpfad und nur einer, könnte man meinen, birgt auf der zurückzulegenden Strecke einen Schlüssel, der uns das Lebendigste, das Verletzlichste, das Geheimnisvollste dieses Menschen auftut. Aber auch darin kann man irren, oder, wenn man es nicht tut, unterwegs den Schlüssel verlieren, ihn übersehen. Oder erneuern. Manchmal hält man einen Schlüsselbund in der Hand. Auch kann sich eine unvorhergesehene Veränderung der Straßenverhältnisse ergeben haben, in denen man sich nicht mehr auskennt, wie auch die Person, um die es sich handeln mag, gar kein Geheimnis mehr bewahrt. Das Lebendigste, das Verletzlichste ist abgewandert, und in der Gegend, die es nun bewohnt, hat unsereins keinen Schlüssel von passender Bedeutung mehr. In diesem Falle aber war sich Maren sicher, dass der Weg, den sie eingeschlagen hatte, geradewegs vor Amiras Haustür enden würde. So vorangeschritten, erschien der Tag aufgeklärt und von lauwarmer, schwüler Luft befreit, ein Lüftchen wehte, das den Schall und den Ruf einer einsamen Flussmöwe ums Ohr schlug, und die blinkende Stahlbefestigung des Stegs, über den Maren lief, mit einem wässrigen Glanz unzähliger winziger Tropfen überzog und abtrocknete. An der Balustrade einer Steintreppe, die an der gegenüberliegenden Uferseite auslief, machte Maren Halt, um die überragenden Silhouetten hinter der Frankfurter Mainpromenade oberhalb der gezähmten, flachgepressten, dunstigen Wassermassen zu betrachten, die von Industriekränen und schmalen Grünflächen umgeben, eine abgründige, verfremdete Naturalität zur Schau stellten und den spitzen gläsernen Türmen von Banken und Versicherungen im Hintergrund eine oberflächlich verliehene vertikale Unabhängigkeit zwischen der horizontalen Ebene von Flusslauf und Himmelsdecke einräumten. Was sich hier zur Schau stellte, konnte auch durch künstlerisches Geschick am Werk gewesen sein, zwei natürliche Längsbahnen in unentwegter Bewegung durchstoßen von der Wucht vielstöckiger, unterschiedlich breiter und hoher kubischer Formelemente und geometrischer Körper. Bewegung am Rand zerschlug das kurzfristige Trugbild, entzog Marens Sinne der plakativen Ansicht und mischte sich in ihre ungewollte Konzentration auf das Naheliegende; zwei beieinander stehende Männer auf dem zur Brücke führenden Bürgersteig, wovon der eine der beiden, ein älterer, kleiner Mann, ihr den Rücken zukehrte.

verlogen mit sprache verkleidet entfernt übersetzt war vor
mir bewegung im spiel und ihr nacken der duft ihrer haare
der flaum ihrer ohrmuscheln schielte nach luftpost und gab
mir aussicht auf leiber ich sah sie sich annähern spielte luke
durch das wasser rohr loch kämmten sie die erde ich sah lauter wellen ränder schlug mir der wahn um in wein hinter den
bergen beschlummern wache ungeziefer das wort sie
standen über ohnmächtiger kultur schamlos breit planiert
einen steinwurf entfernt vom altstadtkern und blühten auf
nur vor augen sonst nicht die luft wurzelte in
molekularbewegung umspannte heißeste liebkosung
eregierender körperteile schweigsam im schatten der bäume
ein sanftes gurren ein streicheln der glut zwischen zwei
augenpaaren dichteste partikel von solcher kost dass mir die
zunge am gaumen klebte vom zusehen diese münder auf
diese entfernung im karpfenteich über augäpfeln umfasst
von armen sie fingen feuer auf muskel und haut auf weg den
asphalt übergrünt und autos fuhren über jenen schnee und
diese blumen ich sah sie ihr wasser schmecken mit weicher
hingebung und berauscht von gier gruben sie ihr herz aus
den alkoven im sinn mein auge drohte zu erblinden am puls
ihrer hälse pochte es heftig ihre nimmermüde sattheit fraß
sich durch gedörn und entwand mir lächeln über meinen
zufälligen anteil am glück zwischen einem mann und einem
mann ihre traumszenerie drängte nicht zum sofortigen
verlangen stockte trotz der sekunden um die ich mich fort
schlich der ältere kleine drehte sich gestört aber nicht
unfreundlich um und wir sahen uns an im schreck dieser
wiederbegegnung zwischen dem hampelmännchen und
maren nicht wahr das bist du das bin ich aber wer sind wir
wenn nicht mehr wie am vortag nicht mehr wie sonst jetzt
scheut gott und vom dachfirst lächeln die prinzen

bis die kinder aus dem training kommen, habe ich noch ein
wenig zeit. maren wird gleich eintreffen. es fällt mir schwer,

mich abzulenken. die kongolesin, die vor drei tagen entbunden hat, geht mir nicht aus dem kopf. sie war heute morgen nicht davon abzuhalten, die station zu verlassen. ich erklärte, dass die innere wundheilung am gebärmutterhals noch durch eiterungen erschwert werde und weitere beobachtung benötige. sie schob mir einen zettel entgegen, ein abgerissenes stück zeitungspapier. ein hoher regierungsbeamter der republik kongo bestätige vor dem verwaltungsministerium, dass alle nach kongo abgeschobenen asylbewerber nach ihrer ankunft verhört, gegebenenfalls wochenlang festgehalten, misshandelt und entweder zwangsrekrutiert oder exekutiert werden. frauen würden in kinshasa ähnlich behandelt wie männer, mit ausnahme der vergewaltigungen, die sie zu durchleiden hätten. die kinder der abgeschobenen würden an staatliche aufbewahrungsorte gebracht und endeten später als straßenkinder. sie sagen immer, es würde besser. dem ehemann der kongolesin habe ich vorgestern noch die hand gedrückt und zur geburt der gemeinsamen tochter gratuliert. die kongolesin sprach nur mit den augen, ihr gesicht blieb ausdruckslos, auch noch, als sie sah, dass ich erschrak. ihr mann habe nach dem asylverfahrensgesetz gegen seine aufenthaltsbeschränkung verstoßen, flüsterte sie. ich wusste im ersten moment nichts damit anzufangen. nach ansicht der behörde beeinträchtigen unerlaubte reisen ohne genehmigung die öffentliche sicherheit und ordnung und werden als gravierendes fehlverhalten eingeordnet. sie verbarg ihr gesicht in den händen über den vorfall, gestern abend wurde sie am telefon über die bevorstehende ahndung informiert: nicht gegen sie gerichtet wird politik in form von gesetzen und verordnungen, auf einer formal-legalen grundlage vollzogen. auf zimmer 309 liegt eine jugendliche patientin, die nächste woche operiert wird. gibt es auf der station keinen arzt?, fragte sie, als ich mich vorstellte und die notwendigkeit der operation darlegte. einem neger traue ich

*das aber nicht zu, sagte sie. wo maren nur bleibt? sie hat sich
verändert in letzter zeit.*

Frank war der Anfang eines Gefühls. Was sie sah, berührte
sie. Zuerst, was er am wenigsten an sich zu achten schien,
sein Körper. Dann die seltene Begabung eines Mannes, sich
mit leichtem Tritt über Boden zu halten. Seine Handgelenke
und Handflächen waren von so durchdringend schmaler
ätherischer Form, dass sie ihrer Feingliedrigkeit wegen kaum
für körperliche Arbeit geeignet, sondern dazu bestimmt zu
sein schienen, Bücher zu halten, Teetassen, die Hand eines
Kindes oder eine Geige. Es war sein tänzelndes, beweglich
verspieltes Muskelskelett beim geräuschlosen Auf- und
Abgehen, beim Aufstehen von einem Stuhl, das einem
Schwingen gerecht wurde, beim Hoch- und Herunterklettern
an den Bücherwänden und auf den Trittleitern, das zu einem
Turner, einem Balletttänzer, einem Harlekin passte. Es war
seine androgyne, gedämpfte und sich maßvoll modulierende
Gestik, seine Stimme, die tief aus dem Bauchraum
hervorkam, wenn er frei sprach, und die nie laut oder
hektisch wurde, zuweilen aber hart aufsprang.
Sein Körper war ein Hort freischwebenden, sanftesten Gefühls und seine Gesichtszüge von weicher Prägung, doch eine
gemaßregelte Angst vor dieser sorgsam verschwiegenen
Pracht sprach aus der rigiden Handhabung mit ihr. Er ging
mit seinen Bewegungen um wie ein Rehbock, der im jähen
Lauf stoppt und fluchtartig durch eine Böschung prescht und
der, wenn er sich beruhigt hat und sicher fühlt, mit einer
graziösen Bewegung seinen Kopf neigt und behutsam wieder
zu äsen beginnt. Die zweite Natur hatte sich über die erste
gelegt, brachte sie ins Stolpern, auf die Flucht und zum
abrupten Wechsel in ein Gebärdenspiel, das plötzlich
verhärtete, das ihm Stillstand und Unsichtbarkeit verordnete.
Die hölzerne Abkehr von sich selbst, seiner weiblich
unterlegten Attribution, kreuzte sich mit der Wiederkehr der

natürlichen, der unbefangenen, der kindlichen Ader, die ihn beeinflusste, mit der er spielerisch um sich griff. Seine dünkellose Art ließ die Studenten vertrauensvoll auf ihn zutreten, ohne Argwohn, wenn es um die abermalige Verlängerung eines über die festgesetzte Frist hinaus entliehenen Buches ging, ließ sie wissen, dass der Bibliothekar sie auf eine selbstverständliche, fürsorgliche Weise mit seinem leicht filigranen, in Moll getönten Timbre durch die Karteikästen, das PC-Verzeichnis oder durch die verschiedenen Stockwerke dirigierte, ließ sie sicher sein, dass, wer immer auch an den beginnenden Herbstabenden fröstelnd eine Jacke in der hell erleuchteten und nur spärlich besetzten Bibliothek über die Schultern zog, mit zunehmend warmer Luft durch strömende Heizkörper rechnen konnte. Er war präsent und in seiner Präsenz unaufdringlich. Je öfter er den hinein- oder hinausgehenden Benutzern der Bibliothek, welchen akademischen Grades und welcher fachlichen Richtung auch immer, die Tür aufhielt, desto weniger vergaß man die Anmut und Geschliffenheit, mit der er das tat. Frank Jakobi war, ohne wie ein Herr zu wirken, mit Knigge verwandt, abgekehrt von jedem Egomanismus.

Fiel Kompetenzanmaßung, ein akademischer Pfauenstatthalter und der Befehlsgehorsam in die Bibliothek und ihre Randgebiete ein, schnarrte die frohlockende Bitterkeit alltäglichen Machtgerangels und vergeblicher Bemühungen über die Flure oder schnitt das Verlangen nach sorgsamer Väterlichkeit sich an Arbeitsvorgängen seiner Erwerbsarbeit und einem versteckten Groll gegen das Kind und streute Stress und Stirnrunzeln über Simon aus, warf sich ein müdes Lächeln in die Umrisse seiner Augen, verdunkelte ihren Farbton und klebte Mattigkeit zwischen seine motorischen Bewegungsabläufe. Eine zähe, an Johanna erinnernde Schweigsamkeit, die duldsamer litt und weniger grausam sein wollte, bemächtigte sich seiner in diesen Augenblicken und zerlegte sein Gesicht in hoffnungslose Bestandteile. Der Reduktionist im Reh war so befremdlich wie seine jäh einschlagenden Kehllaute in seinem Körper, und so war es nicht verwunderlich, wenn der dumpfe Nachklang seines abgehackten Tonfalls erschreckend hart in anderen Ohren aufplatzte wie eine Kugel, mit der er plötzlich auch auf sich angelegt hatte, und die ihm ein zorniger, selbstzerfleischender Jagdinstinkt in sein eigenes Fell trieb.

es waren die bücher seine augen das kind

„Ich verstehe den Zusammenhang nicht ganz", sagt Amira, „von dem Kind hast Du mir noch gar nicht erzählt." Sie blickt etwas besorgt: Augen spielen bei solchen Begegnungen immer eine Rolle, eine Mischung aus blau, grün und gelb ist sicherlich selten, aber doch nicht ausreichend, um sich zu verlieben. „Es ist der melancholische Ausdruck in ihnen, der die Lider beschwert, was in mir Bewegungen auslöst", sagt Maren zögernd, „Bewegungen, die sich zwischen uns vertiefen, wenn er sich davon abhalten lässt, fatalistisch zu denken, weil meine Anwesenheit ihn wach macht für sich selbst und meine Nähe ihn mit Wärme und Zuversicht erfüllt. Dann tritt diese Mischung in seine Augen, die ihnen einen Grund gibt, eine Beredsamkeit, die vielleicht nur für mich so einmalig ist". „Du bietest also Deine vorauseilende Mutterschaft an", stellt Amira nüchtern fest. „Du hast noch nicht viel erzählt über Eure bisherigen Begegnungen, sein Schicksal, den Tod seiner Frau und den Jungen, der Dir am Herzen liegt. Warum zieht es Dich gerade zu ihm hin? Dann die Tage, die Arbeit bei Johanna." Amira stockt. „Maren", fragt sie, „auf welche Reise begibst Du Dich? Was gibt Dir das? Mit ihm... Mit Johanna... Mir kommt es vor, als suchtest Du Vertiefung, Entgrenzung bei anderen, um Dich selbst zu fühlen." „Vielleicht ist es so", nickt Maren, „vielleicht entkomme ich nur so...". Sie bricht den Satz ab. „Wem, was?", fragt Amira.

„Wie sagte mein Onkel?", erwidert Maren ausweichend. „Du bist die einzige, die ihn kannte. Du weißt, was er für mich getan hat, damals, in diesen endlosen Monaten der testamentarischen Vollstreckungen, der Auflösung des Hausrats, nach dem Verkauf des Hauses meiner Eltern, meinem Umzug. Als er mir half, meine Bücher in die Regale einzuordnen, hier in dieser Stadt, in der neuen Wohnung, kurz bevor er wieder fuhr, um erneut seine Runden durch die Welt zu drehen, da hat er sich auf einen Stapel dicker Wälzer gesetzt, war es Freud oder die Hölderlin-Ausgabe, das weiß ich nicht mehr, aber die Worte, an seine Worte erinnere ich mich genau, als er seine Pfeife angezündet hatte und über den Sing-Sang des Abendlandes im allgemeinen und das Leben meiner Eltern im besonderen meditierte. Willst Du sie hören?" „Natürlich will ich sie hören", sagt Amira. „Zuerst sagte er „Hiersein", sinniert Maren mit der Andeutung eines Lächelns. „Bitte?", fragt Amira verständnislos, probiert das Gehörte aus: „Hiersein. Hm. Und weiter?" „Dann schwieg er", sagt Maren, „mit Betonung auf den anschwellenden Charakter des Vorgangs Schweigen. Heraus kam ein Gedicht.

Das Himmelreich, das Du bejubelst,
es kommt nicht, es sei denn
Du öffnest den Teufeln die Tore.
Ambrosia, die Hexe, backt
Kuchen aus Angst, aus Staub.

Sieh, wie die Spinne über Krümel hinwegsteigt,
vorsichtig, une créature fragile avec force.

Bis ein Gesicht, doch keine Konturen
drei Beine ausreißt. Wer jetzt weint,
prostet sich selbst zu. Die unzählige Alte
nickt und kümmert sich
um das leibliche Wohl ihrer Gäste.

Und alle, sie alle feiern
das Himmelreich, das Du bejubelst.

Mein Onkel war von jeher eine bizarre Gestalt; des Nachts verwandelte er sich in ein Käuzchen, musst du wissen, Amira, jetzt, wo wir schon auseinander gegangen sind und jede von uns auf ihre Weise als Gast an ihrem Pol Leben hängt, und in der Dunkelheit war sein Rufen ein Gebet an die Einsamkeit, das ich liebte, weil es Antwort gab auf die Trauer in unserem Leben, auf seine Enthaltsamkeit und die Unabänderlichkeit unserer Bemühungen, in der kurzen Spanne zwischen dem Geboren-werden und dem Sterben eine Fülle zu erzeugen. Unterdessen verwandelte sich das Rufen des Käuzchens auf seinem Weg durch die Nacht, Amira, es ist möglich, dass Du es bereits ahnst, während ich dies schreibe, in den Laut eines anderen Tieres, denselben, den Deine Kinder fröhlich nach- ahmten, als sie zur Tür hereinkamen, kurz nachdem ich dir das Gedicht vortrug. Und diese unterschiedlichen Laute, durch die unser Gespräch hallte wie das Rufen des Käuzchens in der Nacht, musizierten miteinander in einem Konzert, bis wir es zusammenstrichen auf einen Schlusssatz und ausklingen ließen in einem Lachen, Amira, dem Lachen Deines Sohnes hinter vorgehaltener Hand, so herzlich, so heiter, so provokant, dass die letzten Wortlaute verebbten, und mit der Ebbe veränderte sich ihre Substanz und nahm unsere Gestalt an, und während wir zusahen und uns nahe waren, formte das Lachen ein Gedicht an die Freude, das mich an meinen Onkel erinnerte, weil es Antwort gab auf die Liebe in unserem Leben, auf ihre erlösende Kraft, die manche Glauben nennen und andere Menschlichkeit, ein Geheimnis der Unabänderlichkeit unserer Bemühungen. Der Hass ist von später Stunde am Morgen, wenn das Käuzchen verstummt ist und die Nacht ihre schweren Schwingen über das Lachen Deines Sohnes legt und die Frage nach jedem weiteren Laut verstummt. Aber es gibt sie, Amira, die Geister der Gezeiten, die mehr sind als Objekte der eigenen Sehnsucht, die sich schemenhaft im Dunstkreis der ausgekühlten Tage ihre Namen zurufen, sie heißen George, Amma, Simon oder Frank. Und Johanna und Ambrosia werden staunen, wenn wir den Teufeln die Tore öffnen und ihr Hiersein betrauern und über die Blindheit unseres Spiegelbilds, mit denen wir ihrem Rätsel ein weiteres hinzufügen, hinwegsteigen, gebacken aus Angst und aus Staub, Amira, und beflügelt wie ein Käuzchen.

Angeraute Stimme seinerseits sprach Einladung aus, die unwillkommene Anspannung trug und sich zwischen uns klemmte, das Hirn murmelte ausgesucht sinnvoll höfliche Floskeln der Üblichkeit, die Gefühl, Erregung, Unsicherheit zu dosieren suchten, auf das Mindestmaß der Kontrolle über Herz und Muskeln Wert legten; zu glauben an den ganzen Unsinn sperrte ich mich. Pünktlich zum verabredeten Termin erschien außer mir Septembersonne, die goldenen Oktober vorwegnahm, der auf Kalendern bloße Abbildung erfuhr, und schickte Strahlen über Simons Gesicht. Sein Vater trug Kuchen auf liebevoll gedecktem Tisch, schnitt aus linker Hälfte sechs akkurate Stücke, langte behutsam zu den Tellern. Das Kind hüpfte auf einem Bein nicht ganz so arg wie Rumpelstilzchen und wollte seinen Namen gern nennen und seinen Computer zeigen, das Bild seiner Mutter stieß er im Vorbeilaufen zu Boden, es fiel so, dass ich es aufhob und Simon prüfend ansah, und ein Schauer sperriger splittriger Trauer übergoss mein Gesicht. Es war mühsam, die Leichenhalle vor meinen Augen zu verschieben, die unzähligen Menschen, die zerfledderten Taschentücher vor zuckenden, tränenleeren aufgerissenen sperrangelweiten Lidumrissen, kaum zu verringern war der ungedämpfte Aufschrei einer jungen Frau neben mir, während ich hier stand in Angesicht der toten Mutter dieses Kindes, und da ich keinen Rat wusste, ging ich hin und kniete, oder war es eine andere, zweite Person, die sich ablöste, sah ich bloß zu, nein, ich nahm seinen schmalen, bedürftigen Körper in meine Arme, nicht zu fest und nicht zu flüchtig, sondern zärtlich. Er legte sein kindlich zartes Jungenhaar zwischen meine Brüste, und wir hörten seinen Atem, und Frank Jakobi stand in der Tür. Ich erschrak vor mir selbst und wollte unabänderliche Tatsachen nicht aufschieben, schnickte konkrete Frage nach Todesursache und Art durch den Raum, geballt, und wappnete mich. Da sagte er ganz selbstverständlich: „Sie ist verblutet", als wäre das nichts Neues für das Kind. Ich wusste nicht, wie oft es schon hatte wissen wollen, wieso weshalb warum, ich hatte lange gebraucht, die genauen Umstände des Absturzes zu erfragen und ließ es willfährig geschehen, dass er mir das Bild abnahm und es ruhig, sehr ruhig an seinen Platz zurückstellte. "Sie waren dabei?", hätte ich nicht fragen dürfen, doch tat ich es wie im Impuls der bedrückenden, grobschlächtigen Frechheit, die sich nach vorn stürzt statt abzuwarten, bis sie dran ist, die sich zu kaschieren versucht und für die ich mich gern geohrfeigt hätte, aber er nickte, und wandte sich an seinen Sohn und ließ mich ungeschickt sein. Beim Kuchenessen war niemand gesprächig, aber Simon legte seinen Kopf auf mein Knie und zupfte an herabhängendem Haar und war begeistert über seine Roboter, die ich unbedingt gleich sofort am besten in dieser Minute noch kennenlernen müsste. Dann hatte er eine andere Idee und wollte bald wieder aus seinem Zimmer herausgekommen sein. Die Spannung knisterte taub, stumm und fühlbar, als das Kind wirklich lief, und seines Vaters lauthals hervorgebrachter Vergleich: „Fühlen Sie sich ohne Ihre Eltern sehr allein", war schon in dem Moment, als er sich sprechen hörte, erstaunlich danebengegriffen. Wir waren jetzt quitt, wie mein Kopfschütteln zeigte, und die Spannung wurde dadurch nicht gemildert, nicht erträglich, nervös wäre untertrieben zu sagen, und ich konnte kaum begreifen, was ich wahrnahm, das wäre wirklich zu viel gesagt, so wie ich fühlte, sah ich infolgedessen ständig daneben, traf gerade noch den Aschenbecher ohne eindeutiges Zittern verbergen zu können. Auch mit geschlossenen Augen hätte ich sein sanftes Gebärdenspiel, seine schmalen, schlanken Finger und seine lange sehnige Gestalt unter tausenden wiedererkannt und würde ja wohl mit offenen Augen nicht von ihrer Berührung zu träumen anfangen trotz dieses Blickes, in den beschriebenen Farben gesprenkelt und ernst, tiefliegend, unfähig zu Geckhaftigkeit, darunter die leicht eingefallene Wangenkerbe inmitten länglicher Gesichtsform, wer weiß, wie er mich sah, weiß mehr als ich. Wir machten beide merkwürdig ungeübte Bewegungen, die hingerissen abgewandt durcheinander gerieten und sich wieder fingen ohne jede Koordination, und seinen weichen Mund unter dem Oberlippenbart hatte ich sinnlich ertastet geschmeckt, erfasst von tieferer Schicht, die noch tiefer als tief von unten nach oben, von vorn nach hinten, von überall mit ergreifender Unbestimmtheit und nie gekannter handfester Sehnsucht Selbstgefühl steuerte. Immerhin registrierte ich die aufklappende Kinderzimmertür und hörte Simon kommen, Auge in Auge trafen wir Welt, einstimmig wie Kaspar Hauser und Kasparin Hauser, diese Geschichte ist wenig beschrieben, und auch nicht ihr Zauber, wir gingen proppenvoll leer aus und trieben mit ihr hervor. Wie Simon sich anschlich, tatsächlich im Harlekin-Kostüm seinem Vater ganz ähnlich, beriet er sehr ernsthaft mit mir, ob Fasching nur einmal im Jahr sein dürfe oder öfter, und endlich sollte ich die Roboter kennenlernen, womöglich im Zeitraum gespielt von einer Stunde und wenn nicht, dann doch lieber gleich.

Was kommen wird und davor war, sagte ich zu mir, ändert nichts an der Tatsache, dass die Liebe, nicht der Glaube, nur die Berge versetzen kann, die sich erklimmen lassen, und manch eine erklimmt den Berg wie Sisyphos, ein anderer spielt den einsamen Rufer oder besieht sich die Wände seiner Höhle, und hier und da bleibt einigen zu tun, was zu tun ist, wenn Bergwände so steil und kluftig sind wie das Tal des Lebens abschüssig, dürr, vermint, unter fruchtbarstem hübsch wohlgenährtem Eindruck, denn die Liebe ist eine Idee, so gewaltig und groß, dass sie die dauerhaftesten Verhältnisse nur übersteht, wenn ihr Geheimnis, der Abgrund, die Trennung, die Einsamkeit, der Schmerz, die Angst, das Kranksein, das Sterben, die Aggression nicht in Elefantenhaut eingenäht werden, wenn ihre schonungslose Offenheit nicht im Korsett der eingemachten, unterkellerten, verzuckerten Ohnmacht instrumentalisiert, ritualisiert und verkocht als Bestandteile der sichersten Verwahrung konserviert wird. Man findet die Liebe nicht einfach da, wo man sie längstens vermutete, sie begleitet einen nicht auf Schritt und Tritt, sie geht ihre eigenen Wege und zeigt sich uns mit ihrer Phantasie zwischen Raum und Zeit bei der mühevollsten Arbeit, in der erbärmlichsten Verzweiflung, unter den traurigsten Handreichungen. Nur einfältig kann sie nicht werden, unter reiner Abstraktion leidet sie, und hungernde, derbe Not macht sie tot. Und wie das Leben so ist, das durch den drohenden Tod jeden Tag neu vollstreckt wird, weshalb das Problem des Selbstmords philosophisch ungelöst bleiben wird, solange es Wesen wie unsereins gibt, macht die Idee der Liebe aus sich eine Ausnahme unter all den Welt und Geschichte und Zukunft und Vergangenheit umspannenden, herumgereichten, zirkulierenden Ideen und Todesarten. Ihre Gegenwart allein macht uns das Leben erträglich. Wo sie nicht gefüttert wird von uns und nicht geteilt mit anderen, wo sie nicht Statthalterin auf Erden, nicht Keim einer Befruchtung, nicht Gegenstand unserer Be-mühungen gewesen ist, die sich allein auf sie selbst, ihren ge-genstandslosen konkreten Zauber und nicht auf Ordnung,

Recht und Moral bezogen, verschlägt sie uns, verprellt von Illusionen, in ihren Schatten. Und dieser Schatten, den der Berg wirft, den wir erklimmen müssen, ob wir wollen oder nicht, um ins Tal zu blicken, um es durchwandern zu können, wenn wir unseren Spuren begegnen, ihnen folgen, sie wiedererkennen wollen, ist eine Spende von der Nabelschnur bis zum Tod, die wir überall antreffen: Nicht nur in diesem Moment, wo wir auf Maren Gottschalk und Frank Jakobi zurückgreifen, leiden wir im Schatten einer Liebe, der unbeweglich, leblos, starr auf uns eingestellt, sich an unsere Fersen heftet und unseren Leib eintrübt, auf unseren Geist abfärbt, und wenn wir uns nicht mehr bewegen, hat er sich schon anderer angenommen wie ein Gewächs, das sich über den Berg stülpt, das Tal überzieht und uns in eine gesichtslose Einöde verbannt, die jegliches Erklimmen sinnlos macht. Es zeigt sich, wie so oft, dass der Mensch die Einöde nur unschwer verlassen kann, auf dem Weg, den ihm die Liebe preist, um derentwillen sie und er Berge versetzen wollen, wir und du, sie und ich, wir ihr sie. Denn der Kasper, den wir Hauser nennen, ist keine Einzelexistenz, herausgeflogen aus jeglicher Geschichte im Wettbewerb zwischen Notwendigkeit, Gleichgültigkeit und Mitleiden, er ist verdichtetes In-einander-rücken einer Abfolge von Objekten, die ihrer Anwesenheit beraubt wurden, so dass die Idee der Liebe schon gestorben sein kann, bevor sie in der Gestalt einer Geburt aufging, und was hat werden können als ein Ich, ist so empfindlich, so gebrechlich und wund, dass die Verwilderung von innen sich niederschlägt und Kraft nicht erlaubt, im Wechsel zwischen Grenzen, die kaum mehr überschritten werden können oder nicht vorhanden sind. Wer so leben muss, kennt kaum die Liebe.

„Pass mal auf, dass sie nicht zu spät kommt", rief ich mich zurück, ich wusste, die Dienstbesprechung war für den frühen Nachmittag angesetzt, an einem Montag, an dessen Vormittag Maren etwas unsicher auf die Uhr sah, um den Termin zur Besprechung ihrer philosophischen Abschlussarbeit nicht zu versäumen; das Hampelmännchen war ebenso peinlich genau versessen auf Einhaltung einer zehnminütigen Sprechzeit wie die dienstälteste Altenpflegerin auf die punktgenaue Anwesenheitspflicht. Johannas Uhrzeigersinn lag woanders, um die Ecke, oben drüber, nebenan, aber der Spätdienst bei ihr wird das Schlusslicht am Abend bilden, und natürlich sind wir neugierig genug zu erfahren, was vor sich ging. Bei Johanna geht immer etwas vor sich, auf und ab oder daneben, sonst platzt die Stille. Also verlässt Du Dich auf Johanna! Ja. Ein solches Gesicht sah ich nur einmal. Nun sei ruhig. Das Hampelmännchen steht schon vor aufgeworfenen Fensterscheiben unter hell erleuchteten Neonröhren, die Hände hinter dem Rücken verschränkt, zu wippen unterließ es. So trat die Situation nach höflichem Klopfen in den Raum ein. Als Maren sich setzte, umfasste sie die Gestalt als das, was sie war: ausgemergelt, etwas krumm, klein geraten. Seine aufgetragene Unansehnlichkeit stand im Widerspruch zur vitalen Regheit, die unaufhörlich in seinem Gesicht zuckte und ihn nur verließ, wenn er philosophierend fand, was er brauchte, mit Ausnahme des homoerotischen Zerwürfnisses: Aus der Vormundschaft der Natur in den Stand der Freiheit: wie ist uns das misslungen, dachte Maren und setzte sich artig auf den Stuhl, den er ihr bot, im Gegenüber des bitteren Ausdrucks seiner beim Philosophieren leuchtenden Augen, des ordentlich straff zurückgekämmten Haars, seiner zurückweichenden Bemühung. Die Idee des Subjekts einer moralisch-praktischen Vernunft, das als Zweck an sich selbst zu schätzen ist, Würde besitzt und allen vernünftigen Weltwesen Achtung abnötigt, die auf der Gleichheit mit ihnen beruht: Wie sollte dieses Thema zwischen dem Reich der Natur und dem Reich der Freiheit einem freien und öffentlichen Diskurs standhalten können, wenn es ihn nicht gab? Nun sprang dazwischen das Zucken seiner Mundwinkel herum. „Sie haben einen recht interessanten Ansatz!", sagte er und wandte sich ab, nein, dachte Maren, du glaubst auch nicht, dass die Idee einer Universalmoral, von einer Frau ausgedacht, mit der Liebe, mit nichts als der Liebe ihren Anfang machen müsste. Mit den Bedingungen der Möglichkeit von Liebe. Ein solches Seminar war wohl kaum denkbar. Deshalb sprachen sie über den Text, über nichts als den Text, der ihnen vorlag zur Prüfung, und nicht über den Philosophen, der seine Schwester und Lou liebte, und nicht über die Schwester, die ihren Dichterbruder heiraten wollte, sondern über die bevorstehende Prüfung, über nichts als die Prüfung, die sie auf einen Frühlingsmonat im kommenden Jahr festlegten, den Frühlingsmonat der alljährlich stattfindenden Abschlussjahrgänge, im Wonnemonat Mai, in dem es Johanna nicht mehr gab. Das konnte Maren zu diesem Zeitpunkt noch nicht wissen, nicht voraussehen, in welcher Jahreszeit Johanna sich sterben ließ, sie las vorerst in der Straßenbahn auf dem Weg zur Dienstbesprechung vom Bodensatz philosophischer Schriften auf, was von ihren öffentlich zugänglichen Sätzen abgefallen war: *Meine Erkenntnis ist eigentlich: wie fürchterlich unglücklich der Mensch werden kann. Die Erkenntnis eines Abgrundes; & ich möchte sagen: Gott gebe, dass diese Erkenntnis nicht klarer wird.*

Solche Anwandlungen schienen die dienstälteste Krankenschwester so wenig zu interessieren wie die Fachphilosophie, zumal in diesem Augenblick nicht. Das war nach der Ankunft unschwer zu erkennen, selbst für Maren. Vielmehr ging eine Liste herum, die bestand aus Straßennamen und Hausnummern, aus Angaben zur Essenszubereitung und zu Diätkost, aus angegliederten kleinen Wohneinheiten und einer eigenen Heimambulanz, und man hatte zu wählen zwischen dieser Stiftung und jenem Ordenshospital und einer städtischen Einrichtung; daraus bestand die Diskussion.

Maren nahm ungeschwätzig teil, da sie nicht wusste, ob das nächste oder übernächste Quartal geeigneter wäre zur Umstellung von Johanna, wenn nicht ein dringender Notfall sogleich fristgerecht angeordnet die Allgemeinheit vor ihr in Schutz nahm. Und in Schutz zu nehmen hatten sie sich vor Johanna, das machte sich die Mehrheit der Anwesenden mit Handzeichen bewusst; Maren haderte mit sich, doch es wäre zu viel gesagt zu behaupten, sie liefe gerne durch Scheiße. Wohin das führt, haben wir ja gesehen. Aber wir wollen nicht ablenken von den Schutzmaßnahmen und dem Vorschlag, einen Filter um den Mund zu binden, und die anschließende Übung, die aus Unbeholfenheit durch Geschick im Umgang mit Bakterien heraushalf, verlief technisch einwandfrei, bis ihre Figur an die Reihe kam; als schließlich das Häubchen um Marens Mund lag, stürzte das Flugzeug noch einmal, diesmal mitten unter die Anwesenden und niemand rührte sich, weil alle redeten, bislang unversehrt, ahnungslos im Schutz ihrer Häubchen haltenden Hände, nur Marens Häubchen bekam einen Riss. Und durch den Riss atmete Erinnerung auf und machte im Sturz des Flugzeugs sichtbar, was davor, lange Zeit davor, sich abgespielt haben mag, nichts Genaues, wie man weiß, und doch weiß man mehr, als man wissen möchte, wie in diesem Fall Maren von einem Frühstück zu dritt auf einer reinweiß gefegten blitzblanken Terrasse, da saßen Vater, Mutter und Kind, drei finden sich bestimmt, und der Vater hatte ein weißes Hemd an und trug eine beigefarbene Hose und war von hinten bis vorne durchgebügelt bis auf den Schlips, der war lindgrün mit edelweißem Muster, und seine Hand fuhr sich in Abständen von je einer Minute an den Hals, um den Binder zurechtzuschieben. Die Mutter rührte ebenfalls in Abständen von je einer Minute im ungesüßten Tee und legte die Hände in den Schoß, den ein anthrazitgrauer Faltenrock verbarg, der zu einem ebenso anthrazitgrauen Kostümoberteil passte, das von einem weinroten Tüchlein an der rechten Brustseite geziert wurde. Von Ferne hörte das Kind das Geschrei anderer Kinder, das sich bis an den Gartenzaun wagte, und seine schwarzen Lackschuhe in den reinweißen Söckchen schlugen unter dem Tisch aneinander, als wollten sie hinüberlaufen mit einer Hast, die das Tischtuch mitriss; aber ein unmerkliches Zucken am unteren Lidrand des Vaters hielt die schwarzen Lackschuhe still und machte die gerade Rückenlinie des Kindes unter einem blass-blau gepunkteten, knielangen Kleid gefügig für ein allmorgendliches Wochenendfrühstück zu dritt, so dass es sich wie von selbst verbot, seinen Blick streifen zu lassen über den Gartenzaun, statt über seinen Teller und einen Arm, der sich manierlich den Mund mit einer Serviette abputzte, und nachdem die Schluckbewegungen geendet hatten, wäre niemand auf die Idee gekommen, das Kind hätte es einmal, ein einziges Mal gewagt, an einem Wochenendmorgen an den Gartenzaun zu laufen, das gute Geschirr der großelterlichen Erbmasse im Stich zu lassen und aufzuspringen, wenn es keinen Hunger mehr verspürte. Würde es doch einmal vorgekommen sein, dass es so weit kam, dass es laufen mochte, war das Geschrei in für Lackschuhe unbefugtem Gelände verschwunden oder drehte sich abwartend verwundert um, denn aus der Nähe betrachtet, würden die Lackschuhe im Geschrei nicht mehr zu gebrauchen gewesen sein, und wenn die Lackschuhe Schaden hätten leiden können, wäre der Gartenzaun nicht gewesen. Der Gartenzaun aber schien Beine zu bekommen und sich zu bewegen, einzelne Latten mit winzigen Füßen trippelten lose auf den ordentlich gestutzten, kurzen Rasenhalmen und bildeten einen Kreis um Vater, Mutter und Kind. Maren schluckte eine Latte nach der anderen herunter, ohne auf festen Widerstand zu beißen, und die Wrackteile des Typs Condor Boeing 727 unter all den Menschen, die unbekümmert im Raum herumsaßen, schienen niemanden zu stören, während Maren an der für heute letzten Holzlatte schluckte und mit einer hastigen Bewegung das Häubchen vom Mund zerrte und die losen Bänder geistesabwesend verknotete. Da fiel ihr der Knoten ein, den sie sich in Gedanken gemacht hatte für diesen Zweck, und seine Begleitumstände erschienen so komplex wie das Leben bei Johanna, die Herrn Demel zur Tür hereinließ, dessen Anwesenheit im Wohnblock bisher nur durch graumelierte Hemden auf dem Dachboden dokumentiert war. Die Gefahr, die sein Zusammentreffen mit Johanna darstellte, war nicht zu unterschätzen, denn Johannas Leben bestand aus einem Areal unverdaulicher Lattenzäune und einem Sessel so groß wie ein Gartengrundstück, und das Geschrei, das die Nachbarin angestimmt hatte, war von anderer Art als kindlich, und Johanna in Schutz zu nehmen vor der Wirklichkeit, war wie ein Stoff, aus dem man Zäune macht, die ihrer Natur nach eine Warnung darstellen wie die Hunde, die dahinter bellen, und manches Leben führt an manchem Zaun vorbei und endet an seinem Pfosten.

Aber immerhin, ein Geheimnis kommt selten allein, es steht meistens auf Stelzen, die das Glück und das Unglück überschaubar machen und paarweise ein weltliches Psychogramm übersteigen, mit einer Innen- und einer Außenseite, einem Ich und einem Du, einem Wir und einem Sie, wenig ist damit gesagt, aber es reicht aus, um zu verstehen, warum die dienstälteste Altenpflegerin Maren voll ins Auge fasste und aussprach, was nicht alle dachten, aber eine, die auch Du sein könntest oder Ich: Wir werden Johanna kontrollieren müssen. Des Herrn Demel wegen. Vorzubereiten ist sie auf mögliche Konsequenzen. Als da sind: Vater, Mutter und Kind. Die letzte Bemerkung dagegen kam plötzlich und unerwartet, sie war nicht abgesprochen und schmalbrüstig und beherrscht von sich gepresst in einem Atemzug aus realistischster Alltagsperspektive, abgegolten mit verdünnter Gefühlsbewegung, die die Augen niederschlug unter der strikt einzuhaltenden Kompetenz langjähriger Erfahrung, die von dem Flugzeugabsturz Kenntnis nahm in irgend einer unbewussten, doppelsinnigen Weise, die Stelzen auf Erden trug und Maren ausnahmsweise heute, ausnahmsweise einmal, ausnahmsweise ohne Überwindung einverständlich nicken machte in Aussprache dieses Satzes: „Ich möchte Johanna so lange wie möglich halten".

Johanna weiß von gar nichts. Johanna ist nämlich auf den Kopf gefallen, als kleines Kind schon. „Da", sagt sie, und zeigt auf ihren Kopf, „schau Dir die Beule an". Ganz freundlich sagt sie das. In aller Gemütsruhe. Beklagt dann den einfallslosen Herbst: „Mach doch mal Licht an!" Hebt ihr Gesicht mit argloser List. Die blauen aufgerissenen Scheinwerfer wirken übersättigt: Phantasie, die über Haut springt. Maren steht da wie doof, ratlos und benommen von Ahnungen, in der Wohnung sieht es aus wie immer. Etwas unordentlich, es riecht nach abgestandener Körperausdünstung und feuchter Bettwäsche. Johannas Grinsen eilt faltig voraus. Dem Herrn Demel ist heute nicht beizukommen.

Johanna summt seltsam: ein halbes Loblied auf ihre Mutter und ein freundliches auf ihre Großmutter. Maren kann sich vorstellen, was ungefähr passiert: Johanna dreht eine Runde um den eigenen Zirkel, um den Tod. Grob zieht sie die Mutter an den Haaren herbei, greift mit aufgeblähten Nüstern im Gemurmel nach der Großmutter, läuft um Tisch und Fernsehgerät herum und wieder zurück. „Glotz nicht so", sagt sie zu Maren, und schleift zwei Leiber über den Teppich, die aussehen wie eine aus zwei unterschiedlichen Teilen zusammengenähte Stoffpuppe. Lässt sie achtlos liegen, schiebt die Beine unterm Nachthemd nach vorn bis zum Sessel und schaut mit schlitzartigen zugekniffenen Augen unergründlich. Mit einem Ruck lässt sie sich fallen. „Kanarienvogel", säuselt sie, „sieht aus wie ein Kanarienvogel". Der Teppich liegt wie immer blass, abgeschabt, frei von Gegenständen. Maren fragt sich, was vorgeht. Tritt unwillkürlich einen Schritt zurück, steht abwartend an der Schwelle zwischen Flurrechteck und Wohnraum. „Rote Haut und Haare, Gesicht und Hände gelbrot", schreit Johanna kehlig, nickt, presst wieder die Lippen zusammen. Sie wendet ihren Kopf ab (verkneif Dir ja jede Bemerkung!), tritt mit dem Fuß heftig gegen das Tischbein, zischt „blödes Biest, Du", zieht eine Reihe benutzter, verschmodderter Taschentücher aus dem Nachthemdärmel, wischt sich quer und unnötig über das Gesicht, und lässt die weißen Papiertücher auf den Boden fallen.

Warum sollte Johanna auch weinen, wenn auf dem Großauheimer Gelände Nitrowolle zu hochexplosiver Schießbaumwolle verarbeitet wurde. Das ist so lange schon her. Die Fabrik, mit deren Bau 1875 begonnen worden war, ein wuchtiger, dreiundfünfzig Meter langer, fünfundzwanzig Meter breiter und achtzehn Meter hoher Backsteinbau, in dem Johannas Großmutter seit 1888 ein und ausging, fünfzehn Stunden am Tag, an der Hand immer das Mädchen, das später auch mitarbeitete. War Kanarienvogel, die Mutter, für andere. Aus Umgang mit Schwarzpulver, Pikrinsäure und verschiedenen chemischen Substanzen ergaben sich untilgbare Schäden an junger Haut, so dass der Spott sich übergoss durch Zurufe auf dem Nachhauseweg. An Kaisers Geburtstag sang sie laut und summte nicht bloß wie Johanna, und zur Feier des Tages, der Wiederkehr der Schlacht bei Sedan, sang sie auch, zusammen mit anfänglich fünfhundert jungen Mädchen und Frauen, bis sie zu fünftausend nicht wahlberechtigten Stimmen zusammenfanden im ersten Weltkrieg, in seltener Einmütigkeit, und Reden hörten bei der Arbeit, vom festen Willen zum Siege durchglüht. Ihr Bildungsgrad wurde angereichert durch das Zuhören mitten unter allen Volksgenossen, ein Heer getragen von echter Begeisterung und soldatischer Pflichttreue, das unseren Fürsten und Führern ohne

Unterschied des Standes und der Partei felsenfestes Vertrauen und stürmische Tapferkeit und heldenmütige Zuversicht für einen endgültigen Sieg entgegenbrachte. Das war 1914, denn 1933 kam später, hörte sich aber ähnlich an, nur die Konsequenzen waren andere, aber das wäre abgewichen vom Thema zu einer Zeit, als Johannas Mutter längst tot war. 1914, das wusste Johanna, war die mütterliche Erinnerung an jene Explosion noch wach, die der Großmutter im November 1889 die Haare versengt hatte. Dabei hat sie großes Glück gehabt, denn es verbrannten achtzehn Frauenzimmer und ein Mann und ihr nur die Haare, als im Lager- und Patronenfüllraum die Schießbaumwolle in Brand geriet. Eine genauere Vorstellung über die Kanarienvögel der Pulverfabrik hatte Johanna nicht, die Mutter war eine von vielen und flog später als Dienstgör, und da hat sie großes Glück gehabt, das uns schließlich nicht verpflichtet ist, denn sie war nicht dabei, als 1889 durch eine weitere Explosion zwanzig Mädchen umkamen; aber das tut nichts zur Sache, Explosionen gibt es viele. Anzahl und Namen der Verunglückten waren nicht feststellbar, also auch nicht denkmalwürdig, also auch nicht verlustberechtigt im Sinne der Fürsten und Führer, also eigentlich gar nicht vorhanden.

Johanna kraschpelt, zieht eine leere Taschentuchhülle zwischen dem Fotoalbum, das auf dem Tisch liegt, und einer Decke hervor, die sie darüber gebreitet hat. Alles Grinsen hat sich verloren. Maren spielt bange Statistin im Geschehen, das so mehrdeutig diffus einprägsam den Raum beherrscht. Dem Herrn Demel ist heute nicht beizukommen, aber eine Spur führt zwischen den gekrümmten, knochigen Gliedmaßen, die fahrig den Außenband des Albums abtasten, den blass verschweißten Wangen, dem erbittert vorgeschobenen Kinn, den wilden Stoßbewegungen ihrer Beine, die den Teppichboden unter dem Tisch mit

Fußschlägen bearbeiten, zu ihren unerbittlich mit geschlossenen Augen hervorgestoßenen Lauten, einem Stöhnen, einem Ächzen, einem Winden, die sich zu Gehörtem aufblähen. „Liederliches Schandluder", schlägt es Maren entgegen. Dumpf und grollend und hoch angesetzt herausgepresste Verzweiflung klagt „unsittliches Weibsbild" ein, und der Herr Demel ist immer mitzudenken. Aber wohin soll das verstandesmäßig führen? Ich weiß es nicht, aber es gibt einen Zusammenhang zwischen Johannas Verzweiflung und ihrer Mutter. Ich versteh Dich nicht. Der Einband, siehst Du den Einband, im Fotoalbum steckt ein rotes Tüchlein, die Spitze guckt hervor, schlag doch die Seite auf. Das geht nicht, Johanna würde mich augenblicklich schlagen; siehst Du, da wäre es aber, das Foto, die Seite, die sie sonst beim Blättern immer überschlägt, die Mutter mit den bräunlichen Flecken im Gesicht, auf dem Schoß das Kind. So steif und stramm auf dem Stuhl, das Haar zurückgekämmt, straff und trostlos die Augenhöhlen, das Kind zieht die Mundwinkel herunter, die mütterliche Hand umfasst das Kind, die andere hängt schlaff herunter, und das vor dem Fotografen, konnte sie sich nicht mehr zusammennehmen? So verkniffen und schmal die Lippen, dass sie von Johanna sein könnten. Keine Spur von verführerischer Pose, und wie kamst Du nur auf Herrn Demel?

Sie war eine Dienstgör, die nebenher in der Fabrik arbeitete. Hat die Verbannung aus der Kirche als Entehrte auch später nie verwinden können. Als die Hausherrin davon erfuhr, wurde sie entlassen. Der Hausherr sollte es nicht gewesen sein. Das Resultat war ältester Bruder Johannas und starb in den dreißiger Jahren. Sie zog dann wieder nach Cassel zur Großmutter, die besorgte ihr einen Mann. Das war der Herr Vater. Er humpelte, aber das machte nichts, wer humpelt, der heiratet gern. Eine Todsünde lief nicht wie heutzutage als alleinerziehender Elternteil herum, obwohl es da keine

Steigerung gibt: In den christlichen Gemeinden des Kreises wurden um die vorletzte Jahrhundertwende ein Drittel der Kinder unehelich geboren, und deren Mütter waren verfemt. Die Nachforschungen der Behörden ergaben, dass die Zahl der unehelichen Kinder mit der steigenden Zahl von Dienstmädchen und Tagelöhnerinnen wuchs, aber Unterbezahlung und sexuelle Nötigung sind erschreckend unzüchtige Begriffe, die ohnehin in Johannas Wortschatz nicht vorkommen; Sitte und Anstand sind an den Stand gebunden, der die Gesetze und Verordnungen erlässt, alles andere gehört in einen rührseligen Roman. Johanna weiß nur, dass der fliegende Holländer ein wenig Geld zusammenkratzte, damit die Hochzeit stattfinden konnte. Vor der Todsünd aber bewahr Dich, Kind, Deine Mutter hat sich mehrmals darauf eingelassen, auch im Krieg, in dem Dein Vater verschollen ging, kurz bevor die Großmutter starb, mit einem, der es auch nicht besser wusste: Der zog mit ihr durch die Wiesen, verheiratet wie er war, und wie sie da lag am Rande des Waldes, konnte niemand mehr feststellen, woran sie gestorben war. Gesponnen hat sie wie die Johanna, die sitzt jetzt da und weint. Maren weiß sich nicht anders zu helfen, sie rückt vor mit dem Fuß und dann mit dem anderen, in der Wohnung sticht sich das trübe Licht an Johannas eingefallener Gestalt, die den Männern ein Leben lang aus dem Weg ging.

Zögern befällt Maren, sodass jeder weitere Schritt unter Selbstkontrolle als lähmend empfunden wird. Johannas Kopf wackelt hin und her, ihre Haarsträhnen fallen nach allen Seiten, geben helle Kopfhaut frei, bloßgelegt von Angegriffenheit im wirren Durcheinander, ihre Arme umklammern Bauch und Taille, ihre Finger schließen und öffnen sich hilflos als nackte weiß-gekrümmte einzelne Krallen, pressen Geschichte und Erinnerung fleischlich zu Schmerz. Die Person im Sessel ist fremd, sie verweigert jede

Kontaktaufnahme, das Atmen und Empfinden ist zu totem Gebrauch bestimmt, zurückgeworfen auf fühlloses, reizarmes, taubes Dasein. Welche Leistung, möchte man meinen, als Flucht durch Rückzug im Verschwinden. Johanna ist eingelassen in ein Totengräbergrinsen, das in ihr Gesicht eine Grimasse schneidet, umgeben von Taschentüchern, das ihre bleiche, wächserne, erstarrte Haut über bloßes Gefüge von Falten und Knochen und Schädelform zurückzieht und Johannas Kinn zwischen die Schlüsselbeine drückt, so dass ihr bloßer Nacken frei liegt an feinlinierter Nachthemdumrandung. Zwei Zentimeter vor Maren steht sinnliche Wahrnehmung vor dem Ende aller Geschichten, aller Einbildung, aller Täuschung. Das Zögern streicht fühllos vor Anspannung über diese glatt sich anbietende schmale Nackenfläche, die feucht und kalt zusammenzuckt. Ein schmaler Streifen Haut, so bedeutsam in tonloser Berührung einer Zweisamkeit, die es aushielt zu bleiben, was sie war, sich nicht rührte, nichts zu schenken versprach, keine Verbesserung in Aussicht stellte, keine Hoffnung wiedergab, keine Zukunft durchschritt: Sekunden einer Anwesenheit, die Johanna nicht zurückschlug.

Der Vorlesungssaal war gefüllt mit Kopf und Haut und Haar und Mund und Bein und Arm, im Gedränge wandten sich die Köpfe und Haut schwitzte und Münder bliesen sich Haare aus der Stirn und Beine und Arme schubsten und drängelten vor und zurück. Das Seminar war wegen Raummangels in Anbetracht mehrerer hundert teilnehmender Studenten in einen der größten Hörsäle verlegt worden. Charlotte saß dem Professor schräg gegenüber, er stand mit dem Rücken zum Pult gelehnt, und hatte lässig ein Bein über das andere geschlagen, so dass zwischen grauem Flanellstoff und Herrenschuh ein Zwischenraum entstand, der von einem schwarzen Sockenstreifen gesäumt war. Charlotte maß seine Beine mit einem hastigen Blick, der über seinen Leib schwenkte, auf seinem glattrasierten Kinn verweilte und dem ironisch aufgeworfenen Lächeln zusah, das er gemessenen Abwartens ausstrahlte, bis Ruhe in den Saal eingekehrt war. In ihrem cremeweißen, zweiteiligen Wollanzug wurde es ihr warm, ungeduldig fegte sie die korallenförmigen Ohrringe mit einer schnickenden Handbewegung aus dem Nacken, in dessen Beuge sie jedoch wieder zurückpendelten, und schlug die Beine übereinander. Weder sahen sie sich direkt an, noch meldeten ihre Gesichter Wiedererkennen; sie verblieben in stillschweigend ausgemachter Haltung: Charlotte schien ausschließlich auf seine Rede konzentriert zu sein, und der Professor nahm von ihrer persönlichen Aufmerksamkeit sichtlich keine Notiz. Während er die Überlegung der Vereinten Nationen vortrug, die in einem Weltpakt zusammenlaufen soll zwischen Privatfirmen, nichtstaatlichen Organisationen, Gewerkschaften und der Weltgesundheitsorganisation, machte sie sich Notizen über die Vorteile der Unternehmen, die mit dem Sponsoring von UN-Aktivitäten Gutes tun und ihr Image aufpolieren. Zu Beginn des Vortrags waren sich ihre beschriebenen Seiten und seine gewählten Worte einig über ein Forum der Weltgesundheitsorganisation, auf dem 200 Experten aus 70 Ländern über Krankheiten der Armut wie Cholera und Tuberkulose diskutierten. Charlotte saß vornübergebeugt, den gestrafften Haarknoten zwischen den weichen Schulterpartien mit dem Kugelschreiber zerzausend. Der Professor besah sich seine Schuhspitzen und warf mit flüchtiger Oberflächlichkeit Kontakte durch den Raum, während er die Anstrengungen des UN-Entwicklungsprogramms lobte, Gelder auf dem Privatsektor aufzutreiben, dem 80 Prozent des Reichtums der Welt gehören. Über die Fragwürdigkeit der Bemühungen, einen Schweizer Tennisstar für den guten Zweck zu Straßenkindern nach Bogota einzufliegen, um mit allen Mitteln vor laufender Kamera Aufmerksamkeit zu erregen, wozu die Straßenkinder selbst keine Gelegenheit haben, da sie nicht wegen Turnierterminen die öffentliche Schule verlassen müssen, waren sich der gestikulierende Redner am Pult und die mitschreibende Gasthörerin einig: ihre ethischen Bedenken werden von der UN selbst auch geteilt; den Verlautbarungen nach sucht sie noch nach Regeln ihrer Darstellungskunst. Auch das Aids- Bekämpfungsprogramm der UN, das ohne praktischen, umsetzbaren Nutzen mangels eigener Macht, mit fünf Pharmakonzernen ein Abkommen über die verbilligte Lieferung von Medikamenten an HIV-Infizierte in Afrika abgeschlossen hatte, war ethisch bedenklich, schrieb Charlotte, rief der Professor, nickten die Studenten: reihenweise waren sie sich einig. Als Charlotte mit einer Wortmeldung bekundete, dass der vorgeschlagene Weltpakt gerade in jenen Gebieten Gestalt anzunehmen schien, wo die Herstellerabsichten sich mit dem Vermarktungsinteresse als sozialem Anliegen tarnten, runzelte der Professor die Stirn. „Ohne global-strategische Doppelpakete ist kein wirtschafts- ethisches Programm zu schnüren", entgegnete er unwirsch. Gleich darauf besann er sich, ging gemächlichen Schrittes auf die ersten Bankreihen zu und stützte sich mit flachen Händen auf einen Tisch, um Charlotte mit einem Zwinkern vor den Anwesenden im Hörsaal zu beschenken. „Sie sind eine Frau, die nicht auf den Kopf gefallen ist. Sie müssen bedenken, dass die ökonomischen Märkte Ver- teilungsprozesse von ihrer Produktion nicht abkoppeln kön- nen und sollten sich nun erst einmal beruhigen, damit ich in meinem Vortrag fortfahren kann. Andernfalls muss ich sie als „Goodwill"-Botschafterin in Sachen Wohltätigkeit anstellen".

Kleine, graue Roboter schießen und treffen oder zerplatzen, und wenn sie gestorben sind, lädt Simon drei neue auf. Jetzt hüpft eine Hundedame ins Feld, eine Ulkige mit Schleife im Haar, die beim nächsten Schuss zerplatzt. Heute Abend wird

Maren kommen und Simon ins Bett bringen. Die Roboter hüpfen. Es sind wieder Hundedamen da, mit Schleifen im Haar.

Das Kind berührte mich, Onkel, dachte Maren schreibend und nahm an, das Flugzeug würde die Luftpost irgendwo in der Welt abladen, wo es Ankunft und Abflug im Durcheinander der Gepäckverwahrung, der Lautsprecheransage, der Passkontrolle in allen Sprachen gab; später würde der Postbeamte den Onkel finden auf einer einsamen Insel oder im Stadtgewühl oder unterhalb eines Tunnels in einer krummen Gartenlaube oder am Nil mit je einem Krokodil an der Seite, nein, das ist ausgestopftes nachkolonialistisches Geschwätz, und der Postbeamte käme auch nicht auf die Idee, an der Tür zu klopfen, denn sie stünde offen, so offen, und der Raum dahinter wäre auf den ersten Blick schon leer, und der Onkel wäre ausgeflogen, und seine Rufe glichen Wortkaskaden, die in ein Crescendo einmünden. Das ist unfair, denn Johanna wird nicht wissen, was ein Crescendo ist, doch sie kennt den allmählich lauter werdenden Ton aus dem Fernseher, wenn das Rauschen zunimmt, weil sie den richtigen Sender nicht gefunden hat und wahllos auf der Fernbedienung herumdrückt. Individualität ist ein psychologisches Potenzial, wenn das Kind zwischen Trennung und Verbundenheit etwas Eigenes erwirbt. Die Interaktion mit dem Fernseher zeigt, dass Johanna das nie getan hat, das Crescendo nicht kennt, sonst würde sie den Ton abdrehen und ihrer Mutter lauschen, wie sie da vom Flur durch das Wohnzimmer tappt und ihren Tod wie ein Geheimnis mit sich herumträgt; Johanna wird bis zuletzt nicht fähig sein, etwas dazu zu sagen, unterbrochen nur von freudiger Erwartung auf Herrn Demel, und sie wird dieses Nicht-Ich mit einer Leistung verbinden, die ihr niemand mehr zugetraut hätte, aber Onkel, das meine ich nicht, das ist nur ein Vorbote in Anbetracht der Leserschaft, als Angebot in der

Sonntagsrunde. Heute ist Montag, und ich möchte auf etwas anderes hinaus: Wenn der Postbeamte Dich erreichen sollte, sag ihm, ich habe Dein Rufen vernommen, ich habe es wirklich gehört.

Am Abend war es die Mischung; im Widerspruch zwischen sehnigem Jugendsinn und erschlaffter Erwartungslosigkeit saß ein magerer Kerl mit geschmeidigem Körper und biegsamen Schultern vor einem Glas Rotwein. Sie war nicht kräftiger gebaut als er, aber von weicherer Kontur und um anderthalb Köpfe kleiner. Gerade als es mir so vorkam, als stünde ich in der Tür des Restaurants, um sie zu betrachten, kam meine Mitbewohnerin ins Zimmer. „Endlich", rief sie aus, „endlich kommst Du mal zur Sache! Ich bleibe jetzt hier sitzen und warte auf die Geschehnisse in diesem Abschnitt." Sie ging auf das Sofa zu, die letzten ausgedruckten Seiten meines Manuskripts in der Hand. „Hoffentlich verlieren sie beide bald die Fassung...". Ich wollte etwas einwenden; die wachsende Spannung zwischen meinen Schamlippen und meiner Phantasie, ihrem gedanklichen Aufbau und ihrer Ausformung durch die Figuren hielt mich davon ab. Aber was heißt Spannung, was heißt abhalten? Das sind Dinge, die in Sprache übersetzt, immer etwas anderes ergeben als das, was sie eben noch waren. Was waren sie ohne Sprache? Ein alter Hut, wie das Problem jeder Übersetzung. Gezaubert werden muss nun einmal, und wenn es keine Tauben sind und keine Kaninchen, die dabei herausspringen, dann wenigstens dieses Liebespaar. „Oha", sagte meine Mitbewohnerin und rekelte sich quietschvergnügt auf meinem Sofa, „also doch! Da muss ich gleich mal Deinen Mitleser anrufen, ich bin gespannt, wie er reagiert. Nun mach doch! Schreib! Ich will auch etwas zu erzählen haben!" Spontan sprang sie auf und polterte gegen meinen Schreibtisch, verdutzt sah ich sie an: Sie stand da und lachte, sinnliche Kontakte von hoher elektrisierender Dichte sind eine ihrer Vorlieben. Dann wurde sie plötzlich schweigsam, das Verwegene verschwand im Wechsel des Gesichtsausdrucks, verflüchtigte sich, wurde blasser, löste sich ganz auf, und für einen Augenblick schminkte sich das nackte Gesicht ab: „Das ist ja was Ernstes", sagte sie überrascht, die Andeutung eines zarten Lächelns huschte kräftigend über die weiche Haut ihrer Wangen. „Das hättest Du mir aber sagen müssen, das hast Du doch wohl vorausgesehen oder nicht? Und diese Unterschiede, die Du machst, und diese Ähnlichkeiten, die Du berücksichtigst, das ist doch auch kein Zufall. Ich meine, wenn es schon so kommt, dass zwei sich ausziehen müssen, ob sie wollen oder nicht, und der Zustand ihrer Nacktheit anhält, wenn sie längst schon wieder angezogen sind, weil schon die ersten Resultate ihres Sehvermögens unausweichlich eine Wärme und eine Glut hervorriefen, die durch das bekleidete Stehvermögen nicht mehr betrogen und durch die Schwingungen zärtlicher Kenntnisnahme unbekannten Ausmaßes schon bei der ersten Begegnung verursacht wurden, ohne dass sie sich großartig berührt hätten,... wie soll ich sagen,... um zu erklären, wie das kam, wäre es nicht einsichtiger für die Leser, Du würdest die körperlichen und seelischen Unterschiede deutlicher herausarbeiten, nach dem Motto, Gegensätze ziehen sich an?" „Wie meinst Du das?", fragte ich ein wenig irritiert, stand auf, ging um meinen Schreibtisch herum und setzte mich neben meine Mitbewohnerin, auf deren gewellte, grau melierte Haarsträhnen die durchbrechende Oktobersonne kleine gleißende Blitze warf. Sie sah mich mit einem wissenden Gesichtsausdruck an und sagte: „Nun, zum Beispiel wäre es ja möglich, dass Maren nicht zart, sondern größer oder kerniger gebaut ist, dass er mittelgroß und von kräftiger Statur ist, dass sie ängstlicherer oder lustigerer Natur und er nicht so hölzern ist, so dass die Affinität der Gefühle, die Unterschiede im Wesen und die Differenz im Aussehen eine andere Form bekämen und in ein anderes Verhältnis zueinander träten. Es könnte sein, dass diese körperlichen Gegensätze einen anderen Reiz und eine andere Ausgeglichenheit entfalteten, je nachdem, was ihre gedanklichen Ausformungen und ihre Gebärden für ein szenisches Gefüge ergäben ..." Ich sah von den hellen Lichtreflexen ab und strich mir durch einzelne meiner Haarsträhnen. „Ja", sagte ich. „Aber Du vergisst die Tiefe der sozialen Einschreibung in den individuellen Leib, in die Motorik, in das Selbstverständnis, mit der Bewegung sich artikuliert, in Sprache übersetzt, Stimme und Tonfall inspiriert, Denken formt." Nachdenklich spielte ich mit den angebotenen Möglichkeiten. „Und in diesem Fall ist es, wie in jedem Fall, den wir ernst nehmen, ein ganz originelles, nicht wiederholbares Erleben von Sinn, das mit Erfahrung einhergeht, etwas, was nicht selbstverständlich ist und sich nicht in Sehnsucht und Leidenschaft auflöst, sie aber braucht, etwas, das die Kraft hat, im Fremden das eigene Sein zu vergegenwärtigen; es geht um den Sinn des Lebens als eine Totalität, die gegen das Verlassensein Einspruch erhebt durch eine Existenz, die auch in der Freude, im Genuss und im Glück noch den Tod sieht, ohne dass wir darüber verzweifeln müssten". „Das klingt ja sehr philosophisch", sagte meine Mitbewohnerin, als das Telefon klingelte. „Vielleicht", sagte ich, bevor sie den Hörer abnahm - das Telefon stand auf dem Beistelltisch nahe der Couch, auf der wir saßen - „es gibt einen Kreislauf, eine Spirale, solche Entitäten wie Vater und Mutter, denn der Anfang allen Seins beginnt mit der nonverbalen Körpersprache zwischen Mutter und Kind, oder wenn Du so willst, schon mit der Dyade zwischen Mann und Frau, Mann und Mann, Frau und Frau, allen Menschen. Eingedenk der Angst vor dem Nichts oder dem Ungewissen und dem körperlichen Leiden ist der Tod ein einsames, schmerzhaftes Ritual der Trennung, auf das Ganze der Lebenserfahrung bezogen, aber dieses Ganze geht noch in die Erfahrung des Sterbens und Abschiednehmens ein, und der Grad der Freiheit, der Angst und der Weisheit, den wir im glücklichsten Fall erreichen können im Anblick unseres Todes, ist vielleicht genau so groß wie der Grad der Liebe, den wir im Leben empfangen, der Gefühle, die wir halten und weitergeben konnten." „Ob er damit etwas anfangen kann?", flüsterte meine Mitbewohnerin stirnrunzelnd und deutete auf den Hörer, aus dem die Stimme des Mitlesers schon zu hören war, bevor sie sich mit ihr in Verbindung setzte. Ich seufzte, wandte mich ab, ging wieder an meinen Schreibtisch und dachte an unsere Auseinandersetzung, die mit seinem Zweifel an der Existenz meines Onkels begonnen hatte. Den konnte man haben, gleichgültig wie man gewachsen, geprägt und geworden war. Eine Antwort auf diese Frage fand ich auf die Schnelle nicht, denn während das Gemurmel meiner Mitbewohnerin an meiner Gedankenfülle abprallte, hatte Frank Jakobi für Maren ein Viertel Rotwein und für sich einen Nudelgratin und sie sich selbst einen Salat bestellt, und ich muss gehörig aufpassen, wenn Maren sich einen Salat bestellt oder selbst zubereitet, passiert eigentlich immer etwas. Das weiß ich aus Erfahrung. Sie isst wie Johanna: Besondere Gerichte haben eine besondere Bedeutung und manche Bedeutung schlägt ihr auf den Magen.

Und Frank Jakobi? Wie reagierte der? - Du bist schon wieder so ungeduldig. Ich sagte doch, seinen Marktwert muss ich erst erfinden, und dazu brauche ich Zeit, Einfälle, Worte, und zwar nicht irgendwelche. Und wird der denn für sich selbst sprechen? Du bist ja schlimmer als der Mitleser! Das überlass doch mal ihm, Frank...übrigens, das Bett ist eine Erfindung der Europäer... Wie meinst du das? Ich meine gar nichts. Ich schaue ab. Ahme nach. Entdecke. Spüre auf. Locke. Erliege meinen Gedanken. Johanna... inzwischen vergisst Du Johanna. Nein. Sie braucht ein wenig Zeit, um sich vorzubereiten auf das Sterben. Wirkt noch abgewandter auf Maren als sonst. Manchmal lässt sie sich schwer erreichen. Das Leben von Maren, das gesellschaftliche Treiben dagegen, geht weiter; wir kehren rechtzeitig zu Johanna zurück.

die operation musste verschoben werden, die patientin hatte darmkrämpfe und fieberanfälle. als ich gestern zur tür hereinkam, um die übliche visite abzunehmen, hatte sie besuch von ihrem freund:„ich werde von einer negerpisserin operiert, da kommt sie", flüsterte sie ihm zu. er glotzte zuerst auf meine beine und dann auf meinen ärztinnenkittel, ein junge mit tiefliegenden, wässrigen augen, der es nicht für nötig hielt, mich zu grüßen. ich übersah ihn so gut es ging und stellte meinen autoritären ton an: er musste den raum verlassen. frau k., bettnachbarin auf zimmer 309, eine verschmitzte mitvierzigerin, die trotz notoperation täglich einen witz parat hat, nickte befriedigt. das munterte mich auf wie barrys nackenkraulen am abend. die junge rassistin redete nur das nötigste und unterdrückte wie immer jeden ausdruck von schmerz. sie bekam keine lehrstelle, erzählte die krankenschwester. jetzt wird sie friseuse, wenn alles gut verläuft. ich kann mich kaum noch auf den füßen halten und morgen schreibt amma eine klassenarbeit. dreieinhalb stunden stehen im operationssaal, dann drei notaufnahmen und vier normale fälle in der ambulanz. die schwester lief und sagte, ihr fehlten drei betten, und ich wusste auch nicht, woher sie nehmen. nach einer vierstündigen operation warten im kreißsaal noch zwei gebärende. der abend bricht an. ich brauche eine kurze pause. langstrecken. dankbarkeit für eine tasse kaffee. ich müsste zu hause anrufen. hoffentlich hat barry an ammas englischarbeit gedacht. das funkgerät leuchtet auf, ja, ich komme, der kollege reibt sich die augen, wir haben einen neuzugang in komplizierter beckenendlage.

Sie war mir fremd. Sie ging mich nichts an. Sie berührte mich sofort. Ich bekam es mit der Angst zu tun, und mein Schuldgefühl hielt mich fest in der Hand, nach all den Jahren noch, in denen ich Susanne vergeblich die Treue schwor, denn einer toten Geliebten die Treue zu halten ist, wie ich merke, eine Absage an das Leben. Während ich draußen die Pfützen zu umgehen versuchte und meinen Schal fest um den Hals zog, erschien mir der Schwall warmer Luft aus dem Restaurant, an dessen geöffneter Tür ich beinahe vorbeigegangen wäre, wie ein unverhofftes Streicheln, eine Berührung, vor der ich zurückzuckte. Ich sah ein, dass es zu spät war, umzukehren, betrat den dämmrig erleuchteten, in warmen Ockertönen gestalteten Raum, schloss die Tür hinter mir und tauchte ein in die hier und da auf Tischen flackernden Flammen, die in Schwaden durch die Luft wallenden Gerüche, die aufblitzenden, schimmernden Glaskörper, in das Klingen der Bestecke, das Rascheln der Servietten, in belebte Gesichter, leise ausgesprochene Worte und gedämpfte Klaviermusik. Sobald ich sie sah, begann ich mit offenen Augen von ihrem Körper, von ihrem Gesicht, von ihrem Haar zu träumen, ohne es mir einzugestehen. Sie hatte sich zu Simon hinuntergebeugt und ihn auf eine Weise verabschiedet, die mir bis dahin unbekannt gewesen war. Meine Mutter hatte kaum Zeit für Zärtlichkeiten gehabt, und Susanne war der Spielraum für sie nicht vergönnt. Mein Sohn hatte sich unter die Decke gekuschelt und Maren versprach ihm, in einer Stunde nach ihm zu sehen. Sie ging dann schon voraus, als sich herausstellte, dass ich mein Handy zur Sicherheit für Frank vergessen hatte.

Nach der Bestellung waren wir krampfhaft bemüht, ein Gespräch aufkommen zu lassen, so dass mir gar nichts mehr einfiel. Es dauerte einige Minuten. Ich beschloss, untätig zu bleiben, und nicht gezwungen gegen die eigene Redehemmung anzukämpfen, mir blieb jedes Wort im Hals stecken. Auf mein vorsichtiges Nachfragen nach seinen

Lebensumständen gab er nur einsilbig Antwort, ich schluckte und faltete meine Hände, als er sich nach Einzelheiten aus meinem Leben erkundigte. Einzig über meinen Onkel mochte ich sprechen und erwähnte die Geschichte der Antipathie zwischen ihm und meinem Vater: Im Jugendalter hatten sie eine Sammelleidenschaft entwickelt; mein Vater sammelte Mädchen, das erste selbstverdiente Geld und gute Noten, mein Onkel sammelte alte Bücher, noch ältere Kleidungsstücke und Jazz-Platten; sie gingen selten zusammen aus, bei einem dieser Male lernten sie meine Mutter kennen. Meine Mutter war sehr konventionell erzogen und hatte keine Ahnung von der Liebe, sie wählte meinen Vater, mein Onkel wich mit Hilfe der Weite der Welt aus. Aber vielleicht war es auch so: Meine Mutter liebte ihn, aber nicht die Weite der Welt. Oder das selbst verdiente Geld und die guten Noten machten einen besseren Eindruck auf sie als der Geruch alter Bücher und noch älterer Kleidungsstücke. Möglicherweise hatte mein Vater in ihr das Prunkstück seiner Sammlung von Mädchen erkannt und mein Onkel nur die ideale Zuhörerin von Jazz-Platten. Wie dem auch sei, mein Onkel und mein Vater hatten nach der Heirat weniger denn je Interesse für die jeweils andere Sammelleidenschaft übrig, und was zwischen ihnen blieb, waren die bunt bedruckten Karten meines Onkels, von denen ich die Briefmarken abzog, um eine eigene Sammelleidenschaft zu begründen.

Als der Ober mit der Weinkaraffe und kurze Zeit später mit den Tellern kam, sah ich kaum hin, ich vergaß mich geradezu, es war, als hätte ihr Gesicht die Kraft, die Dimensionen des Raumes auszufüllen, ihre Augen leuchteten von innen her, die feine Linie, die von den Wangenknochen in die zarte Wölbung der Wangen überging und zum Kiefer hin breiter wurde, lächelte unaufhörlich in ihre Mundwinkelmulden hinein und war von sensibler Auskunft. Das dunkle, im

Lichtstrahl kastanienbraune Haar schmiegte sich an ihre Wangen, und ich musste mich beherrschen, eine einzelne, vorwitzige Haarsträhne, die hin und wieder schmeichelnd ihre rechte Wange berührte, nicht mit meinem Finger zu berühren. Susannes Haar fiel mir ein, es hatte einen kupferfarbenen, glänzenden Ton gehabt, der gut mit ihren rauchgrünen Augen harmonierte und ihren kecken Mundzug unterstrich, der in seiner Breite ihre untere Gesichtshälfte fröhlich dominiert hatte. Maren unterdrückt eine Feinheit im Spiel zwischen Wimpern, Wangenknochen und Mund, die sie zart aussehen lässt, wenn ihr samtener Tonfall und ihre muntere Redeweise ausbleiben und Gefühle ihre Augen verdunkeln.

Während wir sprachen, streifte ich die von einem blauen Pullover bedeckten Kuppen seiner Schultern, glitt über sein an einigen Partien über den Schläfen bereits einzeln ergrautes, braunes Haar, starrte immerfort auf seine langen, feingliedrigen Hände, dass es mir schon peinlich war. Heimlich und offensichtlich starrte ich darauf, wie nebensächlich, wenn er mir Wein nachgoss oder Feuer reichte, und ich kaum mehr zu sagen wusste, an welchem Ende der Zigarette im abgezirkelten Raucherzimmer ich eigentlich zog. Die Stimmung in seinen durch die halb geschlossenen Lider verdeckten Augen sensibilisierte mich für die Musik, die im Hintergrund erklang, sie ließen Cyprien Katsaris Brahms spielen unter der Leitung von Kurt Masur. Als ich nachfragte, waren wir in jenem introspektiven Mittelsatz des Klavierkonzertes Nr. 1 d-Moll angelangt, in der die Verzahnung von Soloinstrument und Orchester am Genauesten zur Geltung kommt und das Tremolo des Klaviers von lyrischer Eingebung und elegischem Dahingleiten über Tasten abgelöst wird, um sich in vollgriffi-gen Akkorden, mit Hilfe filigraner Beimischung eines einzel-nen Blasinstruments oder in Begleitung von Streichinstru-menten als Herzfigur herauszulösen. Eine abwechslungsreiche, von ausholender Hoffnung geprägte Mischung zwischen Orchester und Klavier, Höhen und Tiefen, trotzig und stimmgewaltig, beschwingt und ergriffen, leise und beklommen, temperamentvoll und markant, zärtlichstes Moll einer Schwermütigkeit, die nie trostlos, nie einsam, nie ohne Gegenpart sich vertieft, sich steigert, schweigt, abfallend in Tonfall und Laut, im Rondo strahlend übergleitend ins D-Dur, voranschreitend zu Vielstimmigkeit und Dialog. Mich überkamen die Nuancen der Klangwelten schubweise in Empfindungen, denen ich einen Inhalt zusprach, der sich nur in Noten, nicht in Silben ausdrücken ließ. Ich sah unsere Hände spielen auf der empfindsamen Tastatur der Körper, ich sah die Vollkommenheit der Regeln, nach denen Lust beschaffen war, die uns zu mehr als einem einsamen Höhepunkt führen würde. Ich erschreckte vor dieser Andeutung des Finales des virtuosen Klangrausches, der mir durch die Zwiesprache unserer Sinne in die Glieder fuhr, und erahnte die einzelnen Tasten unter unseren Fingern und das Streicheln von Haut als Melodie einer aus Atem und Berührung vermischten Symphonie.

Susanne, Susanne, seit Jahren schon hatte ich nicht mehr von ihr geträumt, jetzt sah ich sie ganz deutlich vor mir, die Art, wie sie ihren Kopf zurückwarf und mit ihrem großen, offenen Mund lauthals lachte, wie sie mir zuzwinkerte zwischen zwei Scherzen und in die Wange zwickte, während sie graziös ihren Hals bog, den ich nicht umhin konnte zu küssen oder wenigstens andeutungsweise mit meinen Lippen zu streifen. Mein Gaumen war trocken trotz des Weines, den ich mehr kippte als trank. Maren ist anders, biegsam, eine Spur sinnlicher. Man kann zwei Frauen nicht miteinander vergleichen und vermutlich auch nicht zwei Männer, wenn man es tut, kommt immer nur der Vergleich heraus. Das schmälert die Bandbreite der Persönlichkeit, der Geheimnisse, der originären Spur des Menschen, den man zu ergründen sucht, außer man liegt zu dritt im Bett. Was denke ich da? Susanne hat mich einen dummen Jungen genannt, damals, als ich Angst hatte vor der Geburt unseres Sohnes. Der Vorgang der Schwangerschaft an sich schon war mir unheimlich, wie schnell ihr glatter, flacher Bauch wuchs und anschwoll, die Haut dehnte sich und riss, am Ende schien er fast zu platzen, aber sie trug ihn stolz vor sich her. Und wie soll ich das erklären, was von meinen Schuldgefühlen erzählen, meinen Erektionen, die zu diesem Unfall führten, der nicht einmal ein Unfall war, ein Stück Natur zwischen Mann und Frau, die Frucht zweier Leiber, die wir uns erwünscht hatten. Wie fremd war mir Simon, wie kalt kam mir mein Gefühl für dieses Wesen vor, als seine Mutter völlig verkrampft mit totenblassem Gesicht aufgab, während die Ärzte immer noch versuchten, ihr Herz zu reanimieren, die Blutungen zu stillen, ihre zuckenden Körperglieder zu beruhigen und alle erdenklichen Maschinen und Schläuche in Bewegung zu setzen, die ich nie in meinem Leben vorher gesehen hatte, und die wohl nützlich sein konnten für lebenserhaltende Maßnahmen, in allen möglichen Situationen und für eine ganze Reihe von Menschen, aber in diesem Fall, in diesem Einzelfall, der meine Frau war, nicht.

Mir ist aber schon lange nicht mehr zum Heulen zumute. Jetzt hat Maren unvermittelt meine Hand genommen, als ahnte sie etwas, als verstünde sie ohne Lautbildung meine Gebärdensprache, meine unterdrückten Gefühle, von keinen Vokalen begleitet, ich kann gar nicht anders, mir ist so, ich muss sie zurückstreicheln und die Bewegung auf ihrer Haut, die meine Nerven anspannt und meine visuelle Gier beim Betrachten steigert, macht mich verrückt.

Unser Mundwerk durchstößt das Siebengebirge. Wo waren wir stehen geblieben? An einer Straßenecke oder auf einer Wiese oder hier im Restaurant, das ist doch gleich, in Gedanken verzückt, drei Finger im Mund, nicht einen Penis. Das Geräusch, das seine Gabel macht, wenn er mit ihrem Rücken unbeabsichtigt über die soßenübergossenenen Nudeln patscht, ein schmatzendes, klatschendes, rhythmisches Geräusch, so wie er es wiederholt, erinnert es an einen warmen, flüssig vollzogenen Akt. Und doch höre ich jedes Wort schonungslos und benommen, mein Sensorium pocht auf Genauigkeit, die Berge sind nicht versetzt. Das Innere ist nach außen gekehrt; ich sehe seine Anhäufung von Schmerz. Ich wecke die Morgenröte den Himmeln zuliebe, erinnere mich nicht mehr an des Satzes Anfang, meine Unsicherheit, ich wüsste nicht, was das Unwiderrufliche sein soll, sag.

Je belangloser der Gegenstand an sich wurde, über den wir sprachen, desto klarer sah ich ihre Brüste, wenn sie sich hoben und senkten. Dass sie mich vergessen macht, woran ich leide: Es ist nichts da, in diesem Moment gibt es nichts, woran ich leiden könnte. Einen Moment noch Erinnerungen: Ufersumpf. Die schlingernde Pinie. Drüben ein feistes Gesicht. Das Meer darüber schwappt. Plötzlich zehn Zehen. Ein schrecklicher, markerschütternder Schrei. Trübe Fischaugen schauen Richtung Nord-Ost. Geballtes Grau, schaukelnde, abgetakelte Kähne und Dein Haar, seh ich, hängt lose und speckig im Wind. Domäne, Domäne. Wir, allein hier. Um uns herum nervöse Aktionen: eine Hebamme, ein Arzt, eine Ärztin, eine Krankenschwester. Im Süden liegt das Schiff aus Mint vor Anker, vor Deinen Augen. Mich streifen nur noch blasse Blicke: Greise Spatzen über seismographischen Zehen. Keine Fassung mehr. Geplatzt. Wie geronnenes Blut lag Dein Bild zusammengeschmolzen auf dem Bett und maskierte alle Anwesenden. Nach diesem Tod nur sinnlose Leere. Der kleine Kopf an meiner Brust vollkommen benetzt von meinen fühllosen Tränen. Das braune Haar. Zarte lange Wimpern. Die kleine Hand, die sich öffnete und wieder schloss. Blanke Augen, die irgendwo, aber nicht von dieser Welt waren. Ohnmacht und Glück. Eine Wasserstelle in einer Wüste. Kann ich das Maren erzählen?

Wird sie mich verstehen, jung, wie sie ist? Zwischen uns wirkt Kommunikation nicht auf ihr Äußeres reduziert: die verschiedenen Anliegen. Ich fühle mich ächzen unter Misstrauen und Vorsicht, Altlasten. Selbsterkenntnis fällt mir schwer heute Abend, Susanne. Nun ist sie es, die mich an Simon erinnert.

Wir haben schneller gegessen als beabsichtigt, es ist kaum mehr als eine Stunde vergangen. Warum dieser Blick auf die Uhr. Seine gesprenkelten Augen unter den markanten Augenbrauen mit dem seitlich stark abfallenden Knick wirken bezwingend auf mich, ohne dass er es merkt, schon haben sie mich ertappt, wie ich aufs Tischtuch starre. Es ist keine Hast, die mich treibt, nicht einmal der Junge, obwohl ich daran erinnerte, dass wir nach ihm schauen sollten, und es kam mir ganz natürlich, nicht anmaßend vor. Meine Verlegenheit wächst mir über den Kopf und mein Kopf stellt sich dumm wie Johannas; als lägen jungfräuliche Zeiten nicht schon längst hinter mir. Ich hätte gute Lust, ihm allen Ernstes etwas von Johanna zu erzählen, aber er hat meinen Wink verstanden, steht auf und winkt wiederum dem Kellner mit einer Armbewegung, die sich so geschmeidig und so herrisch in Szene setzt wie eine typisch männlich reduzierte Gestikulation. Noch sperrt sich etwas zwischen uns, eine verloren gegangene Vorbehaltlosigkeit auf beiden Seiten.

Das Stadtviertel in Abendstimmung, der nieselnde feine Regen im Licht der Laternen, bevor er vom Dunkel abgeschnitten wird und erst als Nässe auf dem Asphalt wieder auftaucht. Die verschlossenen Häuserfassaden, die sich im Hintergrund halten und durch einzelne, hell erleuchtete Fenster und durch schemenhafte Konturen einzelner Möbelstücke aus ihrer Auskunftslosigkeit gerissen werden. Das kurze Auftauchen eines einzelnen Gesichtes über hochgeschlagenem Mantelkragen, unsere Schritte, die sich in unregelmäßigen

Abständen voneinander abheben und im Takt aufeinander-
treffen. Die Kälte, die meine Finger erreicht und bevor sie sie
in einen erstarrten Zustand verwandelt, mich leichthin nach
Marens Hand greifen lässt. Die Wärme, die mir ihr Händedruck vermittelt auf diesem Weg zu meiner Wohnung, das alles ist so ungewöhnlich, kein Spiel, aber auch nicht mehr als
ein Versuch. Ich fühle mich nicht unwohl bei dem Gedanken,
dass ich eine Frau mit nach Hause nehme, selten genug ist
mir das passiert. Simon hat nie nachgefragt, zwei, dreimal
hat er die Frauen beim Frühstück aufmerksam begutachtet,
sich kaum gerührt dabei, seine Milch oder seinen Apfelsaft
über ihre Kleider oder den Küchenboden vergossen und sich
dann in sein Zimmer verzogen.

Als wir in die Wohnung eintraten, war es still. Schon im Treppenhaus hatte ich ein unruhiges, angespanntes Gefühl, das
aber zugleich aufreizend und sinnlich meine Nackenhaare
sträubte. Die Bewegung seiner Finger reizte die empfindliche
Haut meines Handrückens, sein Daumen glitt zart und wie
nebensächlich über die Innenfläche meiner Hand, bevor er
die Tür aufschloss. Ich sah seinen Hinterkopf an und hätte
gern beide Hände ausgestreckt und schmeichelnd unter die
Jacke geschoben, und weiter unter den Pullover, um sanft
das Unterhemd aus der Hose zu ziehen und die warme,
pulsierende Haut unter den Achselhöhlen zu erreichen, mich
an ihrer Liebkosung zu erwärmen, aber selbstverständlich
unterließ ich das. Er muss etwas gespürt haben, denn er
drehte sich ruckartig zu mir um und lächelte mich etwas
unsicher, aber so unglaublich werbend, so gelöst von
sinnlicher Bewegung, an. Das ging hin und her und her und
hin, und zwischendurch ging das Licht im Treppenhaus aus
und durch meine gespannten Brüste und meine Wirbel zog
die Stille gewisser bannender körpereigener Kräfte, meine
Brustwarzen reckten sich, meine Zunge lag wie in Öl, meine
Ohren wurden heiß und ich spürte jeden meiner Atemzüge in

meinen Hüften. Tonlos gingen wir in den Flur, er half mir ohne Hast aus meiner Jacke, und ich spürte, wie ich schon seinen Berührungen entgegenkam und erlag, als sie noch im magischen Dunstkreis unserer Vorstellungen verharrten. Im Schlafzimmer erwartete uns eine Überraschung, als sich beim Eintritt ins Kinderzimmer meine Unruhe wegen Simon als berechtigt erwies, sein Bett leer war und die Kinderdecke auch nicht mehr dort lag. Stattdessen schlief das Kind mit breit ausgestreckten Beinen und eng an den Körper gedrückten Armen, den Kopf an das Kissen geknuddelt, im Bett seines Vaters und gab kleine Töne von sich, die einen schweren, tiefen Traum erahnen ließen.

Ich wandte mich ab und ging voran ins Wohnzimmer, das mir gleichzeitig als Arbeitszimmer dient, und in dem außer einem wuchtigen dunklen Tisch, mehreren Stühlen, zwei Bücherregalen und zwei Sesseln nur eine schmale Couch stand, die nicht einmal eine Vorrichtung aufwies, um ausgezogen in eine gemütliche Liegefläche umgewandelt zu werden. Sie schien gar nicht verärgert zu sein, eher belustigt, aber ich sah die Befangenheit, mit der sie sich zögernd auf die Couch setzte und sich das Haar aus der Schläfe strich, sie schlug die Beine übereinander, und während ich die schweren Vorhänge am breiten Flügelfenster zuzog und die Nachtschwärze ausschloss, sah ich mich ihre Beine öffnen, an den Knien die weiße Haut streicheln, die in Wirklichkeit von einer schwarzen Strumpfhose bedeckt waren. Der Rock, den sie trug, war geknöpft, ich murmelte eine Entschuldigung, weil ich den Korkenzieher nicht gleich fand. Ich fand ihn aber auch in der Küche nicht, und während ich eine Schublade nach der anderen aufzog, kam ich mir wie ein unbeholfener, pubertierender Depp vor wie schon lange nicht mehr. Als ich zurück ins Zimmer trat, um ich weiß nicht was für Dummheiten zu sagen, stand Maren, den Kopf etwas zur Seite gewandt, auf, und hatte bereits die kleine Schreibtischlampe an und das große Licht ausgeschaltet. Ich sah sie an, bis sie den Kopf wandte.

Ihre Augen fuhren mir zwischen die Rippen, dass es schmerzte. Unser Ansehen entfaltete sich wie ein magisches Antlitz von Bedeutung und Duft und Schwere im Raum und hüllte uns ein wie ein Mantel, gegen den selbst Sankt Martin oder Esther kaum etwas einzuwenden vermocht hätten. Ich wollte nichts anderes als sie ansehen, aber das ging nicht, weil in mir zugleich etwas mehr wollte, viel mehr, ihr Gesicht, ihre Brüste, ihren Po streicheln, ihre Lippen, ihren Kitzler, ihre Schließmuskeln küssen, von ihrer Haut kosten, zupacken, sie verschlingen, ihre Arme nehmen, meine Beine geben, auf-stöhnen, hinein beißen, eingraben, schwitzen, stoßen, schreien, liebkosen, gleiten, drücken, halten, wieder stoßen, reizen, sich fallen lassen, auffangen, spielen, ihr Begehren entfachen, ihre Lust anstacheln, aufhalten, hinauszögern, sie mit Macht begleiten, führen, in sie hineinkriechen, an meinen Körper binden, mit meinen Händen beherrschen, freigeben, taumeln, mich öffnen, sammeln, dem Druck nachgeben, explodieren, aufgehen, spritzend aufgehen in ihr.

Nebenbei bemerkt bin ich auf jeden Fall für die Erweiterung der Wüsten. „Das darf doch nicht wahr sein!", ruft meine Mitbewohnerin, die sich kaum aus meinem Zimmer entfernt hat, konsterniert aus. Ich kann mir aber nicht verkneifen, das laut und deutlich zu betonen, wie ein Furz, der empfänglich für privateste Gemächer, in entspannterer Haltung dazwischen fährt als in der Öffentlichkeit. Zwischenzeitlich war meine Mitbewohnerin so freundlich gewesen, mir ein Stück Kuchen und einen Espresso zu bringen. Sie lief mit sichtbar hin und her gleitender, die Lippen befeuchtender Zungenspitze herum und freute sich über die Annäherung zwischen Maren und Frank und ihr voranschreitendes Liebesleben.

„Das kann doch wirklich nicht wahr sein!", ruft sie noch einmal. Aus ihrem Gesicht springt echte Entrüstung, so dass ich fast zurückzucke. Sie ist so gegen Ende fünfzig, älter als ich und entsprechend weniger experimentierfreudig, sie würde sagen „reifer". Sie wirkt genervt, schwingt ihr graues Haar nach rechts und nach links, läuft vor meinem Schreibtisch auf und ab und reißt in nur halb gespielter Verzweiflung die von feinen Lachfältchen umrandeten Augen auf: „Warum machst Du denn jetzt, mitten in dieser ereignisreichen Szene eine Pause, schaust abwechselnd aus dem Fenster und auf Deine Bücherwand und kommst mir und Deiner möglichen Leserschaft, die Du Dir im übrigen so vergrätzen wirst, mit einem solchen Satz? Meine Güte, was soll denn das jetzt?"

Ich zucke hilflos die Schultern. Das kommt, weil heute Morgen zur Umsetzung der UN-Konvention zur Bekämpfung der Wüstenbildung 2000 Regierungsvertreter aus mehr als hundertzwanzig Ländern eingeladen waren, in einer Stadt, die ehemals eine deutsche Hauptstadt war. Sie sollen mit Hilfe eines Papierbergs zur Aufklärung beitragen über die rund 70 Prozent der 5,2 Milliarden Hektar umfassenden Trockengebiete, die zu Wüste werden. Die Israelis pflanzen bereits genmanipulierte, resistente Platanen, während der Sinn des Papierbergs vor allem in seiner Symbolik liegt: Wir müssen dokumentieren, was wir anerkennen werden, dann bestätigen wir es, stellen uns darauf ein und fassen den gemeinsamen Beschluss, dass dieser Prozess sehr komplex ist. Das bewirkt zusätzliches Papiervolumen und lässt sich abermals überprüfen, muss noch einmal hervorgehoben werden und nach tagelangen Debatten über das Geld, das nicht effizient genug in den Wüstengebieten arbeitet, wissen wir, dass es dort nicht gewinnbringend anzulegen ist. Steht alles auf dem Papier. Aber dafür gibt es demnächst einen Trost, ein genmanipuliertes Klein-Alexandrien in Portugal, Spanien, Italien oder Griechenland, wo die Versteppung der

Landschaften voranschreitet. Wir müssen sofort eine NGO gründen, möchte ich meiner Haare raufenden Mitbewohnerin zurufen, nein, das sind keine verliebten Paare im Dutzend, das ist eine Nichtregierungsorganisation, (hast Du die entsprechende Szene zwischen Charlotte und dem Professor überlesen?), die in unserer Zivilgesellschaft den demokratischen Sachverstand einfordert, den die Philosophie der Aufklärung auf dem Weg zu ihrem hegemonialen Verhältnis zu sich selbst als Nationalstaat zwischenzeitlich verloren hat. Denn mit dem TRIPS- Abkommen, das wirklich jeder Mann und jede Frau kennt, wir leben ja vom ständigen globalisierten Wissenszuwachs, mit dem TRIPS-Abkommen, jenem Abkommen über handelsbezogene, geistige Eigentumsrechte, wird die globale Patentierung endgültig ermöglicht, schließlich leben wir in einer Zeitenwende, gebe ich meiner Mitbewohnerin zu verstehen, ob sie es hören will oder nicht. Seit diesem Jahr kann sich der Norden juristisch abgesichert freie biologische Ressourcen aus dem Süden aneignen und Pflanzen und natürliche Substanzen nutzen, die seit Jahrhunderten von lokalen Bevölkerungsgruppen entwickelt und genutzt wurden, die, dumm genug, nie auf die Idee kämen, diese ihren Monopolansprüchen zu unterwerfen. Unsere soeben gebildete NGO ist dagegen total pluralistisch, mit einer Ausnahme: Ihre Mitglieder wollen in die Wüste, ins neue Alexandrien statt nach Mallorca. In der Wüste brauchen wir auch keine Papierberge mehr, nein, wir versanden als Mischwesen zwischen Mensch und Tier, das Patent dafür erteilte das europäische Patentamt bereits 1999 für Embryonen, die aus tierischen und menschlichen Zellen bestehen. Übrigens wollen wir die Enquete-Kommission mit dem wunderhübschen Rufnamen „Recht und Ethik der modernen Medizin" umwandeln, obwohl da fast so nette Leute drin sitzen wie Johanna oder ihre Nachbarin, weil die Biomedizin und die Patenterteilungen so schnell voranschreiten, dass das Recht auf Information und das normative Recht eine angemessene Systematik erfinden müssen, sich selbst zu beschleunigen, damit die Unverfügbarkeit des menschlichen Lebens im Papierberg unseres verbindlich formulierten Allgemeininteresses, die Verfügbarkeit des menschlichen Lebens und neuerdings auch seine körperliche Patentierung von einer Firmenhand in die andere recht gut gedeihen. Denn erfinden wollen wir schon, zum Beispiel Wasser, wir sollten unbedingt neues Wasser erfinden, in der Wüste brauchen wir das, ich komme nämlich bald um vor Durst. Es ist doch ganz schön anstrengend, Mitglied zu sein in so einer NGO, aber ich erinnere mich an ein Eckpunktepapier, das hier in der Wüste allerdings keine Rolle mehr spielen dürfte, wie von mir ja keine medizinische Eignungsuntersuchung im Zusammenhang mit Arbeitsverträgen verlangt werden kann. Denn der Gentest, den man in der Wüste zu bestehen hat, beginnt mit der Frage, wie halt ich's mit dem Wasser, und wenn diese sich so schnell ausbreiten sollte wie die genetische Diskriminierung zu medizinischen Zwecken, macht die Mischpatentierung einen guten Anfang. Nicht eine Versicherungsgesellschaft, sondern ich selbst habe ein Interesse daran zu erfahren, wie günstig der Gentest zur Verwandlung eines menschlichen Kamels ausfällt, und deshalb bin ich dafür, dass mir die Versicherungsgesellschaft schon bald das Testergebnis mitteilt, und ich bin auch für Verschreibungspflicht, für vorgeburtliche Untersuchungen wegen des Sicherheitsrisikos und für ärztliche Beratung. Diese Punkte sollten im geplanten Fortpflanzungsmedizingesetz geregelt werden. Aber das sage ich nur in meiner NGO und in dieser Wüste und in einem zeitlich begrenzten Rahmen, denn ich merke im Grunde schon, dass es mir zu anstrengend wird mit der demokratischen Körperschaft meiner Zivilgesellschaft, ich trete hiermit wieder aus und habe gute Gründe: Die Experten in der noch existierenden Nicht-Wüste befürworten in diesem Zusammenhang ausdrücklich ein Recht auf Nichtwissen; ich wüsste auch gar nicht mehr, was sich sonst noch zu schreiben, zu erzählen lohnte, denn Johanna führe sowieso lieber nach Mallorca.

„Ich glaube, Du bist krank", sagt meine Mitbewohnerin bestürzt, fast schon erschrocken über ihren eigenen Satz. Nach einer kleinen Pause, die ihre Nachdenklichkeit unterstützt, kann sie nicht verhehlen, dass der Mitleser mich und meinen Schreibstil bisweilen für leicht verrückt hält. „Wir haben deshalb beschlossen, dass Du Dich ein wenig ausruhen musst, so viel Wirklichkeit auf einmal lässt sich schlecht aufs Papier bringen. Du siehst überall nur noch Papierberge und Wüsten und wolltest doch ein Buch über das Sterben von Johanna schreiben, das zugleich ein Buch über das Leben von Maren sein soll". „Aber das tue ich doch!", begehre ich auf. „Nein, nein", widerspricht meine Mitbewohnerin und schüttelt den Kopf, da klingelt es an der Tür. „Ich gehe schon und mache auf", sagt sie, wendet sich ab und läuft in den Flur. Ich stehe da, wirklich ratlos, sie wollen die Wirklichkeit wie auf dem Band, denke ich, der Film läuft und wir sehen zu, „aber die Wirklichkeit ist „DaDa", und „DaDa" ist längst keine Kunstform mehr, und eine Rose lässt sich heute auf keinen Film mehr zuschneiden", sage ich laut und störrisch und ohne jede Begrüßung zum Mitbewohner, der mehr ins Zimmer stürzt als kommt: „Aber die Komposition", ruft er, „die klassische Komposition, die das Experiment erst zum Tragen bringt, die Form hervorbringt, die den Geist schärft, die Kunst ausmacht, das Maß zu halten und den Inhalt zu symbolisieren". Jetzt drückt er mir eine Flasche in die Hand, ein vorzüglicher Jahrgang, wie ich sehe, ein Rosé, Côtes de Provence. „Das wird Dir gut tun, Dich erheitern", sagt er fast besorgt, „ich habe auch Kekse mitgebracht, es ist wohl Vorweihnachtsgebäck, nehme ich an, ein bisschen früh, aber das kommt von Herzen von der Oma da drüben, mit der hab` ich mich eben unterhalten, die findet die Schmierereien an der

Hauswand widerlich. Der Goethe hätt` sich was geschämt, sagt sie, und das vor den Augen einer Autorin. Und die Kekse sind selbst gebacken, soll ich ausrichten." Ich setze mich, probiere etwas misstrauisch und kaue, bedenklich nahe an Johannas Verfassung. „Aber das ist die Wirklichkeit, die Wirklichkeit", murmele ich erschöpft, so ist sie nun einmal, aber nun schalten sie das Radio ein, zur Entspannung, wie sie meinen, es wird gesungen, *hallo mein Schatz, ich liebe dich, Du bist die Königin für mich,* ich wippe unwillkürlich mit den Zehenspitzen und merke, dass meine Blase drückt. Der Mitbewohner zieht eine Zigarette aus seiner zerknautschten Schachtel, wirft seine Jacke über mein Chippendale-Stühlchen in der Nische zwischen den beiden Bücherborden und wippt mit seinen muskulösen, breiten Schultern ebenfalls im Takt. Dazu schnickt er mit den Fingern seiner linken Hand, die keine Zigarette hält. (Er hat heute keine Gummistiefel an, sondern ausgetretene, schwarzweiße Herrenschuhe, versehen mit einem braunen Bindfaden.) Da klingelt es schon wieder. Ich überhöre das und kaue weiter. Es schmeckt wie Gummi. Allmählich ist sowieso alles egal; die ganze Erzählung gerät durcheinander und ich komme nicht mal auf die Toilette. „Sieh mal...", die Mitbewohnerin beugt sich mit verschwörerischer Miene zu mir herunter, und deutet mit einem bejahenden Kopfnicken an, dass diesmal der Mitleser an die Tür gehen soll. Ich schlucke. Fast hätte ich Lust, die Flasche Wein zu öffnen. „Es muss doch nicht sein, dass Du Dich verrennst", säuselt es glockenhell aus dem Flur (natürlich der Mitleser). Ich sage „Schnauze", da steht Maren plötzlich in der Zimmertür, angelehnt an den Türrahmen. Als Überraschungsgast. „Charlotte und Amira sind verhindert", sagt sie entschuldigend. Sie sieht aus, wie ich sie kenne, schon als kleines Kind bin ich immer vor den Spiegel gerannt, um zu schauen, ob ich wirklich noch da bin. „Spieglein, Spieglein an der Wand", sagt Maren, kommt auf mich zu und verschwindet in mir, wir sind wieder am Anfang. Das alles geschieht in Sekundenschnelle, ich verstehe plötzlich nicht mehr, wieso ich sie nach und nach von mir abgetrennt und verlassen habe, ich glaube, es war wegen des Streitgesprächs. „Das kannst Du später noch einfügen", sagt der Mitbewohner, und beugt seinen Kopf herunter. Seine Zungenspitze berührt sacht meine Lippen. Seine freie Hand ist nur millimeterweise von meinem Schoß entfernt.

„Deine Liebesgeschichte hat ihren Reiz", korrigierte er sich, bevor er ging und die Mitbewohnerin am Arm packte und mitnahm. Wenn man ihn kennt, weiß man sein Urteil und seine Einfälle mehr zu schätzen als seine Gummistiefel. Ich starre immer noch etwas konfus auf die bis auf wenige Krümel geleerte Keksdose und denke über seine letzten Sätze nach: „DaDa" ist nur eine Ebene. Schau in den Spiegel. Vielleicht hast Du mehr Angst vor dem Sterben als Du glaubst."

Schon als ich die kleine Lampe einschaltete, wusste ich, wie unausweichlich es war, dass wir hier in diesem Zimmer ein Paar abgeben würden. Im Halbdunkel, das von dem matten, weichen Licht auf dem Schreibtisch erhellt wurde, erkannte ich, dass unsere Sexualität eine Form der Selbsterkenntnis darstellen konnte, wenn wir davon so berührt würden, dass die Empfindungen, die sich um das eigene Selbstgefühl zentrieren, gesteigert durch die Triebhaftigkeit, die Berührungen und die Wahrnehmung ausgetauschter körperlicher Lust, alte Identifizierungen lösen und neue zusammenfügen konnten. Es war eine aufblitzende Vision, die mich mit einem kurzen Bedauern das Hampelmännchen streifen ließ, das wegen seiner Heimlichtuerei die geistige und die körperliche Vitalität nie in einer einheitlichen Transzendenz vereinigen würde. Als Frank auf mich zutrat, zerstoben diese Eingebungen, ohne sich aufzulösen, in dem Raum, der uns umgab und dessen visuelle Präsenz von unserer sinnlichen Wahrnehmung belebt wurde. Er gab uns den Hintergrund, vor dem er und ich in einem Tanz, dessen Choreographie lange vor dem Jetzt-Zustand in unsere Leiblichkeit eingeschrieben worden war, eine gemeinsame Figur erfanden, die die Wertung der Vergangenheit und die Gestaltung unserer Zukunft beeinflussen konnte. Während ich den Duft seiner Haut am offenen Hemdkragen über dem Halsausschnitt seines Pullovers einatmete, auf einzelne, kleine Leberflecke und feine, dunkle Härchen sah, sein rasiertes, aber vom beginnenden Bartwuchs schattig getöntes Kinn meiner Stirn nahe kam und mir der Anblick seines langen, sehnigen Körpers einen schlagartigen, schmerzhaften Druck in den Magen versetzte, der mir in der erregendsten Weise ziehend vorkam und mich erwartungsvoll schlucken ließ, legten sich meine Hände wie von selbst flach auf seine Brust, spürten sein Herzklopfen auf, fuhren suchend über den weichen, blauen Baumwollstoff, und schlüpften unter den Pullover. Seine Lippen streiften meine rechte Wange und den darunterliegenden Mundwinkel, ich biss ihn sacht in die Unterlippe und hörte, wie er scharf die Luft einzog. Benommen vor Gier und etwas anderem, Undeutlicherem, das sich in die Gier mischte, knöpfte ich sein Hemd auf.

Die frische Zimmerluft streifte meine Schultern. Ich sah ihr zu, wie sie meinen Pullover und dann mein Hemd abstreifte und spürte plötzlich eine Unsicherheit, eine Verletzlichkeit an ihr, die so verdeckt und anrührend in einem unmerklichen Zucken ihrer Gesichtsnerven, einem Einfall von Trauer in ihrem Gesichtsausdruck, in einer Verlangsamung der Sprache ihrer Hände zum Ausdruck kam, dass meine Aufmerksamkeit noch gesteigert wurde. Ich ließ mir nichts anmerken und umschloss mit beiden Händen ihre Brüste über dem durchgeknöpften, schwarzen Strickpullover und begann, sie sacht mit kreisenden Bewegungen meines Daumens zu reizen. Ich spürte, wie ihre Brustwarzen hart wurden und sich mir entgegenstreckten, und ich wusste, noch bevor ich ihre nackte Haut streichelte, dass sie in dem Wunsch nach Hingabe und unter dem Eindruck der Berührungen bereits empfindlich geworden waren. Einen Augenblick lang dachte ich an Susanne, aber es war mehr das unwillkürliche Abrufen ihres Namens, das durch die starke innere Erregung wachgerufen worden war, als eine wirklich gehaltvolle Erinnerung von etwas Bestimmtem, das mit ihr in Bezug stand. Es störte mich auch nicht. Trotzdem blieb das Gefühl, dass die Verletzlichkeit Marens irgendeine Verbindung zu Susanne in mir herstellte, deren Bedeutung mir vorher fern lag. Ich nahm Marens Gesicht in die Hände und küsste sie mit spielerischen, halbgeöffneten Lippen auf die Schläfen, zwischen die Augenbrauen, berührte saugend, knabbernd, neckend ihre Wangen und zog eine feuchte Spur über ihre Haut hinunter bis zu ihrer Lippenwölbung, die ich mit meiner Zungenspitze umkreiste. Ich nahm ihr Ohrläppchen in den Mund und sog daran, rieb mit meiner rechten Hand über ihr linkes Schulterblatt und meinen Unterarm in ihrer Achselhöhle, während ich eine ihrer vollen Brüste anfasste und mit meinen Fingerkuppen streichelte. Ich spürte den wachsenden Druck zwischen meinen Beinen, als sie aufreizend und sacht mit ihren Händen über dem Hosenbund an meinen Lenden entlangfuhr und hätte sie gerne mit einem Ruck an mich gepresst. Vielleicht nahm ich ihren Mund deshalb mit einer Gier in Besitz, der ich hemmungslos folgte. Ich stülpte meine Lippen über die ihren, nahm ihre Unterlippe zwischen meine Zähne, fuhr mit der Zunge durch ihre Mundhöhle, umspielte und verschlang ihre, die lang war, weich und schmal und rückte mit der meinen in ihrem Mund vor. Unsere Zungen spielten aufreizend miteinander, einen Saft hervorrufend, dessen Geschmack meinen Körper anspannte, ich dehnte mich und zog mich zusammen, und meine Hände verfingen sich in ihrem Haar. Ich streichelte ihren Nacken, legte meine Hände auf ihre Hüften, schob sie an mich heran und gelangte wieder zu ihren Brüsten. Unwillkürlich trat ich einen Schritt zurück und streifte ihr den Pullover samt dem Leibchen über den Kopf, sie stand da mit geschlossenen Augen. Das gefiel mir und gefiel mir nicht, ich bekam Lust auf eine kleine triebhafte Provokation und schob meine Hand in den Rockstoff zwischen ihre Beine und strich mit dem Handrücken mehrmals über die weiche Strumpfhosennaht, wo ich ihren Kitzler erahnte. Sie öffnete sofort ihre Augen, die verträumt wirkten, und auch ihren durch unsere Küsse geröteten Mund und sah mich benommen an, als ich meinen Zeigefinger verlockend zwischen ihren Schenkeln hin- und herschob. Da trat wieder dieser Ausdruck auf ihr Gesicht, der mir jedes voreilige, herausfordernde Spiel mit ihrer Lust verbot. Sie hob eine Hand, bog ihren Kopf ein wenig zurück und strich sich das lange Haar in den Rücken, als sei nichts geschehen, was sie irritierte. Ihre Reaktion hinterließ in mir den Eindruck, dass sie Zeit hinauszögerte.

Mein Körper sehnte sich schmerzlich danach, aufzuplatzen, wund gestreichelt offen dahinzugleiten, sich wild zu gebärden zwischen Sinnlichkeit, Zärtlichkeit und Lust, ich wollte Lachen und Locken, Sirene spielen und Amazone, laszives Weib sein, aktive, atemraubende Verführerin, schmusendes Mädchen und hingebungsvolle Geliebte. Aber als ich seinen besinnlichen Blick unter den halb gesenkten Lidern sah und sein Finger sich an meinem Kitzler rieb und meine Schamlippen anschwollen, mir die Lust stoßweise aus den Eierstöcken brach und mein ganzer Unterleib vom Bauchnabel an in eine Schwäche fiel, die sich an ihn drücken wollte, um seinen imaginierten Schwanz in sich aufzunehmen, klammerte mein Kopf sich an den Wirbel eines aufgebrachten Gedankenstroms, der sich in Nüchternheit gefiel. Ich wehrte ihn ab, wollte nicht denken und Barrieren aufbauen, die die Ernsthaftigkeit meiner Gefühle gefährdeten, aber es gab eine Hemmung, die hinter der Gier lag, ich fühlte mich durch ihn erkannt. Er ergriff mich vollständig, ausnahmsweise. Meine Bereitschaft zu einer solchen Hingabe fehlte. Ich war ganz ruhig bei diesen Gedanken und wollte wie selbstverständlich fortfahren, in dem ich meinen Rock auszog, doch er verhielt sich ernst, trat einen halben Schritt zurück, nahm meine Hände, zog sie an seinen Mund heran, und küsste meine Handrücken, was mich in Verlegenheit versetzte. Als er es sah, lächelte er. „Ich möchte mit Dir ein Glas Wein trinken", sagte er sacht, seine Augen betrachteten mich intensiv, die Bedeutung ihres Ausdrucks konnte ich nicht entziffern. Ich nickte und fragte etwas kokett „So?" und er nickte zurück und lächelte. Plötzlich bückte er sich und begann, mir langsam die Strumpfhose herunterzustreichen. Ich hob freiwillig, um nicht zu sagen willenlos, erst das eine, dann das andere Bein und hätte fast angeboten, mich sofort mit ihm auf die Couch zu legen. Tatsächlich knotete er sich mit einem Schmunzeln die Strumpfhose locker um den Hals, die beiden Fußteile baumelten an seiner Brust herab, damit ging er in die Küche. Mir blieb nichts anderes übrig; langsam lief ich hinter ihm her.

Merkwürdigerweise fand ich den Korkenzieher sofort. Er lag in der Schublade, die ich in Hast vor einer halben Stunde noch vergeblich durchsucht hatte. Ohne dass ich es mir in einem rationalen Sinn hätte erklären können, spürte ich, dass nun alles verständlicher, besinnlicher war, da ich die Karten neu gemischt hatte. Mit der entkorkten Flasche und zwei Gläsern ging ich wieder hinüber zur Couch, legte ihr den Rock um die Beine, steckte ihn fest und drückte ihr ein halb gefülltes Rotweinglas in die Hand. Ihre Stimme war ein wenig heiser, als sie etwas murmelte, und ich bemerkte an ihrem Blick, der meinen Oberkörper nicht losließ, wie ihr gefiel, was sie sah, wie sehr sie nach mehr begehrte. Ich nahm einige Schluck Wein und stellte das Glas ab. Ich stand auf, verbarg weder meine Zärtlichkeit noch meinen Steifen und zog meine Hose aus, dann folgten die Strümpfe und zuletzt die Unterhose. Maren nippte besinnlich an ihrem Glas, sah mich mit großen, glänzenden Augen schüchtern und neugierig an. Nackt ging ich hinüber zu den Heizkörpern unter der Fensterfront und stellte die Heizung höher. Dann kam ich zurück, mir war nach Musik zumute, und ich drückte im Vorbeigehen auf den CD-Player. Die samtene Berührung der Teppichfasern unter meinen Fußsohlen erschien mir wie ein Vorgeschmack auf das, was kommen würde. Ich legte mich neben sie auf die Couch, wickelte ihre Beine auf, kroch unter die Decke und fing an, sie zu entkleiden. Die Andersartigkeit unterschiedlicher Körper und die eindringliche Präsens Susannes streiften mich, eine nicht verbrauchte Erinnerung. Susanne war keck gewesen im Liebesspiel, sie ritt gern auf mir mit schnellen, kleinen Bewegungen, die ihr federleichter Körper mühelos vollzog, und der Sex mit ihr hatte stets eine sportliche, fröhliche und aktive Note gehabt; sie konnte auch laut werden, und es konnte passieren, dass sie mitten im Akt hell auflachte und einen neuen Einfall präsentierte, wie wir uns noch raffinierter bewegen könnten. Hinter Marens empfindsamer Mimik, die in ihren Augen und auf ihrer Körperhaut wie ein Schutz lag, verbarg sich ein Temperament, eine unterschwellige, tiefe Glut, die sich in der sinnlichen Prägung ihrer Gesichtskonturen, in ihrer Stimme, im kräftigen, fülligen Haar wiederholte. Das Seil war gespannt, und ich wartete neugierig und begierig darauf, welche Seiltänzerin mir entgegenkam.

Wie eine Koralle, die sich mit der Bewegung des Wassers öffnet, wogte das Gefühl in meinen Körper auf und ab, als die Musik erklang und unterhalb meiner Scham an den geschwollenen Lippen saugte und ich feucht wurde und meine Muskeln verrückt spielten, als wollten sie für einen Marathon im Männerfangen üben. Mein Kopf war weich und leer, und das Blut schlug in mir an, time keeps moving on, use every day, I said, every way, sang Janis Joplin und ich erkannte ihre Stimme in diesem Cosmic Blues sofort, die Schwingung, mit der sie ihre Stimme anhob und abfallen ließ, rau wie im zauberhaftesten und hemmungslosesten Liebesspiel, das man sich vorstellen kann, not another lonely day, twenty five years old enough, baby, und ich wurde feucht, so feucht und dachte an nichts mehr, außer, dass ich gern für ihn getanzt hätte zu dieser Musik und hob meine Arme und meinen Po an, damit es ihm leichter fiel, mir die weiße Hose abzustreifen. Meine Beine spreizten sich ganz willkürlich, and Janis sang I know, und das Klavier, das Schlagzeug und die Trompeten unterlegten ihre aufgeraute, kreischende Vibration mit einem Feeling, das ihre sinnliche Stimme ihnen wieder abnahm, als sie für alle Eingeweihten sang und sich die Kehle aus dem Hals schrie, die Seele für die Freiheit hergab, die sie dabei empfand, mit einer Hingabe an die Leidenschaft, die niemals alterte und erst starb im Tod, die bereit war für Berührung, in einer Welt, die durch nichts berührt werden wollte, mit einem Hunger nach Offenheit, ohne den das Leben verarmt. I cry, babe, sang sie und wie lange ich seinen glatten, langen Penis herbeisehnte, der meine geschwollenen, nassen Innenwände beruhigen würde, weiß ich nicht. Ich sah Frank Jakobi an, den ich genau erahnte und noch ungenau kannte, sah seine weiche, trunkene Muskulatur im Gesicht, die nur eins wollte, sah einen zusammengeballten Schimmer. Die Augen hatten zu einer einheitlichen Farbe zusammengefunden, ein dunkel gefärbtes Blau in Erregung, and I know, sang sie, I could need you now, use every day, use to die, und Janis, tote, unsterbliche Schwester, ich wusste nicht, ob ich Dich liebte wie ihn oder ihn liebte durch Dich oder mich liebte, weil Du klar machtest, dass man sich so lieben muss, um zu leben, denn erst eine Berührung macht aus einem Menschen, was er wirklich ist, auch wenn Dir das vielleicht nur in Deinen Songs gelungen ist, Deinen Liedern, you know, und mir fiel Johanna ein, der ich das gerne beigebracht hätte, aber dazu war es zu spät, denn irgendwann ist es immer zu spät. Die Zuspätkommenden bestraft das Leben, das war ein Satz in einem ganz anderen Zusammenhang, der viel komplizierter war als mein Gefühl, und Janis hob ihre Stimme und das Klavier stimmte zu, immer im gleichen Rhythmus, ein Dreiviertel-Takt, der in eine swingende Improvisation überging und das Schlagzeug weich stimmte, melodisch pochend. Wir lagen Seite an Seite, und ich schob seine Hände über seinen Kopf und hielt sie fest und wand mich und nahm ihn auf, und dann schrie ich, ich schrie und stöhnte und sagte irgendwelche abgerissenen Worte, möglicherweise stammelte ich auch nur, und stemmte meine Füße gegen die Sofalehne, während er mich gegen meine eigenen Eingeweide rammte, bis ich mich schlängelte um ihn, wir drehten uns mehrmals wie in Trance, um einander inniger zu treffen, und seine Haut und sein Speichel und sein Saft und meine Lust und mein Körper wohnten in dieser Vereinigung. Seine Küsse waren überall und meine Brustwarzen waren wund und aufgerieben, seine Zunge war rau auf meiner Klitoris, dann wurde sie weich und sein Schwanz war hart und zuckte. Später beruhigten wir uns etwas und Frank überließ mir seinen Körper, er genoss meine Haut, meine Zehen, meine Finger, meine Berührungen, wo immer ich ihn erreichen konnte. Als ich ihn leckte, stieß er in meinen Mund vor, und während sein Saft leicht bitter und cremig schmeckte, hatte sein Gesicht diesen hinge-bungsvollen Ausdruck, zurückgelegt und zerfließend, als könne er nichts von alledem fassen, es war geil, so geil, every day, Janis, danke ich Dir, nur schade, dass Du die Spritze dazu brauchtest, mir genügte Frank. Ich spürte, wie es in mir floss, und ich wusste wohin damit, und seine unglaublich feinen Hände, in denen sanfte, beharrliche Neugier wohnte, waren überall auf meinem Körper, als wolle er mich bis in alle Ewigkeit vögeln, ficken, beschlafen, als wolle er niemals mehr aus mir heraus, als hätte er bereits tausend Ideen im Kopf, wie er meinen Körper auswendig lernen könnte.

Und mir kam es vor, als stieß ich zu heftig zu ungestüm in sie, aber das verging, ihre Brustwarzenhöfe waren aufgegangen wie Anemonen, groß und dunkel und rund, und ich biss in sie hinein, in ihre Spitzen und sie warf den Kopf zurück, und ich sah ihre schaukelnden Brüste hoch erhoben im matten Lichtschein und den schweißigen Schimmer auf ihrer Haut, und schlang meine Arme um ihren Bauch. Ihr Puls schlug heftig, und sie fuhr mit ihrem Zeigefinger an meiner Poritze entlang, umfasste meine Hoden, schaukelte sie hin und her, rieb sich in meinen Falten bis zum Loch, in das sie vorsichtig mit ihrem Finger hinein- und wieder hinausschlüpfte, entzog sich mir, stülpte ihre Hand über meinen Schwanz und rieb ihre Brüste und ihren Bauch an mir ab, und ich hatte die Phantasie, meine geschwollene Gier zwischen ihre Brüste zu legen und allmählich kommen zu lassen. Ich nahm ihren Kopf in meine Hände und bog sie zurück und legte meine Beine zwischen die ihren, sie wimmerte vor Lust und hielt sich fest, und als ich wieder in ihr steckte, lächelte sie, ich sah es, konnte nicht anders, als zusehen und genießen, was ich anrichtete. Ich wollte sie hochheben, aber wir rutschten vom Sofa und glitten erst mit den Oberkörpern, dann mit den Beinen auf den Boden, und sie drehte sich auffordernd auf den Bauch und schmiegte sich in den Teppich. Stöhnend drückte ich mich an ihren kurvenreichen Rücken, ich fraß sie, verdammt nochmal, das war es, ich spürte, wie unsere Körper aufgingen, eins wurden, eine alltägliche Betäubung verflog, die etwas in uns verschlossen gehalten hatte, es gab nichts Unreifes, nichts Ungewecktes mehr zwischen uns, kein Überbleibsel einer Verletzung, die unter unseren Händen schmolz und meine eigene Steifheit, meine Härte auflöste und sie in dichte Gefügigkeit verwandelte. Sie war jetzt nichts als zierliche, wollüstige Frau, verräterisch sinnlicher Schnitt ihrer Lippen, Mund, der sich öffnete im Kuss, Stimme, die flüsterte: Ich möchte meine Schenkel für Dich öffnen. Ich bekam das Vorgefühl des Geschmacks der Sattheit und wollte ihr in die Augen sehen, dieses letzte Mal in unserer ersten Nacht, und ich löste sanft ihre Arme, die sie um den Teppichrand geschlungen hatte und die sich vom hellen Holzboden blass abhoben. Ihr Gesicht lag verborgen unter der dunklen, braunen Haardecke, es sah gelöst, ein wenig geschwollen aus und aufgeplatzt wie eine reife Frucht, als sie es fragend anhob, und ich rollte mich auf die Seite, stützte die Ellenbogen auf und gab ihr mit einem leichten Druck auf die Hüfte zu verstehen, dass sie mir folgen solle. Langsam drehte sie sich zu mir um, ich beobachtete die gerundete Linie ihrer hellen Haut, die matt von der Schulter in die Hüfte überging. Ich wollte mehr von ihr, alles, und schob ihr Haar nach hinten über den Teppich und hielt ihren Kopf fest, als ich die nachgiebige Schwulst ihrer Öffnung bis zum warmen Gang ertastete, bevor sie mich aufnahm. Wir sahen uns an. Unsere Augen sahen mehr als nur unsere Augen. Die Musik war verklungen, wir lagen auf dem harten, nackten Boden, abgemildert durch einen cremefarbenen Perser und die Geschmeidigkeit, mit der wir uns häuteten. Sie strich mir in konzentrischen Wellen über den Rücken, ihre Finger perlten wie Fiebertropfen auf meiner Haut, ihre Hände warfen Flammen über meinen Steiß, sie war plötzlich überall, ihre Fußzehen elektrisierten meine Nerven oberhalb des Spanns, ihre Brustwarzen waren einladende spitze Höfe, die mein Brusthaar bezirzten. Sie lächelte und bewegte sich fast qualvoll langsam, ich sah ihren schwingenden Unterkörper, die Ansammlung von Feuchtigkeit zwischen ihren Brüsten, ihren schmerzlich sich öffnenden Mund, ihr halb verzücktes Lächeln, ich hörte der Hast ihres anwachsenden, schneller werdenden Atems zu. Ich kam mit mehreren kurzen und einem langen Stoß, verschwand in ihrem Duft, in ihrem Nacken, in ihren Augen. Das erregende Gefühl, von den Lenden und den Wirbeln ruckartig ausgehend, überspülte jegliche Wirklichkeit. Ich löste mich auf im Empfinden.

Eine Bewegung an der Tür ließ uns herumfahren. Simon stand im Pyjama und mit verstrubbelten Haaren im Türrahmen und beobachtete uns. Sein Gesicht war alles andere als hell. Er sah aus wie ein kleiner, alter Mann, der eine gequälte Grimasse zog, um nicht zu weinen. Langsam drehte er sich um und entfernte sich im Schatten des Flurs. Und das war noch nicht alles.

„Es ist kalt", wiederholt Johanna zum zweiten Mal und schielt unter halb gesenkten, blaugeäderten Augenlidern in Richtung Küchennische, in der sie Maren arbeiten hört. Vorwurfsvoll vor sich hin brütend, den Mund lippenlos inwärts gewendet, löst sie sich einen Moment aus ihrer Erstarrung, hebt herausfordernd ihr zitterndes Kinn und sabbert und spuckt über den kantigen Stummel auf die Knopfleiste ihrer Strickjacke. „Du siehst aus wie eine alte Magd", kommentiert sie die Tatsache, dass Maren beim Spülen beinahe ein Unterteller zerbrochen wäre und sie blasser als gewöhnlich ins Zimmer tritt. Johanna hat einen Blick für den Morgen danach, den muss sie von der Mutter und Großmutter kennen oder auch nicht, ihre Verachtung kann nicht mehr werden. Sie schafft es, freihändig aufzustehen und auf Maren zuzugehen, die auf dem Tisch vor ihr die Unterwäsche bereit gelegt hat, die, von der Halterung im Bad abgenommen, noch zusammengelegt werden muss; das war für jetzt vorgesehen. Maren ist nicht nur blass, sie sieht trostlos aus, obwohl ihre Wangen sich heute fleischiger anfühlen als sonst. Sie berührt im Vorübereilen flüchtig prüfend ihre Haut und ihren Mund, beide sind weich und gerundet: Pfirsichhaut für eine Blinde. Johannas Augen sind Schlitze, in denen, vom unteren Lidrand aufgehalten, ein saphirblaues Licht schwimmt. Sie steht vornübergebeugt, als sei ihr Rücken von den wenigen Schritten vom Sessel bis zu Maren gepeinigt von Schmerz. Sie trägt ihn krumm mit stummem Vorwurf. Die unzähligen, fächerartig gespreizten Faltenkrater kräuseln die kalkige, verbrauchte Haut rund um die spitzen Wangenknochen, um den zahnlosen Mund, den Johanna bei Bedarf zu einem herausfordernden, strammen Strich auseinanderzieht. Zwischen den blassen, eingedrückten Augenrändern und dem narbigen Oberlippenrand sammeln sich Flecken von Porengrüppchen, ein splitterförmiges, schräg zum rechten Mundwinkel verlaufendes, um einen Ton dunkler als die Hautfarbe getöntes Muttermal sticht heraus. Es ist ein Leberfleck, dessen Umrandung mit der Mundwinkelmulde zusammenfällt, das saphirblaue Licht schwimmt wie ein meterweit entferntes Flämmchen darin, zuckt und springt. Johannas Nasenflügel sind zart geformte Ausläufer einer geraden Linie des von dünner Haut umspannten knochigen Nasenrückens. Darunter lugen einzelne dunkle Haare, die hart und borstig aus den Nasenlöchern fahren und verächtliches Schnauben vibrierend unterstützen. Unterhalb der Wangenknochen versteift sich die strenge Kontur, verbietet jede Weichheit, die sich der eine Zeit des Ablebens noch vorbehaltende Totenschädel erlauben könnte. Bläuliche Farbe hat sich unterhalb der Wangenknochen in die Hautmulde übersetzen lassen, es schwimmt und spukt herum, springt mal hierhin und mal dorthin, Vitalität zündelt ununterbrochen. Johanna bekundet mit erhobenen Händen theatralisch Abscheu, demonstrativ hält sie alle zehn Finger vor die Augen gespreizt, die dünnen, spitzen Ellenbogen wie zwei

Knochenenden von sich gestreckt, die gekrümmten weißen Finger sperren sich wie Skelettstreben über der oberen Gesichtshälfte und verdecken Nase und Augenlicht. Nur das blaue Funkeln springt hervor im Hohlraum zwischen Zeigefinger und Mittelfinger; Untermalung ihrer Botschaft: „Haste nicht gelernt, Dich zu beherrschen!". Ihre Stimme schlägt hart auf im Gehörten, und ihre Mitteilung schlägt den Klang. Das eingesperrte Blau ist in eine konzentrierte Form des Sehens übergegangen, die Maren punktgenau fixiert. Nichts schwimmt mehr. „Es geht schon", sagt Maren hastig abweisend: „Ich habe heute Nacht schlecht geträumt. Und nun setzten Sie sich bitte."

Das finden wir beide so billig, Johanna, und Dir ist nach wie vor kalt, ich seh's am Zittern, nicht zum ersten Mal, seit ich bei Dir arbeite, nehme ich wahr, dass Du dunkles Haar gehabt haben musst, bevor einzelne graue Strähnen in weiße Partien übergingen, die Dein Gesicht verändert haben, Deinen Typ und Dein Blau, aber das Weiß ließ dein Profil nicht an Schärfe verlieren, und das ausgeprägte Muskelspiel um die Lippen, die nie voll und üppig gewesen sein können, gab Dir den letzten Schliff und hat sich mit Deinem Dickschädel gut vertragen. Das schwarze Haar und die tiefblaue Iris werden zusammen mit der hellen Haut Aufsehen erregt haben, das Du jähzornig bezwungen haben musst. Der gerade, stolze Nasenrücken, der starke Hals, die kräftigen Augenbrauen und der starke Kiefer haben Deiner gedrungenen Gestalt etwas Bezwingendes, Standhaftes verliehen, das ist vorstellbar; wenn man nun draufschlüge, Johanna, zerbräche Dein Schädel, Deine Knochen zersprängen in alle Richtungen, Dein Körper würde in Muskel, Gewebe und Knochen zerfallen. Aber ich springe nicht, Johanna, heute nicht. Dein Blau gibt mir zu denken wie der grün verhangene Ockerton von Simons Iris, als er seine kleinen Hände knetete und seine nackten Knöchel und Füße aus der Schlafanzughose ragten, schmale, feingliedrige Kinderfüße, die Zehen gekrümmt, Johanna, nicht vom Altern, nicht von der Gicht. Sind in Sekundenschnelle um Lichtjahre gealtert, auf dem eingewebten Donald-Duck-Gesicht seines Teppichs, Johanna, weißt Du, was Kummer ist.

„Eins, zwei, drei", zählt Johanna, hört nicht hin, hat anderes zu tun, lauscht den Nächten nach, die mit Maren wie eine ungebetene Eingebung in ihre Wohnung eingefallen sind, „Vier!, Fünf!, Sechs!" krächzt sie lauter, der krumme Rücken ist nun wie ein Abwehrschild aufgerichtet, verscheucht Nächte wie unwillkommene Gäste. Nächte, in denen die Mutter kam oder nicht kam. Wenn sie kam, schwamm das Blau ihrer Augen im düsteren Morgengrauen, vom flachen Tagesdunst gründlich abgerieben, trübe Tropfen in den Höhlen, womöglich hatte die Mutter Holzlatschen an, die sie in der Stube vor der Schlafkammer auszog, in groben Strümpfen wisperten ihre Füße vom schweißigen Erguss und Tabakgeruch, von biergetränktem Atem und wund-geriebenem Grind auf der Haut, von wochenlang getragener grau geränderter Männerunterwäsche und geflicktem Rockstoff, von hartem Griff um die Taille und dem angewiderten Warten auf die ersten rammelnden Stöße, von günstig gelegenen, verschwiegenen Lichtungen im Sommer und verlassenen Heuschobern im Winter, vom schweigsamen Abklopfen der Kleider, einem Grunzen und der abrupten Handbewegung, die einen Geldschein von geringfügigem Gegenwert in die eigenhändig eingenähte Rocktasche stopfte. Johanna hat sich in den Sessel gedrückt und wiegt den Kopf hin und her, dass es wackelt, als wolle sie nicht mehr sprechen, nicht mehr zuhören, nicht mehr zählen, nicht mehr mitgehen, um auf die spitzen Krumen einer Vergangenheit zu treten, von der sie sich kopfschüttelnd entfernt.

Während Maren die Unterhosen zusammenlegt und auf der freien Fläche des Tischs vorsichtig aufstapelt, fahren Johannas Hände unruhig über die gelbe Tischdecke, die von Fransen gesäumt ist. Wie zwei vorüber huschende Spinnen trippeln Handkörper und Finger über den Stoff, verschwinden im Schoß, tauchen wieder auf, unterstützen das Trommeln der Beine. Johanna arbeitet sich unverkennbar ab, sackt in sich zusammen, wird zusehends kleiner und schrumpft, fahl im Gesicht; die Lider flattern, mit einem Seufzer schließt sie die Augen. Ihre Hand fährt kurz ins Haar, versucht eine Ordnung wiederherzustellen, von der sie spürt, dass sie vergeht, und lässt den Arm erschöpft fallen. Auf Geräuschlosigkeit bedacht geht Maren an ihr vorbei, schließt den wuchtigen Kleiderschrank hinter ihrem Rücken auf, legt die Unterhosen ab und lehnt die Tür an. Die zurechtgelegten Zutaten für eine warme Mahlzeit kommen wieder an ihren Platz im Gemüsefach des brummenden Kühlschranks, Johannas Appetitlosigkeit ist neuerdings Thema jeder Dienstbesprechung. Ein Teller mit einem belegten Brot und ein Glas Saft werden am späten Abend in den Eintragungen erwähnt, die nächste diensthabende Mitarbeiterin wird notieren, was und wie viel gegessen und getrunken wurde, ob eine verschobene warme Mahlzeit ihren Hunger zu wecken vermochte und ob erhöhte Aufmerksamkeit geboten sei. Maren zieht, wie immer am Ende ihres Dienstes, den Ordner zu sich heran. Die ruhige Dämmerung in der Wohnung ist ihr lieber als der Schein der elektrischen Beleuchtung, sie passt zum Herbst, zum Verlust von Unbefangenheit und zum Sterben. Das muss nicht grell beleuchtet werden, Johanna Maria Born ist in sich eingesunken. Krumm und schief sitzt sie im Sessel, das dunkelgrüne, schon etwas verfusselte Winterkleid mit dem weißen Kragenaufschlag wölbt sich über dem Bauch und schlägt Falten, das Kleid ist verrutscht. Ihre Beine stecken in grauen Wollstrumpfhosen, ihre Füße in dunkelgrauen, knöchelhohen, neuen Hausschuhen. Maren notiert, dass Johanna weiter abgenommen hat.

Im Treppenhaus ist es still, bei Johanna rührt sich nichts, hinter der Wohnungstür der Nachbarin ebenso wenig. Das alte, vergammelte Flurfenster auf dem Zwischenabsatz zur ersten Etage ist geschlossen, ein einzelnes rostbraunes Kastanienblatt klebt handflächengroß vom Wind an die Scheibe gedrückt, schwenkt auf und ab. Maren empfängt Signale, sie könnte nicht die Einzige sein, die sich im Treppenhaus aufhält, sie meint die fremde Anwesenheit eines Menschen zu riechen. Aber was soll das Herumspionieren. Sie steigt die fünf Treppenstufen zur Haustür hinunter, geht an der Kellertür vorbei, die schräg versetzt zur Haustür der Waschräume führt und die geschlossen ist, der Schlüssel steckt. Die schwere Haustür fällt ihr in den Rücken, sie stemmt sich dem frischen Wind entgegen, der ihr den Schal ins Gesicht schlägt und dunkelgraue Wolkenmassen über die Häuserblöcke hängt. Kaum zu glauben, dass es Mittag ist, ein Uhr, Essenszeit, die Dunst aus den Öffnungen der Wohnungen treibt. Über Steinplatten, zwischen denen graugelbe Grasbüschel kleben und einzelne Halme sich vorwitzig emporrecken, zwischen versetzt gebauten Reihenmiethäusern läuft ein Mann mittleren Alters aus einem Gebüsch. Er rennt an Maren vorbei und ist so schnell verschwunden, dass es unwirklich wirkt. Verwundert, beklommen seh` ich was, was du nicht siehst? Da niemand da ist, das Spiel mitzuspielen, werden es wohl Gespenster sein. Oder Leute aus der Gegend hier.

Merkwürdige Dinge passieren. Es geht etwas vor sich, zwingend, flüchtig, etwas, das man nicht aufhalten kann, auch wenn man es möchte, weil nicht erklärbar ist, worin die Veränderung besteht. Obwohl sie fühlbar ist, ist sie nicht greifbar, nur als Entfernung, als Nicht-Verstehen kommt sie daher gewatschelt, zum Beispiel als Nachbarin mit Einkaufstüten links und rechts in der Hand, und schnauft und keucht schon von weitem. Der Tod als Bedingung der Möglichkeit fortschreitender Vernunfttätigkeit biegt sich wie ein Spaten. Das versteht sie nicht, watschelt wirklich wie eine Ente. Und wer war der Mann eben? Die Freiheit der Gesprächssituation ist durch eine gedankliche Vorwegnahme einer idealen Sprechsituation vergegenwärtigt, nutzt aber nichts: Maren wirft der Nachbarin ein Nicken ins aufgetakelte Gesicht - sie trägt ein anthrazitfarbenes Hütchen, das über die halbe Stirn reicht, unter dem sie schwitzt. Eine schrill dunkel eingefärbte Stirnlocke klebt seitlich an der großporigen Backe. Wird sich nicht fragen, ob das Mitleiden und die Vernunft streiten könnten um die Vorherrschaft des Todes als eigenste Möglichkeit, sich selbst zu bestimmen, als freier Fall aus allen Bezügen. Ob die Betroffenheit das Denken oder das Denken die Betroffenheit auslöst, Johanna? Oder erst eine feinere Mischung zu denken erlaubt? Die Bedrohung durch den Tod scheint Dich nervös zu machen, dann wieder beflügelt Dich etwas, Johanna, obwohl Du täglich kleiner wirst, weniger. Deine Ohnmacht ist keine Ohnmacht der Vernunft, eher eine Art uneinsichtige Einsicht. Welche Ohnmacht meinst Du, Maren? Die Ohnmacht der Sterbenden, die dem Leben noch etwas abtrotzen will? Die Ohnmacht der Lebenden, die den Tod als letzten Lebensakt bilanziert? Die Ohnmacht, die den Tod als Herrn betrachtet, der sich auch im Leben überlegen gezeigt hat? Oder Deine eigene Betroffenheit, während Du schon den Schlüssel aus der Tasche ziehst und über die Straße laufen willst; dort, auf der anderen Straßenseite links hinter dem roten Fiat steht der Wagen als Alibi, der Nachbarin aus dem Weg zu gehen. Sie sind jetzt gleich auf, Maren tritt an die Bürgersteigkante. Die Nachbarin würdigt sie kaum eines Blickes, schnauft kurz auf, ihr Tritt ist eilig: sie hat es schwer mit ihrer Unförmigkeit. Mit einem Zischen klafft ein Loch in der prall gefüllten, größeren Plastiktüte

169

unter der krampfhaft zupackenden Hand. Gebrauchs-gegenstände und Lebensmittel fallen klackernd auf den Boden. So geht das, denkt Maren angestrengt, ausgerechnet heute, mit der. Vor ihre Füße kullern faustgroße Orangen, eine Würstchendose rollt von der Bordsteinkante und zerschellt, nach allen Seiten spritzt eingelegte Ware, die Würstchen hängen zwischen dem zerbrochenen Glas wie rote Kinderfinger, wie erwürgte kleine Pimmelchen.

Die Nachbarin sammelt in Windeseile auf, was sie kriegen kann. Suppentütchen und Tiefgefrorenes fallen aus ihren Armen und der völlig überfüllten, kleineren Plastiktüte zurück auf den Bordstein. Eine zermatschte Tomate klebt am Gummiriemen ihrer schwarzen Stiefel. Ein paar Jungen traben auf der anderen Straßenseite, nur unweit des schwarzen Autos, das fahrerlos in der Ecke geparkt ist und Maren ans Abfahren denken lässt. Sie haben bunte Baseballcaps umgekehrt ins Genick geschoben, weite, weiße Cargohosen schlottern um ihre mageren, hochwüchsigen Jungenbeine, feixend schaukeln sie ihre dünn bejackten Schultern. Mit wiegendem Oberkörper nimmt einer die Ohrstöpsel seines Walkmans für einen Augenblick ab, führt seine Finger in einem Halbkreis in den Mund und pfeift gellend über die Straßenseite. Das Blut ist aus den Wangen der Nachbarin gewichen, sie bückt sich nicht mehr nach den Tomaten, die aufgeplatzt mit ihrem Saft den Asphalt gelieren. Ihre Augen liegen dunkel und schwarz liniert in den Höhlen. Vor Aufregung wackelt sie mit ihrem Hintern, und der Vergleich mit einer Ente, die in Kürze schnatternd zur Attacke übergeht, ist wirklich nicht aus der Luft gegriffen, allerhöchstens aus einer Disney-Produktion, die dieselbe Idee hatte. „Kommen Sie", sagt Maren und bückt sich mit einer Ruhe, die das Geblöke der Jungen als nichtig abtun will, „wir...":

Die Jugendlichen sind männlich auf die Straße geschritten, im Gleichschritt bilden sie ein Dreieck, einer käsebleich und langhalsig, ein bulliger Kerl mit musikalischen Schlagstöcken um den Kopf und einer in einer gefütterten Bomberjacke mit einem Durchschnittsgesicht, nach zwei Minuten wäre es vergessen: Aber er arbeitet daran. Seine Augen, unruhig und flach im Ton, lauern der Gelegenheit auf. „Des is doch nett zu glaube!", die Nachbarin japst und hat einen schrillen Ton angesetzt, den sie auf Dauer kaum halten können wird, sie schüttelt widerwillig ihre Hand vor den Jungen aus. Ihr Mantelaufschlag lässt den Bauch als gerundete Kugel erkennen, eine Wölbung mit größerem Umfang als die Brüste. Das Durchschnittsgesicht bekommt eine aufhellende Färbung, ein träges Lächeln geht über das Gesicht, gemein von der Hand ins andere Gesicht sozusagen, in dem das anthrazitgraue Hütchen vom schwarzgefärbten Haar geschnickt wird. Es könnte lustig sein, wie es sich nach einem turbulenten Fall, begleitet von einem Aufschrei, mitten auf eine große, fleischige Tomate setzt, würden seine Füße in schwarzen Springerstiefeln, die den großen Krieg bis zum nächsten auch nicht vergessen wollen, sich nicht gemächlich auf ihn stellen, platte, gemütliche Kreise einstampfend. Die dunkle, lilaschwarze Tusche von den Augen der Nachbarin läuft und läuft und der großräumige Junge schiebt seine Schultern in gebückter Haltung nach einer Apfelsine. Theoretisch müsste jetzt Einspruch erhoben werden, bevor er lässig, cool, im Gleichschritt mit durch tägliches Fitnesstraining geschultem, tänzelndem Schritt in einen Rapp verfällt.

Die Erörterung darüber erübrigt sich, auch wenn Maren sich fragt, wie die stoische Schule in einem solchen Fall reagiert hätte. Vielleicht mit Betrachtungen über den beziehungsvollen Kontrast verschiedener Lebenssituationen oder über den Humor als tiefe Beziehung zur philosophischen Haltung, als höchste Form der Selbstbehauptung gegenüber den Sinnlosigkeiten des Daseins und der Böswilligkeit. Und wenn das nicht drin ist an Gleichmut, löst sich im ewigen Wechsel der Dinge alles auf in göttliche Kraft. Denn das Notwendige ist das Zweckmäßige, und der Wille ist Natur, und mit der Natur in Übereinstimmung leben heißt vernunftgemäß leben. Wenn die sittliche Strenge gegen das Ich das allgemeine Wohl nicht zu fördern weiß, dann müssen wir den Verlust der Menschennatur als Krankheit der Seele auffassen (welcher?), aber Maren ist jetzt nicht nach Präzisieren zumute.

Auf der Straße ist sonst niemand, die Jungen wenden sich ab, und so kann man sie schlecht gehen lassen: „Ich würde die volle Tüte mitnehmen, da habt ihr mehr davon. Warum raubt Ihr sie nicht aus und schlagt uns ein bisschen? Das tut Euch bestimmt gut." Die Stimme ist in den Stimmbruch gefallen, aus dem die Jungen noch nicht ganz heraus sind. Das könnte nun mit Anbiederungsgebaren verwechselt werden, man bedenke aber, dass die Ironie ursprünglich eine Redeweise war, bei der der Redende entweder trotz seines Wissens sich unwissend stellt oder etwas anderes sagt, als er wirklich denkt und meint, doch muss dies dem intelligenten Zuhörer noch erkenntlich sein. (So sieht es das philosophische Wörterbuch. Das gilt natürlich nicht für die romantische Ironie, die schwebt über allem, und nicht für Frauen, die waren und sind nicht zugelassen.) Der bullige Kerl schiebt seine massigen Schultern vor, dreht sich zur Seite, legt die Arme um seine Kumpels, grinst unterhalb von Marens Kinn auf ihre Brüste, als wäre sie nackt und die Jacke, die sie trägt, durchsichtig. „Ihr solltet Euch schäme, Ihr, schäme solltet ...", seine Spucke trifft Maren unter dem rechten Augenrand seitlich zwischen Haar und Wangenknochen und rinnt in ihre Ohrmuschel. Er senkt den Kopf, fingert seine Stöpsel unter die Kappe, holt das Gerät aus der Hintertasche seiner Jeans und stellt es an, wom, wom, tak, wom, tak, wom. Die drei drehen sich um. Ein Kommando ist nicht zu hören. Sie trotten gemächlich davon. Maren zieht ein Taschentuch aus der Jackentasche, betupft sich. Etwas von dieser Substanz klebt fest auf der Haut. Die Spucke ändert nichts, Maren, sie haben Dich vorher mit den gleichen Augen betrachtet. Die Tat hat etwas hinzugefügt und etwas weggenommen: Beim Aufheben verschiedenster Lebensmittel in gebückter Haltung bin ich nicht mehr die, die ich eben noch war und merke es. Sonst wäre es ein gewöhnliches Verstreichen von Zeit gewesen, in einer Lebenslage, deren Perspektiven ständig wechseln. Hat meine Haut den Geruch gewechselt.

„Des is ne Schand, ne Schand is des, Sie wissen gar nett, was für ein Gesindel sisch hier breitgemacht hat, die Dose lassen-se mal liesche, jetzt trachtse auch noch mei Dose, des mit der Rotze tut mir werklisch leid, zuckens doch nett so zusammen, Fräulein, aber sie hört ja nett, stolzes Dingelchen und des alles weschen mir ...". „Das passiert jeden Tag. Einmal kommt man selbst an die Reihe. Heute waren wir dran." Maren schiebt die Schultern hoch, läuft vor, achtet darauf, dass der Abstand gleich bleibt. Das Hütchen. Sie dreht sich um, die Nachbarin hält es zwischen Daumen und Zeigefinger, wo es weniger beschmutzt ist. Der Innenraum der schwarz umrandeten Augen sieht entzündet aus, und die Iris ist kaum mehr zu erkennen. Maren stellt verschiedene Dosen und ein durchnässtes Netz Orangen vorsichtig auf den Boden, die Nachbarin lehnt die Plastiktüte an die Hauswand. Sie gehen zurück, ohne sich stark auf dem schmalen Steingrund anzunähern. Die unbrauchbaren Reste kommen in die Mülltonne, die zehn Schritte entfernt am nächsten Hausblock um die Ecke steht. Die Nachbarin befingert die groben Maschen eines Netzes, schlüpft mit Zeige-, Mittel-, Ring- und kleinem Finger hindurch und hebt den Sack

Kartoffeln an. Maren sammelt die größten Scherben ein, legt sie auf der flachen linken Hand übereinander und balanciert sie bis zum Glascontainer. Worte über Putzeimer und Schaufel fallen keine. Ein bunter Nachmittag ist aus diesem Stoff, Johanna, ein Hervortreiben und Verlocken und Entlüften und Ausgeben von Jahrzehnten des Trübsinns. Ihr wohnt doch so lange schon nebeneinander. Früher tägliche Gespräche beim Kaffee. Sie schwarz, du mit Zucker.

Der Weg dient der Wiederherstellung von Tatsachen, die sich zu uns ins Verhältnis setzen. Wer oder was sie eingeleitet hat, ist nicht verfügbar auf Papier. Das Wie ist absehbar auch für Unbefugte: Die Nachbarin gähnt mit geöffnetem und geschlossenem Mund, zieht den Mantel fester um die Schultern, einmal stolpert sie, ihr Schritt wirkt nicht trittfest. Maren würde die Spuckreste aus ihrem Gesicht vertreiben, aber wohin damit. Die schwarzen Stiefelspitzen neben ihr stoßen gegen den Treppenabsatz, für einen Augenblick sind sie aus der eingeübten Rolle gefallen, jetzt rücken sie den Fußabtreter zurecht. „Se könne ruisch mit nei komme", spricht höflich entstellter Mund, der die in die Haut eingefallene Belastung nicht mehr herausstreichen kann. Maren bedankt sich. Du wirst ihr wohl nicht die Hand drücken.

Wie der Mann so lautlos und plötzlich auf den obersten Treppenabsatz kam, weiß ich nicht. Es war derselbe, wie vorhin. Schritte waren nicht zu hören. Er lief die paar Stufen zu uns hinunter, nicht schwerfällig, nicht leichtfüßig. Ohne uns anzusehen, nickte sein gesenkter Kopf unter schütterem, dunkelblondem Haar an uns vorbei, als seien wir Stummfilmfiguren oder sehr unangenehm. „Ausnahmsweise sein mer heut mal nüchtern". Die Nachbarin spricht mit sich selbst und zu uns. Maren muss sich auf das Hören konzentrieren. Ein Gegenimpuls lenkt die Beinstellung in Laufrichtung. „Uff die

Wertsache würd ich gesonnert achte, wo's Euer ambulante Dienst gerad mit der Stadt zusammenarbeite tut. Der Kerl war schon viermal bei se. Oder krischt Ihr kein Geld von de Stadt?" Maren entfernt sich ohne Antwort, macht eine Andeutung, die so viel heißen könnte, dass sie die Hand gehoben hat. Oder auch: ich kann nicht mehr. Beim Gehen steckt sie beide Hände unter die Ärmel ihres Damenanoraks, für Handschuhe ist es eigentlich noch zu früh. Aus dem untersten Stockwerk des gegenüberliegenden Wohnblocks lehnt eine graue, dünnlippige Hausfrau mit hemdsärmeligen Schultern und stumpf abstehenden Haaren aus dem Fenster und schaut. Was haben wir uns zu sagen? Johannas wegen komme ich nächste Woche wieder. Warum suche ich mir keinen anderen Job? Wiewohl ich Johannas Tod nicht herbeiwünsche. Wolltest du das, Voyeurin sein im bezahlten Stelldichein bei Altersschwachsinnigen? - Als könntest du nicht morgen schon tot sein. Als wärst du selbst nicht oft schwachsinnig. Als würden das Alter oder die Zunahme an Lebenserfahrung oder beides zusammen dich nicht auch schmerzlich verringern, lange vor deinem eigenen Tod, wenn du nicht vorher schon nachhilfst. Jetzt tust du wieder so, als schrumpfe das Alter das Leben bloß.

Der Autoschlüssel hat sich im Innenfutter der Tasche verhakt, Maren fühlt ein kleines Loch im Stoff. Die Straße ist ruhig, fast leblos und ohne Bewegung bis auf den feinen Nieselregen, der eintönig den Asphalt dunkelgrau überzieht. Der Wind hat nachgelassen. Die Scheiben sind von innen leicht beschlagen. Im Handschuhfach liegt ein verpacktes Erfrischungstüchlein neben einer blau-weißen, leicht zerknüllten Tempopackung und einem in Stanniolpapier eingewickelten Kaugummi. Die Frische des Produkts 4711 beißt auf der Haut. Bei genauerer Betrachtung des Armaturenbrettes leuchtet die Handbremsenabbildung

175

hinweisend rot auf, als Maren bei eingeschaltetem Motor den Rückwärtsgang einlegen will.

Audiovisuelle Perfektion. Dreidimensionale Grafik. Am Anfang war das Wort. Der Spieler ein Leser. Integriere Sätze über Textbefehle! Fiel mit Simons Geburtstag zusammen. Wann war das? Klicken wir auf Gegenstände. Eine Tür wird geöffnet. Sprache ist: Sozialisation. Ist: out. Ist: Komik. Ist: Schöpfung. Fiktion. Atmosphäre. Klick. Klick. Action. Klang. Handbewegung. Realismus: „Ah" und „Oh". Animierende Gesichter. Ich nehme ihm sein Verhalten übel, Frank. Ab wann erfuhr er die Widerspiegelung seiner Handlungen auf dem Bildschirm als bereits vollständig definierte Wirklichkeit? (An der nächsten Straßenkreuzung musst Du rechts abbiegen.) In seinem neusten Spiel besteht das Auge des Helden in einem blauen Punkt. Zwei Tasten für die Steuerung. (Jetzt musst Du links abbiegen, vergiss nicht, den Blinker zu setzen!) Simons Richtung. Bewegung. Kontrolle von Truppen. (Warum hupen die denn? Nicht wegen Dir.) Meine Eierstöcke vibrieren. Im Internet stand: internationale Gruppierungen arbeiteten an der Programmierung des Rezipienten als Autor. Annäherungen an Simons Informationstechnologie. (Was 'n Quatsch. Du hast die falsche Ausfahrt genommen. Pedal, Kupplung treten, ausrollen lassen. Schilder geben Dir Auskunft.) Was heißt das: mir fällt ein. Ich sehe das Bild einer dunkelhaarigen jungen Frau mit hochgestecktem Haar. Gemalt von Toulouse-Lautrec. Mit geradem Rücken auf einem Stuhl sitzend. Ihr Blick ist herausfordernd auf ein unsichtbares Gegenüber gerichtet, aber nicht steif, er verspricht etwas. Ihre Hände liegen locker im Schoß, angewinkelt die Arme, als wäre es ihnen überlassen, Initiative zu ergreifen oder an ihrem Körper zu ruhen. (Die Kreuzung ist mir bekannt. Das Schild lügt nicht.) Sie trägt einen langärmligen Pullover, unter dem deutlich ihre Brüste zu erkennen sind und einen Rock, der ihren Bauch und ihre Beine abzeichnet. Ich sehe das Bild in meinem Zimmer hängen. (Du hast die richtige Spur erwischt.)

Der Junge lief unbekümmert gelenkig durch den Stadtteil, kreiselte, nahm zwei Schritte zurück, machte einen Schlenker, sprang über eine leere, ramponierte Cola-Dose, legte seine Hand im Vorbeigehen auf Hecken, von denen er sich kratzen ließ. Später schlich er lose gehalten und hilflos an hochstämmigem Gebüsch vorbei, gegen das ihn der trübe, verhangene Himmel drückte. Er nahm keine Rücksicht auf Schuhwerk und Hose, pulte mit seinen verdreckten Turnschuhen in einem aufgeworfenen Schotterhaufen seitlich des Straßenrands und wischte sich die ersten leichten, flockigen Schneekristalle von der ungefüllten Wange. Seine mageren Beine und schlenkernden Arme, fedrige Fäden vom Körper gehalten und durch Goretex in ein ansehnliches Ganzes gebracht, ließen ihn von weitem schlaksiger aussehen, als er war. Den heranrollenden schwarzen Personenwagen, der sich in die Lücke zwischen einem gewölbten und einem flachen Auto schob, beachtete er nicht. Sein Körper trieb Bewegungen millimeterweise über dem Boden aus, in Schleifen, durchzogen von Zick-Zack-Kursen und labyrinthischer Gangart, hüpfte, sprang und schnellte durch inneren Antrieb auf einer eigenwilligen Um-laufbahn, elliptischer Widerpart seiner Umgebung. Umtriebigkeit lag in der Gebärde, mit der er das Geländer am Gehweg streifte, und Maren sah zu, wie die Hand ungeduldig und hastig als Scheibenwischer über die Nässe des Eisenzauns vor der Haustür zu ihrer Wohnung fuhr und aussah wie ein schlotternder Fleck vor dem hellbraun getünchten, giebeligen Bau aus der letzten Jahr-hundertwende. Er klopfte mit einzelnen Fingern an die Eisenstäbe, die den Vorgarten einfassten und die er nicht angriff, sondern zwischen ihre Lücken seine Hände flach und gerade hindurchschob. Der Ranzen stand abseits wie ein befremdliches Gerät, ein herausgehoben bunt betupfter Kasten, den Simon wohl als nicht zugehörig empfand. Er zog seine Hände zurück, steckte sie in seine überlappenden Anorakärmel und schnickte ihn im Vorbeigehen mit dem Fuß um, dass er auf schlieriger nässender Fläche sich breit machte. So stand er neben sich, als Maren beschloss, auszusteigen, und schaute nirgendwo hin zwischen mächtigen tonlosen Jugendstilvillen, parkenden, chromglänzenden Gehäusen und dickstämmig über Asphalt hervorschießendem, ästhetisch durchdachtem Baumbestand. Das Bild der Mutter war zerstört und in seiner Form nicht neu anzufertigen. In der vorhergehenden Nacht lag es auf dem Fußboden, zerrissen in vielerlei, nicht wiedererkennbare Fetzen von Papier neben splittrigem Glaswerk und geborstenen Rahmenteilen, auf die Simon mit einem Brett einschlug.

Die Sehnsucht war nicht wiederzuerkennen, und was von ihr ausging, war die Welt von gestern, die schwere, wächserne Bleikugeln in seinen kindlichen Körper schob, sein Herz klopfen ließ. Eine andere Welt trat durchs Zimmer, wollte das Brett entfernen, und die beruhigende, sanfte Stimme des Vaters nahm sein Gehör ein wie eine Explosion. Da war nichts, gar nichts war geschehen, was er nicht ertragen konnte, nur ein maßloses Zuviel von etwas, das er nicht kannte, wollte zerstört sein vor seinen Augen, aber sie ließ ihn nicht, das, was auf ihn zu kam, nahm seine Hand und schüttelte seinen Körper und packte zu und schmeichelte und bückte sich in solcher Nähe, wie sie jetzt wieder ankam und gelegen hatte auf dem Fußboden, kosender, schmiegender Leib, der nicht wie zwei aussah. Er presste das Brett längsseits an seinen Bauch bis unterhalb des Kinns, das er darüber klemmte, bis die Hand nicht mehr in Sichtweite war. Seines Vaters Stimme spannte sich zwischen Härte und Verzweiflung in ein kratzendes Geräusch ein, das seinen Namen rief, und er wusste sich zu krümmen über dem Bild der nie Dagewesenen und schlug mit seinen Knien über dem Boden auf und schützte das holzige Fetzenwesen mit einem zerborstenen Laut aus AtemHöhleBauch und vergrub seinen Kopf darin. Da war nichts zu machen mit dem Kind, es war nicht anwesend wie eines, das anzusprechen wäre, und Maren hätte auch nicht gewusst wie. Jetzt ging sie zögernd mit ihren Schritten um, die Eile war instinktiv abzudrängen und an ein tiefes Einatmen zu binden, das im Ausstoßen als kondensierter Dunst kurzfristiger Wassertropfen vor ihrem Mund hing. Die kleine Ablenkung von der beginnenden Konzentration war Simon unbemerkt entgegen gekommen, ob er sie gesehen hatte oder nicht, war weder feststellbar noch einsichtig, nur dass er seinen Ranzen schnappte und sich nicht umdrehte, sondern schleifenden Geräusches hinter sich herzog, was er sonst auf dem Schulweg auf dem Rücken trug. Da war der Name: „Simon" zu rufen, zweimal, dreimal hintereinander, aber das Kind hörte nicht, wollte nicht hören und entfernte sich unbeirrt schmalgliedrig, schnell und unsichtbar und hinterließ nur die Ratlosigkeit seiner Fußspuren im wässrigen, seichten Schneematsch.

die patientin mit der schweren blutvergiftung durch abszess-bildung an beiden eileitern liegt vor mir auf dem tisch. ganz friedlich. sie hat sich bis zuletzt dagegen gewehrt, von mir operiert zu werden. ich verständige mich mit einem nicken, dass der unterbauchlängseinschnitt mit dem skalpell keine probleme bereitete, der kollege reicht mir das besteck zur durchtrennung des unterhautfettgewebes, der muskulatur und der faszie. ich würde in afrika doch sicherlich eher ge-braucht. wie oft habe ich mir das anhören müssen. nie so deutlich aus einem mund wie diesem. sie nennen sich „deutschblut", das passt zum vorgang: eröffnen des bauch-fells. mein blick in den geöffneten bauch einer deutschen. ich sehe, dass die operation nicht länger aufschiebbar war. der

kollege reicht mir die bauchtücher zum abstopfen des bauch-
raums und legt den einzusetzenden rahmen zum offenhalten
bereit. keine besonderen vorkommnisse. bei der genaueren
inspektion des abdomens zeigen sich beidseitig faustgroße
abszesse an beiden eileitern. ich werde sie vorsichtig von den
eileitern abtrennen. meine gute, es geht auch um deine
fähigkeit, schwanger zu werden. mögliche instrumente
hierzu werden mir gerade in die hände gedrückt.
atraumarische klemmen. du kannst deinen hermann in die
nächste schlacht schicken. vorsorglich werde ich deine
blutenden gefäße mit einer ligatur versorgen. es sieht gut
aus. der kollege deutet an, er könne übernehmen, ich deute
zurück, dass es nicht nötig sei. ein blick auf die uhr. wer
braucht mich? hier? anderswo? gar nicht. überall. die
blutungen sind nicht stark. die blutstillung ist durch die
spülung des bauchraums mit kochsalz fast vollständig. ich
werde vorsichtshalber den sauger benutzen, bevor ich die
drainage in den bauchraum einlege. meine hände zittern
leicht. ich übergebe: den verschluss von bauchfell,
muskulatur und der faszie übernimmt der kollege. er verliert
kein wort. die blutstillung im unterhautfettgewebe und den
verschluss der wunde durch einzelknopfnähte überlasse ich
dir, wenn jemand nähen kann, dann du, sagt er. ich lege den
sterilen wundverband an. wenn sie aufwacht, sind wir
wieder die gleichen

saßen um einen winzigen runden marmortisch in einem bis-
tro nur unweit der alten oper sahen dem treiben der unaufhörlich pickenden schmutzig befiederten tauben zu die vor
dem fenster zwischen zusammengestellten stühlen nicht zu
frieren schienen wie wir nach einer kleinen grüppchenweisen
versammlung gegen die meinung ausländer seien nicht alle
die in der unübersichtlichen bedeutungsvielfalt von hinter-
bein hebenden pissenden hunden neuesten sonderangebo-
ten hinter frischgeputzten schaufenstereinlagen in einer

preislage von mehreren hunderten euros einer russische lieder in die fußgängerzone schmetternden familienschar nahezu geringfügig verschwand dazwischen fuhren klingelnde fahrradfahrer mit gesenktem kopf über halstuch oder schal unter pudelmütze auch mit stirnband versehen von ferne quietschte die stoßzeit in der nähe lief arbeitszeit hastig zu auf einschaltquoten die bedienung war flott adrett und unbekümmert über allerlei vorkommnisse ist sie hinweg kommt aus rumänien und kann hier erstmals geld verdienen ohne streichhölzer verkaufen zu müssen auf dem schwarzmarkt hat sie es auch mit aus büchern gerissenem toilettenpapier versucht sagt sie hier hat man doch die wahl und alles ist ordentlich während die kinder bei den bundesjungendspielen aufgeregt um mögliche errungenschaften wie eigene identität im aktiven körper auf den vorderen plätzen kämpfen schöpft amira nach einem doppeldienst zu viele überstunden unaufhörlich mit kaffee und filterzigaretten ab natürlich werde ich an krebs sterben als ärztin was für ein vorbild bin ich charlotte hat sich ihr haar kürzen lassen mit einem schnitt und fasst sich an den hinterkopf, der frei liegt von rapunzelhaar sie zeigt lachend ihre dickwulstigen ohrläppchen in ihrer auskunft knapp und beiläufig ist von einer assistenzstelle die rede die nach einer promotion in aussicht stünde der shrimps-cocktail den sie sich bestellt sieht appetitlich und schmackhaft aus und der preis dafür ist nicht so hoch wie in den herkunftsländern in thailand und indien charlotte spricht mit vollem mund in den letzten jahren ist eine regelrechte shrimps-industrie entstanden marinierte massentierhaltung unter hungernden menschen für den export bestimmt mit den abnehmenden reisfeldern zugunsten der shrimpsteiche steigt die arbeitslosigkeit der hunger die landflucht die sterbenden korallenriffe und artenvielfalt unter fischen der antibiotikagehalt im wasser der betonbecken die resistenz der krankheitserreger und die kinderarbeit die versalzten böden die hälfte der indischen ostküste ist durch krabbenbecken besetzt aber es schmeckt amira koste mal wir können es nicht ändern bitte einen weiteren shrimps-cocktail ich habe heute den ganzen tag noch nichts gegessen sagt charlotte entschuldigend und kaut an einem fingernagel das pilotprojekt mit dem naturlandsiegel für sozial und ökologisch vertretbare krabbenzucht findet unterstützung und die versorgung der supermärkte wenn die shrimps wieder zur delikatesse würden wer will das schon wer kann sich das leisten auf nachfragen charlotte schüttelt den kopf nein mit dem professor hat sie noch nicht gesprochen sie schiebt die entscheidung hinaus warum nicht das know-how im internet an die älteren generationen weitergeben solange man wählen kann und deine johanna lebt noch maren nickt über frank und simon jakobi schweigt sie es ist wirklich kalt heute stellten wir fest bevor wir auseinandergingen jede in eine andere richtung

Ganz nüchtern wählte ich ihre Nummer und blass und ruhig kam ihre Stimme ans Telefon, ich sah sie hinter ihrem Atem stehen, es hörte sich an, als wolle sie noch etwas aussprechen, was unaufgefordert zwischen uns stand, ich hielt den Hörer verkrampft in der Hand, das Zutrauen ist eine Verabredung, wir nahmen sie vor bis zum Senckenberg-Museum, und Simon entriss mir den Hörer und schrie, er ginge nicht mit, wozu denn soll ich mitkommen, hörst du, fauchte er mich an und meinte sie oder all die einsamen Jahre zwischen uns, ich wollte, dass er aufhörte damit und langte zu, nachdem ich ausgeholt hatte, da war der rote Fleck auf der Wange nicht wieder gutzumachen, und er bekam sein graues Gesicht, das ich von früher schon kannte, hatte ich es ihm angezogen oder die Umstände oder die Trostlosigkeit meiner Augen, ich wusste es nicht, und Maren sagte durch die Muschel, so geht es nicht, wie geht es denn, fragte ich barsch, das wusste ich noch immer nicht, denn es war mein Sohn, den ich manchmal hasste, und wir beließen es dabei.

Die Wohnungstür schloss sich lautlos, die Luft war eisig. Die Tür zum Bad und das Badezimmerfenster standen sperrangelweit offen, dahinter blinkten schneegeweißte Sträucher und Baumgruppen, der scharfe Luftzug quoll durch die Öffnung des Fensters in den Flur und von dort in den Wohnraum. Johanna Maria Born hatte sich den ungefütterten Teil ihrer Bettdecke seitlich über die rechte Schulter gezogen, der andere hing, wie ein Federnsack, auf dem Fußboden. Sie saß erstarrt. Maren glaubte zu wissen, dass dieser Winter bei Johanna der kälteste würde, den man kennenlernen konnte, frostiger als alles, was sie vorher gekannt hatte. Es gab diese Wahrheit, die man nicht aussprach, weil jeder Hinweis auf sie ein Zeichen war, das erst im Vollzug gedeutet werden konnte und keiner spitzfindigen Begrifflichkeit zugänglich war, sondern durch die Zeit ging und kam, um da zu sein. Das war dein Leben, dachte Maren, während sie ihre Handschuhe auszog, die Jacke am einzigen Haken in der Flurnische aufhängte und in den mitgebrachten Norwegerpulli schlüpfte. Johanna hustete nur, hustete ihr etwas, warf es vor ihre Füße, als Maren auf sie zutrat. "Bist Du das Dienstmädchen"? kam es gepresst, Johanna sprach langsam, als hätte sie Stecknadeln zwischen den Lippen, aber die Stimme war nicht mehr so fest wie vor einem halben Jahr, das ließ sich hören, ein Bruch war durch sie hindurchgezogen und hatte sie entrissen, entzweit mit sich selbst, als könnte der Körper den Aufwand nicht mehr betreiben, den die Zumutung des lautbildenden Kehlkopfes für ihn darstellte.

Das Leben sieht mich an, dachte Maren, und Dich der Tod. Wenn das Leben und der Tod eine Verbindung eingehen könnten, die sich zwischen uns entfalten würde, wäre unsere

Angst vor beiden geringer. Johanna hebt den Kopf, schiebt ihre Hausschuhe nach vorn und sieht auf mit harten, müden Halbkugeln, durch die das Blau zittert. Weißlich-graue Haarspitzen fallen ihr auf die Lider, das Gesicht wirkt wie eine knittrige, eingefallene Grube. Mit der linken Hand tastet sie unsicher abwägend nach der Bettdecke, zerrt sie ein kleines Stück höher über die fleischlose Schulter, das kostet sie Kraft und Mühe. Um Hilfe bitten wird sie nicht.

Maren wendet sich ab, um ins Bad zu gehen, das Fenster zu schließen und den kleinen Strahler anzuknipsen. Als sie sich umdreht, steht Johanna in der Tür, hält sich mit beiden Armen fest am Rahmen, die schwere, unförmige Decke liegt auf dem Fußboden. Johanna schiebt von allein das Nachthemd hoch, zeigt ihre ausgemergelten Beine, eine Aufforderung, sie zu waschen. „Warten Sie einen Moment, ich hole Ihre Siebensachen", sagt Maren und läuft an Johanna vorbei zum Kleiderfach, um Unterhose, Hemdchen, Strumpfhose, eine warme Flanellhose (die dienstälteste Altenpflegerin hat eingekauft) und eine Weste hastig hervorzukramen. Warum diese Eile, diese Furcht? Johanna könnte einen Rückzieher machen. Mit verschlossenem, aussagelosem Gesicht starrt sie besinnungslos auf das Waschbecken und betrachtet ihre verkümmerten, mageren Altershände. Sie stinkt nicht heute Morgen. Ihr Körper ist trotz der zunehmenden Wärme im Bad durchgefroren bis auf die gebogenen, übereinander liegenden Fußzehen, die bläulichweiß hervortreten unter eingerissenen, gelblichen Nägeln. „Mir is kalt", knurrt Johanna unwirsch, nachdem Maren das Wasser abgelassen hat und ihre Falten einpudert. „Wir sind fertig. Setzen Sie sich bitte, wir können Sie anziehen", sagt Maren und schluckt. Johanna hängt den Waschlappen an den Haken, nimmt von allein Unterhose, Unterhemd und Strumpfhose und setzt sich unbeholfen, langsam und schwerfällig auf die Kloschüssel. „Wir müssen die Unterhose im Stehen anziehen", sagt Maren vorsichtig, „im Sitzen geht es nicht". Johanna lässt sich helfen. Während Maren ihren Arm stützt und mit dem anderen um ihre Hüfte fasst, kommt ihr der Gedanke an eine Umarmung, die nie stattfinden wird, die schon als Idee zerfällt im Anblick von Unnahbarkeit.

Beim Hinübergehen ins Wohnzimmer greift Johanna nach Marens Hand, sie presst sie mit einer Kraft, die gar nicht zum Schlurfen, zur Schwäche, zur Müdigkeit passt, sie hält sich krampfhaft aufrecht, und Maren spürt wieder das Zittern, das durch ihren Körper läuft. Sie legt die freie Hand auf Johannas Handrücken. Johannas Gesicht verrät nichts von der Zwiesprache, doch der verschlossene Ausdruck von Abgewandtheit um Augen, Nase, Falten und Mund ist mit Durchlässigkeit versehen. Johanna gibt zu, eine Angst, verstehst Du, die aus dem Ring tritt und sich zu erkennen gibt; ich werde sterben, Maren, ich habe keine Kraft mehr, ich fürchte mich vor dem Tod. Ich kann nichts tun, Johanna, nichts tun, als momentan dabei sein. Johanna krallt sich in Marens Hand, eine Übertragung, die sich mitteilt, überrascht von sich selbst, bevor sie loslässt und sich ihrem Sessel zuwendet. Der Augenblick geht still in einen anderen über, es wird jetzt Kaffee gekocht. Tätigkeiten an der Kochnische wechseln mit Blicken. Das Klirren des Löffels auf dem Unterteller, das Aufstellen der Tasse, das sind Geräusche, die Johannas Augen beleben, die Farbe auf den Wangen kehrt zurück, beschienen von Licht. „Es schneit, guck mal, es schneit ja!", sagt Johanna, als Maren den Frühstücksteller auf den Tisch bringt. Dann nimmt sie die Tasse und schlürft in einem Zug und noch einem und rülpst mit einer Besinnlichkeit, die zu befriedigen scheint. „Ich hab` früher Kinder betreut", sagt Johanna unvermittelt, als sie sich gegenübersitzen, „so dunkle Mädels wie du", sie hebt die Hand über der Sessellehne, „so groß waren die." Johanna streicht sich mehrmals mit eckigen Handbewegungen das weiße Haar über die Stirn, sieht wie ein herausfordernder frecher Spatz aus, ihre blauen Augen umgreifen Marens ganze Gestalt. „Ja?", fragt Maren, „hat Ihnen das Spaß gemacht?" Etwas Unerlaubtes ist mit der unverfänglich freundlich gemeinten Frage eingetreten, zuckt zurück, drückt sich in den Sessel, greift nach der Tasse, die leer ist, stellt sie unwillentlich ab, hebt sie wieder an, schiebt sie trotzig, schief über den Untertellerrand, dass sie zu kippen droht. Maren rückt sie wieder zurecht, nimmt die Kaffeekanne, schenkt nach. Sie glaubt nicht mehr, dass noch etwas nachkommt außer Empfindlichkeit, doch es kommt noch was: „Buben mocht ich nicht!", sagt Johanna entschlossen, kneift ohne weiteren Kommentar die Lippen zusammen und lehnt sich zurück. Das Gespräch ist hiermit beendet. Johanna tritt in sich zurück, gezeichnet von dem Bedürfnis nach Ruhe und der Einwilligung in die eigene Erschöpfung.

Maren räumt so gut wie geräuschlos ab, stellt die Heizkörpertemperatur um zwei Grad höher, zerrissene Bettwäsche ist auszusortieren oder zu flicken. Kurze Zeit später klingelt das Telefon. Die dienstälteste Altenpflegerin hat zu informieren. Johanna hat sich in den Ring verkrochen, sie ist weder da noch ansprechbar. „Ja", sagt Maren abwartend mit zurückgehaltener Ambivalenz, eine sympathische Anziehung und eine unsympathische Abneigung kommunizieren miteinander, und was dabei herauskommt, ist ein misstrauisches Einverständnis über ein Arbeitsverhältnis, das keine Ewigkeit andauern wird. Die dienstälteste Altenpflegerin scheint etwas zu wissen, trotz dieser bloß zufälligen Überschneidung, und was daran stört, ist die gemeinsame Kenntnis von etwas, das zu ganz anderen Schlüssen führt. Was sollte das sein? Sie wird merken, dass Maren zu denen gehört, die mit dem Kopf immer woanders sind. Siehst du! „Hören Sie?!", fragt sie, und nun hast du dich dafür zu entschuldigen, dass du nicht gehört hast. (Du hörst nie zu, Kind!) „Es tut mir leid", sagt Maren, „ich war mit den Gedanken woanders."

Die Dienstälteste bleibt ganz freundlich, der Tonfall wirkt selten ausgeglichen und entspannt. „Ich sagte, dass eingetreten ist, was vorauszusehen war. Das Sozialamt möchte die hohen Kosten nicht weiter tragen, die Ärztin und ich sähen zwar auch positive Aspekte einer weiteren ambulanten Be--treuung, aber der zuständige Vertreter des Sozialdienstes lehnt dies ab. Es ist schon sehr teuer. Er befürwortet eine Heimunterbringung und es ist ein Platz im Altenheim der Johanna-Kirchner-Stiftung frei. Genaueres werde ich in der Dienstbesprechung nächste Woche mitteilen, wir werden in Absprache miteinander Johanna auf die bevorstehende Umstellung vorbereiten. Es ist erforderlich, dass möglichst alle Mitarbeiter kommen". „Ja", sagt Maren einsilbig, „natürlich." Sie wartet auf den Gruß zum Auflegen. „Ich weiß, dass sie Johanna mögen", sagt die dienstälteste Altenpflegerin. Es ist als Trost gemeint. „Ich finde sie schrecklich", sagt Maren und dreht sich nach Johanna um, die ihre Hände über die Ohren gelegt hat, ich könnte sie Dir auch herunterreißen, denkt Maren über alle Fettnäpfchen hinweg, in die man stampfen und stapfen kann mit Vergnügen und laut, sehr laut hört sie sich sagen: „Und wenn ich hier nicht mehr arbeiten muss, verschafft mir das Erleichterung!". Legt auf. So verkrampft und aggressiv wie Johanna war, sieh zu, wie Du das wieder hin bekommst, ach Johanna, soviel Scheiße in der Welt und unveränderliche Tatsachen, durch die sich unsere Wege bahnen, und mir graut manchmal vor Dir und mir und Deinem Zustand, auch wenn Du nun nicht mehr mit mir sprichst. An dieser Kreuzung angekommen, wählte Maren erneut die Nummer des Büros an, zerquält und ganz trübe und so zusammengebissen verkeilt wie nur etwas, und die Dienstälteste ist wieder am Apparat und Maren sagt: „Es hat eben alles zwei

Seiten und diese Zerrissenheit macht mich fertig." Die dienstälteste Altenpflegerin atmet tief ein und aus, das ist zu hören, und auch wie das Dienstälteste sich in Gleichmut verwandelt, die nicht zu verwechseln ist mit Gleichgültigkeit: Bestandteil von Merkwürdigkeit, des Seins als philosophische Prüfung von anderem Umfang; ein Einvernehmen über den stählernen Ring, der Angst umschloss und abwarf, der sich durch nichts wirklich erleichtern ließ, der zu bewegen war über das Jahr, hin und herzuschieben über mehrere Stunden, abzutragen, anzuhäufen in Gesprächen und Gebärden, schwebend in Bewegung zwischen der Unabänderlichkeit von Leiden und Glück.

Johanna Maria Born sitzt mit dem Herrgott allein im Raum und runzelt vor sich hin. Maren hat schweigend ein Gericht auf den Tisch gestellt, ein Pilzragout, etwas grünen Salat und Tomaten in einer kleinen Schüssel angeordnet. „Der Herrgott bringt mich zu meinem Bruder", sagt sie boshaft, wie nebenbei, ein lakonischer Kommentar, flüchtig dahingeworfener Triumph, der, Maren, die den Kopf hebt, zurechtweist. Johanna scheint sich unerwartet köstlich zu amüsieren. Sie lässt sich nicht unterkriegen. „Da kommt er schon", der zahnlose, alte Mund lächelt versponnen, als wische er dem Leben eins aus. Eigentlich bin ja wohl ich gemeint. Maren sieht zwar nicht, was oder wer da kommen soll, es ist niemand da, als wir beide, Johanna, da kannst Du hundertmal widerspenstig mit dem Kopf schütteln und zittern in Deiner Erregung und die Tropfen zur Beruhigung verweigern und mir erzählen: „Mein Bruder ist nämlich Pfarrer gewesen!" Johanna hat aber ihren Bruder schon neben sich sitzen und unterhält sich mit ihm. Mit dem anderen Bruder aber nicht, den sie erschossen haben. Mit mir auch nicht, aber ich darf zuhören. So, Johanna, das wusste ich ja gar nicht, vielmehr, wollte ich nicht wissen, was Du alles nicht erzählst, und was die Runde macht bei den Dienstgesprächen und was in deinem

Fotoalbum zu sehen ist. Hast in Abständen hervorgekramt und umgedichtet, und der jüngere Bruder wurde also in Langenselbold erschossen, 1932 war das, weil er sowieso ein erwerbsloser Lump war mitten in dieser albernen Wirtschaftskrise, wo er doch auch seine Pflichtarbeit hätte ableisten können, um weiterhin Wohlfahrtsunterstützungs-empfänger sein zu können, wie 40,8% der Einwohnerschaft, abgesehen von den 24,2% Arbeitslosen- und Krisenunter-stützungsempfängern. Was für Wortschöpfungen, Johanna, das ist zu kompliziert für Dich, wo man auch schon hätte eintreten können, da warst Du Dir doch mit Deiner Nachbarin immer einig: Der Adolf war schon richtig. Statt-dessen ging er mit auf diese Protestversammlung der Arbeitslosen im Friedrichseck, aus Versehen erschoss man diesmal zwei Frauen statt zweier Männer, die eine hatte gerade geheiratet und die andere vier Kinder, und da hast nicht Du dich, aber Dein Bruder sich der Beerdigung der Erschossenen angeschlossen, zusammen mit 4000 anderen Menschen, weil der Protest über den Hunger allein noch kein Grund war, jemanden zu erschießen, wie kurz darauf, als der Richtige für Euch kam. Ordentliches Abschießen von Juden war dann gefragt. Zigeunernutten hatten's auch nicht anders verdient. Das gefiel Dir, Johanna, nicht wahr. Und dass Dein Bruder nach der Beerdigung erschossen wurde, was den preußischen Innenminister von einem unerschrockenen und vorbildlich-energischen Verhalten der eingesetzten Polizei-wachtmeister und Landjägermeister schreiben ließ, zeigte Dir, was Du warst, besonders in Langenselbold, einer mehrheitlichen KPD-Gemeinde. Da kann der Bruder, der neben Dir sitzt, nun seinen Kopf schütteln, denn wie immer ist der Herrgott mit dabei, wenn's Dir schlecht ging. Du bist auch niemals in der Menge erschossen worden, ohne zu wissen, wer Dein Mörder war. Der Bruder sitzt also jetzt da, der tote, der bessere, der erhabenere, und wiegt den Kopf wie damals, als Du nicht gleich begreifen wolltest, dass das

Mädchen weg sollte, auf Transport, in ein anderes Heim, ein Endlager. „Das Mädchen musste weg", hast Du das gemurmelt in meinem Beisein? Dein Gesicht sah aus, als würdest Du bedauern, das war selten. Und jetzt nickst Du über die Abteilungen im Himmel, in denen aussortiert das Mädchen wohl nicht zu seiner entflohenen Seele gehört, der Bruder schüttelt bedenklich den Kopf, als Pfarrer hat man Aufgaben im Staat, Johanna, und in einem solchen ganz besonders. „Die hatte so schwattes Haar wie Du und ich", hast Du gesagt, „und hing immer an meinem Zipfel, und dann war sie weg, und wenn du nicht parierst, kannst Du gleich mitgehn!"

Er war so betörend in seiner Mischung aus Männlichkeit und Weiblichkeit, in seiner graziös maskulinen Gestalt mit diesem verwegenen, zweiflerischen Ausdruck von herber Unent-schlossenheit und Befangenheit, dass mir die Knie schwach wurden im Gehen und ich mich seitlich festhielt an der Ta-sche, sie fester umfing, als könnte ich ertrinken in meinem Gefühl, das so unnatürlich voll in dieser Straße sich zu beher-bergen wusste, die schal und geschmacklos wie jede Straße geradlinig auf die Messe zuführte, die mit großen weitsichti-gen Plakaten schwarz auf weiß versehen, für sich warb. Er stand da, das eine Bein leicht angewinkelt und sich in Schuh-sohle mit Zehen und Fußballen abstützend, als müsse er überlegen, inwieweit er unwillentlich in eine solche Situation geraten war, die ihn unübersichtlich geheimnisvoll antrieb, sich in ihr zurechtzufinden. Sein Gesichtsausdruck war undefinierbar ratlos, über die Liebe hatte er nichts gelernt, außer, dass Simon meterweise von ihm entrückt auf einem Bordstein balancierend, abhängig war in einer Weise, die er gelten ließ mit dem Verstand. Ich ging zaghaft auf sie zu, zwei Männer, groß und klein, die sich nicht anmerken ließen, dass es etwas gab auf der Welt, was nicht zu enträtseln war, wenn man in den Genuss kommen wollte, wie wir, drei Eintrittskarten einzulösen, durch einen Gang zu gehen und durch noch einen, um ein von vielen wissenschaftlichen Interessen unterhaltenes und zusammengetragenes Skelett zu bestaunen, als wäre es das erste Wesen unsterblicher Art, das man im Nachhinein noch verführen könnte, sich auf lebendige Weise zu bewegen.

Es war der Junge, der mich zuerst sah und vom Bordstein sprang, sich in einem Kreis um sich selbst drehend, der immer größer wurde und lachende, staunende Passanten in ein unsichtbares Zelt einwob, das ausgestattet mit allerlei Öffnungen, ein Zuhause aus vielerlei Leibern anbot. Ich fand den Moment günstig, ihn zu erwischen, und nahm ihn bei der Hand und auch die andere und ließ ihn fliegen, um wieder anzukommen an einem Punkt nahe bei mir, der ihm Gelegenheit geben sollte, bei sich zu bleiben. Als sein Vater sich suchend zu uns drehte, standen wir da außer Atem mit losgelöstem Schwindel von Vorfreude und Bangigkeit. Franks Miene erhellte sich, war Abdruck aufkeimenden tiefporigen Gefühls, sodass die Faltenbildung seiner Haut abnahm und sich in entspannter Elastizität zu einer neugierigen Belebung auftat. Ich musste schmunzeln über diesen Vorgang, der in einem szenischen Widerhall in mich hineinfiel, mich bezauberte. Im Gehäuse des Museums nahm die Masse an zusammengetragener Naturforschung, geschichtlicher Dokumentation, die Ansammlung von imponierenden Knochengerüsten, hin- und herlaufenden Menschengruppen, punktuell platziertem Lichtschein und vielerlei Redensarten geflüsterten, hinweisenden, rufenden und unterhaltenden Tons eine Wirklichkeit an, in der das triadische Gespann, das wir bildeten, auseinander stob und sich gegenseitig verwies, in Vereinzelung musterte und durch visuelle Kontakte wieder zueinander fand. Simon ließ sich erregen durch computergesteuerte Bebilderungen vulkanischer Explosionen, erklärte seinem Vater mit einem Eifer, der sich beim Sprechen vermehrte, die übersichtlichsten Vorgänge seiner Faszination, streifte mich hin und wieder mit huschenden Augen, die mich fragten, wer ich sei was ich wolle wo ich bliebe, und rannte mit seinem Interesse durch die Anonymität des Besucherstroms. Die Situation war heiter gefasst. Als wir zu zweit vor den einbalsamierten Mumienkörpern zweier altägyptischer Kinderleichen standen, war die aufreizende Zärtlichkeit in der Aussprache zwischen zwei Lippenpaaren so groß, dass ich unwillkürlich den Mund öffnete, um meine vertrocknete Zunge zu lüften, und Franks Atembewegungen waren eindeutig rhythmisiert im Sinne der Beeinträchtigung seines Unterleibs. Das war kaum zu verbergen, und was sich als Verlegenheit generierte, schlug vor, wir sollten zum Getränkestand hinübergehen. Unsere Berührung war geradezu ausweglos verfehlt unter den bestehenden Bedingungen als eine sich zwischen Gliedern, Muskeln und Gewebe drängende Erschütterung, die des vulkanösen Geschehens auf den Bildschirmen sehr ähnlich gewesen wäre. Wir ließen diese Annahme auf sich beruhen und schlenderten mit Simon im Schlepptau auf den Getränkestand zu.

Das Kind nahm die Bewegung zwischen uns wahr mit einer Innigkeit, in der es sich nicht zu vermitteln wusste, und ehe ich begriff, dass nicht zu kontrollieren war, auf welches Bild, in welche Richtung, zu welchem Platz seine Anwesenheit passte, sagte es: „Meine Mutter war aber viel lieber, schöner und lustiger als Du!", nahm das dargereichte Glas Apfelsaft in seine Hände, sog am Strohhalm und verschluckte sich. Sein Vater rammte sich augenblicklich die Strenge in die zusammengezogene Hautfalte oberhalb seiner Nasenwurzel und ich nahm, gelassener als ich war, an, dass die Auskunft des Kindes stimmte. „Meine Mutter trug gerne Ohrringe und Halsketten, bevor sie starb", sagte ich leichthin, obwohl mir nicht so zumute war, „und Deine?" Simon sog weiterhin an seinem Strohhalm, warf einen sich verschlossen haltenden Blick auf seinen Vater und schwieg. „Außerdem spielten wir, als ich klein war, öfter ein Spiel zusammen, das uns gefiel. Es hieß, mein rechter, rechter Platz ist leer. Kennst Du das?" Simon betrachtete mich abwartend aus zurückhaltendem, grün-braunem Wurf. Mir fiel ein kleiner Haarwirbel am Ansatz seiner Stirn auf. Ich nahm die Lehne des nächstbesten freien Stuhls neben mir und schob ihn neben meinen, eine kleine Lücke ließ ich frei. Meinen Tonfall schob ich in eine Oktave ein, versuchte die Zuhörbereitschaft uns umgebender Leute zu vergessen, war nervös im Wagnis, das ich einging, und rief: „Mein rechter, rechter Platz ist leer, ich wünsche mir den Simon her." Es tat sich nichts, außer, dass die Zungenspitze und Oberkieferschneidezähne des Jungen abwechselnd auf seiner Unterlippe zu sehen waren und sein Vater sich nach vorn beugte und räusperte. „Willst du schon einmal bezahlen gehen?", fragte ich, Frank vorsichtshalber schonungslos strategisch aus der Bahn werfend. Er reagierte erstaunt und mit anhaltender Wulst zwischen den Augen, aber prompt. Während er ging, um an der Theke zu zahlen, beugte ich mich zu Simon hinüber. Nichts weiter als Einfälle. „Mein rechter, rechter Platz ist leer, ich wünsch mir meine Mutter her", sagte ich leise, sah ihn an. Er gab sich so ernsthaft zurück, dass ich zu warten begann. Einige Sekunden später erhob er sich und setzte sich, schwer bewegliche Marionette, die Hände zwischen Sitzfläche und Po vergraben, neben mich. Ich rührte mich in keiner Weise. „Wie hieß denn Deine Mama?", erkundigte sich Simon sehr zögernd mit belegter Stimme nach unserer Zurückhaltung und biss auf seinem Strohhalm herum, als sein Vater wieder auf uns zutrat.

„Darauf gibt es keine Antwort, die diese Annäherung nicht banalisieren würde", wischt der Mitleser den Fortgang der Geschichte ungefragt zur Seite. Er sitzt seit einer halben Stunde in meinem Arbeitszimmer und blättert gröblich missbilligend im noch ungeordneten Konvolut meines Manuskripts. „Das ist eine Auffassung unter mehreren", sage ich verärgert und fühle mich heftig an unseren Streit über die Unstimmigkeit von Theorien erinnert. Ich zimmere zum Thema Vater, Mutter und Kind, er schaut nicht einmal hoch. Hat aber heute ein Jeanshemd an, das mir gefällt. Und bekrittelt meine Seiten. Meine Mitbewohnerin, die heute Morgen nach Frankreich abfuhr, betonte erst gestern ihre befriedigten romantischen Gelüste und ihr immenses Interesse an einer Familienkonstellation. Wem soll man dienlich sein? „Schließlich kann man sich", sage ich spitz, und blicke zwischen dem Mitleser und meinem Computerbildschirm hin und her, „utilitaristisch oder kontraktualistisch oder naturrechtlich oder fürsorge-ethisch orientieren, natürlich kann man Theorien auch miteinander vermischen, mathematisch gesehen, kann man dreistellige Summen bei dieser Mischung erreichen, aber über die Übereinstimmung dieser Kombinationen wird nach wie vor gestritten. Jahrhundertelang schon über den Verdienst einer jeden Theorie. Nun geht es um das Experiment am Embryo, nicht wegen des Parkinsons, nein. Wenn wir uns einigen würden, ab wann der Fötus moralischen Status erwirbt, hätten wir zwar noch keine Basis-Probleme gelöst, aber immerhin wüssten wir, wie Maren dem potenziellen Geburtstrauma entkommt. Die neuen Reproduktionstechnologien werden von Kommissionen betreut, da braucht man sich keine Sorgen machen. Die kommen aus den verschiedensten Bereichen Recht, Sozialarbeit, Medizin und Kirche und repräsentieren einen großen Umfang von Interessen und Perspektiven und nicht zuletzt die Wirtschaft. Das politische Programm bedankt sich anschließend herzlich bei der Kommission für ihre öffentliche Beratung und wirft zweiundneunzig - oder waren es siebenhundert-fünfzehn? - nun, jedenfalls neue Problemstellungen auf den Tisch, ganz übersichtlich und konsistent. Damit die Philosophen auch etwas zu tun haben, mal was anderes, mal was Praktisches. Die Lösung des Prinzipienkonflikts überlassen wir, sagen wir mal, Dir, hm?" Der Mitleser reagiert nicht. Er schaut auf die an der gegenüberliegenden Wand hängende Reproduktion von Toulouse-Lautrec und lässt sich weiter nicht irritieren. Ich erwarte eine Antwort, er holt sich aber nur einen Bleistift und einen Spitzer vom Schreibtisch und fängt seelenruhig an zu spitzen. „Ich habe nichts gegen das Thema", sagt er, „ich korrigiere. Schreib nicht über Namen. Schreib was Originelles. Namen sind auswechselbar." Jetzt schaut er mich an. Sein Gesicht ist so ernst. „Wenn Du fertig bist, möchte ich mit Dir essen gehen." „Ach. Und warum?" frage ich patzig. Nur keine Überraschung zeigen. „Ich möchte über Simon sprechen, auch über Maren und Johanna, wenn Du einverstanden bist." Ich will nicht. „Über Simon? Er ist doch nur eine Figur... und Maren und Johanna sind künstliche Erfindungen..." „Sicherlich", sagt der Mitleser etwas kühl, „wir sind alle nur Figuren, es ist alles nur ein Spiel". Es ist eine Betonung in seiner Stimme, die nicht ganz dasselbe ausdrückt. Ich spüre, wie ich rot werde, fasse linkisch nach der Tastatur. „Und wenn ich die Spielregeln richtig begriffen habe, die Du da in Deiner Sprache als mögliche Formen von Erfahrungen herausfilterst, dann...", höre ich ihn sagen. Er macht eine Pause. Seine Stimme springt in einen dunkleren Moll-Ton um, der irgendwie liebkost, sein Kopf neigt sich etwas nach vorn. „... dann bin ich wohl Frank Jakobi."

Gezwungen durch doppelsinnige Betrachtungsweise, die über mich hereinfiel, starrte ich auf den Namen meiner Mutter wie auf ein Löschblatt. Nichts geschah, als dass der Junge seinen Stuhl neben meinen schob. Das war mehr, als ich glaubte erwarten zu können und viel mehr, als ich ertragen konnte: Da mochten die Männer das Zeug halten, was sich zur Flucht als brauchbar erwies, doch war sie kreisförmig angelegt und nirgends ein Auskommen mit Eingeweihten. Es murmelte unaufhörlich. Von Eltern hörte ich's ohne Einsicht reden, fand Mutters Spur auf Abruf, wusch meine Brüste im Gebet und usurpierte ihre Schande von einst. Zum Vatertod ging ich verkleidet unters Volk; von seinem Orgasmus beglaubigt, als Stoffprobe abkommandiert. Darüber zu reden verbot sich. Im Schatten ihrer Küsse sah ich Frank und Simon Jakobi wie im Nebel, im Klee sah ich Blumen: überall Drahtnaht.

Sonst Atem, hielt ich Ausschau, formte tonlos dahingehauchte Worte, die keiner verstand, kommt, tanzt mich zu Wasser, im Jetzt frier ich ein. Der Nebel flog durch mich hindurch, ich maß ihn im Laufschritt, ging im Zeitlupentempo durch Laich. Auf Simon traf ich im Sturm. Und nun fiel der Himmel ins Meer, auf die Dunkelheit, und sie zogen ihre Schuhe aus und holten das Wasser herein und beklagten nicht, dass der Mond ihnen faltig schien. Und ich sah sie an und fragte nicht, woher ich gekommen war, ich ging auf die Welt zu, das sah ich und sah, dass sie kam. Nach der Zeit, die vergangen war nur mit einem Onkel, kamen sie staubigen Fußes die Straße entlang. Der Tag war hell und die Leute standen umher. Und Antworten kannte ich keine. Das war kaum zu erklären, auf die Schnelle schon gar nicht, mein Körper tropfte und schwitzte unbehaglich in jeder Furche und Simon sah mich unschuldig grausam an. Frank Jakobi begriff durch keinen Verstand, wozu mir die Worte fehlten, die Sprache im Mund war ein schwammiger Molch, der mit zusammengedrücktem Schwanz gegen den Gaumen schlug oder war es die Zunge der Moira, die meinen Gaumen verklebte und den Speichel sich sammeln ließ bis zum Würgereiz. Ich stand auf, um abzuschütteln, was an Gewohnheit meinen Körper in scheibchenweise Einheiten schnitt, überdurchschnittlich dem Glauben verfallen, die Summe der Erfahrungen fasse das eigene Leben in eine Schlinge. Wrang meinen unsinnigen Willen zusammen, um der Welt und Simon und mir selbst einen Gefallen zu tun und öffnete den Mund, und Simon saß da als verwundertes Fragezeichen und schob seine Unterlippe vor, sein Vater legte seinen Zeigefinger über die Lippen und ich: hörte es sagen.

Das Hampelmännchen hatte sich krank gehampelt und war seit einigen Wochen vom Dienst befreit, so war es zu lesen am Aushang seiner Tür. Maren hatte von Gastritis über ein Magengeschwür bis zur reaktiven Depression alle erdenklichen Mutmaßungen in Ohren von unterschiedlicher Größe und Röte und Formgebung hinein- und wieder hinauslügen hören; sie stand da und dachte sich dabei, wie es ihm ginge. Sie brauchte auch sein Wissen über kontrafaktische Antizipation von größerem Ausmaß, denn sie war nicht sicher, ob es so etwas gab oder ob es nur erdacht wurde, damit es hinkam, falls es einmal Wirklichkeit werden sollte. Es war zu fragen, ob sie auf mehr hinaus wollte, als auf einen Konjunktiv und ob auf einen Konjunktiv mehr aufgebaut werden konnte als auf die unantastbare Würde des Menschen und ob die Utopie Funken schlagen konnte, an denen sich Wirklichkeit entzündete. Andernfalls war anzunehmen, dass die Funken zu Asche erloschen, wenn sie auf der wüstenbildenden, wasserlosen Erde ankamen, was die Totengräber, Aaskäfer, die sie waren, dazu veranlasste, sich von den Kadavern niederer Kreaturen zu ernähren, und sie in vorbereitete Erdgruben zu ziehen und Kugeln aus ihnen zu formen, die sich rollen ließen nach dieser oder jener Richtung, bis sie im Erdloch verschwanden. Das war eine Frage der Reflexion, aber es war auch eine Frage der Reflexion über die Reflexion, und die Reflexion darüber grübelte auf dem Weg von der Dantestraße zum Campus der

Universität darüber nach, ob und wie das Bewusstsein für alle anderen mitdenken konnte, so dass diese durch seine bloße Plausibilität zu entzünden waren. Eine Telefonzelle ließ inzwischen nur in Erinnerung auf sich warten, sie wollte nicht mehr benutzt sein von vielen, als Überflüssigkeit bedacht und getadelt, dies führte ausschließlich zum Griff nach dem Handy und zum Krächzen einer sich krank meldenden Stimme, die sich bedankte für Erkundigung.

Maren hielt den Jackenkragen am Hals mit festem Griff zu und trat gegen die Kälte an, sie stampfte von einem Fuß auf den anderen. Die Ampelschaltung war eindeutig mehr für die Allee der Motorisierten und gegen das denkende Hirn in friependem Leib geschaffen, was zu katastrophal erkältetem Empfinden führte, das mit leicht entzündeter verschnupfter Schleimhaut in Nase und zu gehässigem Fluchen über die durch Glas abgeschirmte Behaglichkeit des Juridicums führte. Die Mertonstraße lag winterlich verlassen da, als eine einzelne Frau, wohl Studentin wie ich selbst, aus dem mittleren der alten Hörsaalgebäude trat und Charlotte mich mit meinem Namen anrief.

Ihr kurzes Haar lag bemäntelt von Kälte glatt am Kopf. Sie warf sich mit wehrhaft blitzenden Augen durch die triste Leere der Halle und erfreute mein Gemüt durch Umarmung. „Ich habe mich gestritten!", rief sie impulsiv, als sei das unglaublichster Grund zur Freude. Wir nahmen uns so, wie wir waren, und schlugen den Weg zur Bockenheimer Warte ein, ließen Blicke über angeschlagene Plakate wandern, die Konzert, Lesung und Bildung anboten zur besseren Kultivierung der weltlichen Unverbesserlichkeit, schlenderten an der Universitätsbibliothek und der Deutschen Bibliothek vorbei und nahmen kurze Zeit später nach frohlockendem Erklimmen blassmarmorierter Treppenabsätze zwei Plätze ein. „Eintausenddreihundert brasilianische Bauern haben letzte Woche eine Anlage des US-Biotechnologieunternehmens Monsanto erstürmt und vierhundert Hektar Versuchsfelder mit genveränderten Pflanzen zerstört", sagte Charlotte und nahm ihre Munterkeit aus dem Gesicht. „Journalisten berichteten, dass die Landwirte die Mais- und Sojapflanzen mit bloßen Händen aus der Erde gerissen hatten. Die Bauern gehören zur Landlosen-Bewegung. Sag, wie sie sich anders artikulieren sollten." Am Nebentisch lugte ein grauhaariger, in distinguiert übergeschlagener Beinhaltung sich herablassend zu einer unumschränkt gewandten Pose bekennender Herr an seiner sich breitflächig entfalteten Tageszeitung vorbei. Ich dachte an Petitionen, die in Büros und Kellern dunkelgraue Wandschränke belieferten, aber ich wollte nicht aussprechen, dass das den südlich des Rio Grande lebenden verelendeten Menschen Wege zur Selbstbestimmung sichern würde, und gab die Bestellung für zwei Kännchen Kaffee und zwei Apfelstrudel auf. „Die Armut ist auf den Protektionismus, heute möchte ja keiner mehr über Imperialismus reden, zurückzuführen", sagte Charlotte, „Übrigens hast Du einen sehr hübschen Pullover an. Gefällt mir. Steht dir sehr gut, wirklich. Das Sozialgefüge ist zerstört, wie die Stadtränder und Landschaften. Von Demokratie redet sowieso keiner; wenn die Korruption in der Politik nicht ganz so auffällig ist, ist man schon froh." Der Herr nebenan faltete seine Zeitung umständlich zusammen und sah Charlotte von oben bis unten an. „Danke. Und was war nun genau der Gegenstand Eures Streits?" fragte ich. Beim Eintritt ins Café hatte Charlotte den Professor erwähnt. „Meine Zukunft liegt im Internet", hatte sie spröde und spöttisch gesagt. „Sie ist totalitär." Nun griff sie zur Gabel. „Er hält es für bedenkenswert und kulant, Lateinamerikas Schuldenberg von 900 Milliarden Dollar zu streichen. Was ich denn für Vorschläge hätte, wollte er wissen. Ob etwa alle Frauen auf diesem Kontinent auf der Erde mal eben in den

Generalstreik treten sollten. Ich war mir sicher, dass seine Hosen dann für eine Weile nicht mehr ganz so bügelfrisch aussehen würden. Das war´s im Grunde." Charlotte lehnte sich zurück. Der Herr neben uns tat das Gleiche. Er sah auf seine Hose. Ich sah auf meinen Rock. Ich dachte: Was ist Angst?

Andere unter anderen waren anwesend vereinzelt beisammen und Gefüge von Gruppe erlebte sich als Dynamik von Geschehenem, das sich von Untergruppe zu Untergruppe belebte und in einzelne Meinungen aufteilte, die die Bedeutung der Struktur des institutionellen Verhaltens erwogen, aber nicht für sich selbst, nicht für denkbar zu erklären, dass mehr als andere gemeint sein könnten, nein, für den speziellen Fall der Anstaltsinsassen ist die Überwachung von Handlung durch Neuroleptika eine Hilfe bei voraussehbarem Auftreten von institutionellen Delirien. Johannas Intelligenz zeigt keine Kurve, die seelische Entwicklung noch fördern ließe, darum ist die Ähnlichkeit einer Institution mit einer anderen so verblüffend. Wer einmal in einem Heim war, wird wissen, woraus Kontinuität besteht. Das ist eine Meinung, und es gibt andere und noch eine und wie heißt so was, raison d`être, das gibt's doch nicht, schon lange nicht mehr, als Gruppe vereinzelter Individuen schon gar nicht. Dafür haben wir kein Geld. Die von der Gesellschaft losgelöste Welt wird Johanna wohltätig verwalten, der zuständige Amtsarzt der Krankenkasse hat sachverständig gründlich begründet dargelegt, wie wo weshalb Johanna in ihrer jetzigen ambulanten Phase schwer erträgliche Schübe über ein Minimum an Vertragsfähigkeit hinaus an den Tag legt, und Beklemmung über den Schritt, da gibt es einen Konsens aus völlig einhelliger Meinung, fällt ebenso schwer wie der Abschied: Eine Meinung will noch nicht darauf verzichten, Johanna besuchen zu können und verstrickt sich mit einer anderen; Johanna könnte das als Signal einer Misstrauensbotschaft interpretieren, da Zeit sich verbraucht durch Eingliederung. Zwei Meinungen hintereinander gaben zu bedenken, dass die Gleichgewichtsstörung unter so viel Gleichgesinnten abnehmen werde, schneller als man dächte. Marens Meinung notierte den Ablauf der Zeit bis zur Umsetzung der Frist und spekulierte mit Unsummen von Heilung durch Verzicht, die wie das Wahre, Schöne und Gute an Johanna sich vermehrten, und die durch Permanenz von Hilfestellung ein quantitativ stabiles Niveau verhießen; man wird Johanna dann wieder riechen können, das muss man sagen, das wird jetzt besser, in diesen Status der Privilegierung durch Normalisierung des Verhaltens kommen nicht alle.

rente sammelte brot gefiel sich in leidenschaft schwelgte in alkohol stieß zunge an bellte nach knochen belebte alltag strukurierte ablauf zwang sich zum koitus nahm anlauf als leichtgewicht mimte moral stieß uns an knochen bellen alltägliches fallen tot um machen wau-wau lassen jahre vergehn jäten unkraut hügel und hagel tanzen abende frei rock für rock morgen ist auch ein tag stadt verschwindet ist schlecht annonciert heute aber am abend die ansagerin trägt fick mich ich bin schön für euch wird arbeitslos wenn die tagesschau langweilt ein flugzeugabsturz wird es verhindern

Johanna steht an der Tür und lauscht. Maren schaut auf Ansammlungen von Feuchtigkeit. Auf ihrer durchs weiße Haar halb bedeckten blassen Stirn löst sich ein Tropfen und noch einer, zieht eine Spur längs des linken Nasenflügels schräg bis übers Kinn den Hals hinunter. Johanna hat kalte Hände, der Knorpel an den Handgelenken ist murmelgroß, der ätherische Hautlappen zwischen Daumen und Zeigefinger rissig. In den vergangenen Wochen ist sie vergreist, augenblicklich wirkt sie nervös. Harrt der Dinge, die für außenstehende Geschöpfe wie Maren unkenntlich bleiben, obwohl sie nach Anzeichen sucht, die eine Deutung erlauben. Johannas Schulterblätter stechen kantig durch das Nachthemd und den darüber geworfenen, dunkelblauen Bademantel. Sie hat sich geweigert, noch eine Strumpfhose überzuziehen, obwohl das Thermometer draußen auf dem Balkon nur wenige Grad über dem Gefrierpunkt anzeigt. Sie ist erregt, wispert in die geschlossene Faust, die sie vor den Mund drückt, hebt das Gesicht zu Maren hoch, die neben ihr im Türrahmen steht, sagt: „Hör mal. Hör doch mal, hörst du was? Der Heilige Geist kommt mich gleich besuchen. Ob der was Gutes für mich bringt?" Ihr Gesicht verzieht sich kindlich, sie zieht eine bittende Schnute, obwohl sie Protestantin ist, schürzt erwartungsvoll die Lippen. Die blauen Augen sind stark verdeckt durch herabhängende schlaffe Lidfalten, zudem verklebt und vergilbt, vielleicht steckt eine Bindehautentzündung dahinter. Johanna fuchtelt unaufhörlich mit ihren Händen vor dem Gesicht herum, wenn sie nicht in ihre Faust beißt oder flüstert, von daher hat es keinen Zweck, sie näher untersuchen zu wollen. Nicht jetzt. Ob der Tod sie schon streift, ob sie ihn schon greifen kann oder nur erahnt, an ihrem körperlichen Zustand abliest, dass sie jeden Tag mehr zwischen die Welten rückt, abgelöst von Bindung? Ihre Zähigkeit ist geblieben. Nächste Woche wird die dienstälteste Altenpflegerin ihr behutsam erläutern, dass sie die letzte Runde ihres Lebens in einem Heim verbringen muss; Johanna hat aber schon beredt und listig wie nie angedeutet, dass sie unter keinen Umständen aus der Wohnung will. „Ich kenn doch nur mich", flüstert sie mit herb heruntergelassenem Krächzen, steht da wie ein hilfloses Kind, offen so nackt so bittend und unruhig. „Und Ihr könnt doch kommen, wann Ihr wollt, ich hab ja viel Platz!" stößt sie heftig hervor und breitet die Arme aus, weist mit den krüppeligen Fingern auf die kahle Wand. „Guck doch nur", sagt sie, „guck, wie viel Platz ich hab`! Das reicht doch für Dich, oder?" Im Badezimmer gibt es Streit über den

Bademantel, den Johanna beim Waschen anlassen will, sie merkt, wie kalt ihr ist. Maren rubbelt ihr die Haut an den Hüften, an den Schenkeln warm und fühlt sich legitimiert zur Katzenwäsche. Kurze Zeit später ist Johanna im Sessel eingenickt und hat ab und an einen Schluckauf.

Der Doppeldienst war seltsam unanstrengend, Johanna Maria Born schien mit allem zufrieden, nahm hin, was kam, grunzte zustimmend oder abweisend, nickte, schüttelte den Kopf, knickte den Zeigefinger, spielte kichernd leicht verrückte Hexe, wenn sie etwas forderte. Die Plätzchen nahm sie andächtig in die Hand, drehte sie mehrmals, brach ein Stück ab, roch daran, und steckte eins nach dem anderen in den Mund, als Maren sich anderen Dingen zuwandte.

Es ist dunkel in der Wohnung, obwohl die Rollläden noch nicht heruntergezogen sind am frühen Abend, die Stille wirkt feierlich, als Johanna sich über den Tisch beugt und den kleinen Tannenzweig in der Vase mit den Fingern leicht berührt. Ächzend lässt sie sich zurückfallen, streichelt über die Tischdecke. Ihre Körperhaltung bekundet Behaglichkeit. Sie lässt sich das Fotoalbum holen und kramt ihre Mutter auf den freien Platz neben den Teller, legt eine gezwungen aneinandergereihte Männergruppe in soldatischen Uniformen daneben und das eingerissene, verblasste Portrait der bereits ergrauten Großmutter landet in ihrem Schoß. Maren garniert etwas mühevoll im Halbdunkel der Küchenecke einen Obstteller, das Badezimmerlicht verschafft Abhilfe. In die Ruhe hinein klopft es so zaghaft, dass sich die Ruhe kaum gestört fühlt. „Wie lang wern ma wohl noch friere. Bittschön, des hab isch mer für euch gedacht, an de Feiertache soll man ja nett geize", die Nachbarin im grellbunten, knielangen, engen Kleid, das den Bauchwulst umspannt, steht freundlich bis unkenntlich da, die dunkel umrandeten Augen schweifen einmal neugierig ins anliegende Wohnzimmer, geben aber zu erkennen, dass sie Aufdringlichkeit heute vermeiden wollen. Das macht stutzig wie der ganze Tag. „Se müsse aufpasse auf se, wenn´s knallern los geht, krischt se Angst nächst Woch!", sagt die Nachbarin noch, bevor sie hinter sich die Tür zuzieht. Maren hat nicht den Eindruck, sich eindeutig genug gewandt und förmlich in ausgesuchter Dankbarkeit ergangen zu haben, sie grübelt, ob es nachzuholen ist. „Ist der Herrgott zu uns gekommen?", fragt Johanna träge mit einer für die Faktizität der Umstände kein wirkliches Interesse aufbringenden Geste, die den Kopf in der Hand hält und sich kaum beherrscht, nicht einzunicken. Der Vorschlag, sich bettfertig zu machen, wird ohne Murren entgegengenommen und, sowie die Couch bezogen ist, in die Tat umgesetzt. Alles ist so einfach, klar und einleuchtend, mit naiven Sprachvokabeln anzusprechen und praktisch spielend auszuführen, dass man nur staunen kann. Oder ist es wieder Rührung? Mütterliche Gefühle für eine über Neunzigjährige? Maren deckt Johanna zu. Sie knipst die kleine Wandleuchte an. Johanna hat ihre Hände über der Bettdecke gefaltet, als sei sie einverstanden. Sie blickt auf die Decke wie ein kleines, zufriedenes Mädchen. Der prothesenentwöhnte, zahnlose Mund ist verrunzelt, eingefallen, spröde trotz ein wenig Salbe, aber man sieht im Dämmerlicht gewölbtes Lippenfleisch, nicht den sonstigen Strich. Maren begegnet einem still haltenden, abwartenden, blauen Blick. Sie halten sich in der Farbe, an der Festigkeit, an der Form, am Umfeld. Einen Kuss würde Johanna zurückschlagen. Sie registriert die Hand, die sich um ihre Wange legt, auf der Hut, mit erwartungsvoller Zurückhaltung. Johanna ist Skeptikerin. Das sind Gedanken, die hatten wir schon, Wiederholungen im Text, vielleicht schläft sie schon, und Maren tritt in den winterlich heulenden Wind.

die patientin kann in zwei tagen entlassen werden. fruchtbarkeit sei ihr scheißegal, hat sie verkündet. sie dreht den kopf

zur wand, wenn ich zur tür hereinkomme. ich kann sie nicht
ändern, nur operieren. ich würde gerne mit jemandem reden.
mit wem? über die willkürlichkeit von fristenregelungen. die
entwicklung der pränatalen medizin. die grauzone des per-
sönlichen ermessens. das verhältnis zwischen kind und mut-
terleib. die stimmfrequenzen und traumphasen der föten. das
recht der frauen, über konsequenzen ihrer fruchtbarkeit zu
entscheiden. die schwierige situation in meinem land. be-
liebigkeiten. eine mutter lässt ihre eizellen einfrieren, diese
hier will erst gar keine haben. in zimmer 102 liegt eine
schwer depressive patientin, die zum vierten mal ihr kind
verloren hat. in zimmer 213 wollen die eltern ihr kind wegen
einer frühdiagnostizierten hasenscharte abtreiben. der piper,
ja. wie automatisch dieser griff kommt. kontrolle, routine,
rolle, was ist mein beruf? maren, es ist maren, hallo maren
wie geht es? Wieso? johanna? was willst du damit sagen? ich
versteh nicht! was soll das heißen: sie wurde vergewaltigt?

Eine Ahnung, die katastrophal trog und immer schon
gewusst sein wollte, wo sollte die herkommen außer als
Vorwurf, als Erschütterung: Wir hatten die Schlüssel, er hatte
sie nicht. Das Häufchen war beschaffen wie Johanna, welk
und entleert und schlaff anzublicken, sie hatte tellergroße
Blutergüsse an den Innenseiten der Oberschenkel bis in die
Mulde hinein, in der Vulva, um die Klitoris, die Schamlippen
waren schwarz, wie der ärztliche Befund ergab, waren
Spermienreste nachweisbar sowie Prellungen am Unterkörper. Sie maß dem allem keine Aufregung bei,
verschenkte kein Vertrauen und verlieh kein Geheimnis, gab
nicht ein Wort zu Protokoll, lächelte glücklich vor sich hin wie
eine Trunkene, eine Irre, eine Unfassliche, die unerlaubt
einmal in den Genuss gekommen war, etwas Verbotenes zu
tun, im einfachen, im doppelten, im dreifachen Sinne. Ihr
Schweigen war so prägnant, so beredt, so verlogen kalkuliert,
so naiv begründet mit Unwissenheit über sich selbst und

Ahnung lief auf den Dachboden, vorbei an graumelierten Hemden, sah hier und dort willentlich vorbewusst gedankenlos flüchtenden Männerschatten, war zugegen, wenn Johanna horchte und lauschte und hoffte, dass sich das Warten bezahlt machte in einer unbekannten Währung, die das große Verlangen einholen und stillen würde, hatte keinen Schimmer vom Wechselkurs zwischen den Geschlechtern und zwischen den Generationen. Da machte Sprachlosigkeit den Anfang bis zum Ende, in aller Munde, in jeder Hinsicht, zwischen Ärztin und Supervisor und Altenpflegerin und Gruppe, und Johanna lächelte immer noch und war ganz genügsam sparsam friedlich in ihren Äußerungen. Sie ließ plötzlich vieles mit sich machen, was vorher auf Zumutung eingestellt war, als wolle sie sich schamhaft bestrafen für ein Vergehen, das nicht ihr angelastet werden konnte. Wir wechselten uns rund um die Uhr ab, betreuten wechselweise lange und intensiv, überredeten den Vormund amtlicherseits mit einem Aufenthalt in den städtischen Kliniken abzuwarten, die Hausärztin bekannte sich zur Zustimmung und kam täglich zur Kontrolle. Johanna war schwach und mürbe und leer wie ein zerrissener Sack, aber einigermaßen beieinander, wenn man zufrieden anerkennen wollte, dass sie Schmerzen zuzugeben litt, die langsam als Schwellung und Bluterguss abklangen. Innere Verletzungen hatte sie keine, Hautschürfungen und ein merkwürdig munter herumspinnender Schock waren zu behandeln, bis sie in sich zusammenfiel. Angst, Johanna, Angst, Du hattest doch Angst dabei, wie viel Angst Du gesehen und gehabt haben wirst in Deinem Leben, wie viele solcher Wiederholungen durchgespielt, wolltest mal keine Maria, keine Verachtete, keine vom kleinbürgerlich gesponserten entsagenden Ufer des endgültigen Verzichts Erpresste sein, ärmlichste Preisgabe des Lebens, ein Geschenk an die Hölle vor Eintritt in den Himmel, wenn schon kein sinnlicher Ausgleich in Sicht war, Johanna, war es so, dachtest Du das, als Du die Tür aufmachtest, um den Perversen reinzulassen? Einmal, zweimal, mehrere Male. Johanna bleibt stumm wie ihre Mutter, wie ein Kobold, der auf und abging, dem der Schabernack nicht auszutreiben war, der die Entbehrung mit Hass von einem gewalttätigen Schweigen in ein anderes transportierte. Nach Lage der Ermittlungen war er öfter gekommen, hatte defloriert oder auch nicht, hast du ihm lautlos geöffnet, war die Nachbarin stillschweigende Komplizin oder heimliche Adjutantin oder wichste sie mit oder tat sie so, als ob sie schlief und nichts sie etwas anging, wowarenwir?, die herbeigerufenen Polizisten hast Du mit einem Knicks begrüßt. Irreal war das anzusehen in Deiner Lage, kurz vor dem Zusammenbruch und possenhaft ging es weiter, als der Bericht mit Bemerkung versehen zu verstehen gab, dass Herrn Demels Blutgruppe mit den aufgefundenen abgeschabten untersuchten Spermienfunden nicht identisch war, unglaublich entwirklicht, wer dann, wie passiert, was geschah, wir verstanden nichts. All die Jahre hast Du uns genarrt oder Dich selbst oder dazugelernt und umgesetzt nach Regeln, die Du kanntest, als verschwiegenes, vielfach wechselndes Kindermädchen im Haus fremder Leute, für Jahrzehnte nach dem Krieg, über die Du Dich bedeckt hieltst, nahmst diese Wohnung hier und zogst nicht weiter. Von Deinem Bruder wollen wir nicht sprechen, aber doch von Maren, Johanna, die im Schatten der Bäume, bewacht von taubem Gras, ihre Kapuze abnahm in diesem Januar. Wirst es nicht glauben, kannst es nicht hören, wolltest auch nicht wissen, obgleich ich Dir sage, jetzt im Nachhinein war diese Auffälligkeit doch am Ähnlichsten zwischen euch, dieser Rückzug unter Ausschaltung eines Körpers. Nach fortgeschrittenem Heilungsprozess, unter Einfluss klirrender trockener Luft, die durch die Fensterritzen der geduckten Einzimmerbehausung einzog, bei Einfall hellgelb metallener Lichtbinsen, reflektiert von spiegelnder Oberfläche des

Apothekenschaufensters, blieb Maren benommen, ließ Schneeflocken das Haar benässen, fuhr einen Außenspiegel am schwarz Gelackten ab und trat kaum mehr auf Johanna zu als nötig. Eine Entfernung war nicht zu messen, wie die Ausmaße einer Wand, und ein Umfang nicht zu erkennen. Sie litt, die Verschalung war vollkommen, das Sein umgab das Nichts und alles Übrige überließ sich Handlung. In diesen Wochen, in denen es fror, stand die Nachbarin an der Hauswand in Plüschmänteln, nestelte sprachlos an seltsam verkappten Jackenaufschlägen, ging mit Handtaschen synthetischer Art herum und einem steif gewordenen Genick, schlüpfte Maren in Simons Körper mangels eigener Empfindsamkeit, eigennützig bewusstlose Kundschafterin fremdhäutiger Hieroglyphen, strauchelnd von einer Stunde zur nächsten. In dem hochprozentigen Intervall von abstürzender Verbindung mit jeglicher Zwischenwelt, die sich wuchtig selbst den Weg versperrte, sah man ab und an ihren Kopf, der sie über Wasser hielt, ihre Augen, man sah ihre Mutter in aller Eile herumliegende Zeitungen wegräumen und Odol-Flaschen in den Abfalleimer werfen, sich die Haare kämmen, Zähne putzen, schminken, und die Tränennässe auf ihrem gepeinigten Gesicht war so geringfügig spürbar, so rasant getrocknet, so ausgestorben wie ihr Geschlecht, und die Schneeflocken auf Marens Haar setzten sich weich und verflossen, sie war sich keiner Nässe bewusst und ihr Bewusstsein ihr keine Erklärung schuldig.

Im Krankenhaus war es unvermeidlich steriler, weitaus sauberer als bei Johanna, trotz mancher Bemühung, die an einem Mittwoch abgebrochen im Ergebnis zur Einlieferung ihrer Sterblichkeit führte. Für die ersten durchgebrochenen Krokusse hatte kaum jemand einen Blick. Sie war langsam genesen, indem sie ebenso langsam starb, glitt zwischen uns hindurch in einen unsichtbaren Gang, war Bestandteil eines Vorgangs, der jeden Tag etwas von dem nahm, was man für anwesend hielt. Die Zunge schob Schwäche vor, um einen Namen zu geben, der ausgetauscht werden konnte im Kopf und im Gespräch, und Johanna murrte keineswegs, stöhnte kaum und sprach nicht mehr. Der Wille war als erstes gegangen, die Gier als zweites, zum Schluss gab die Kraft nach. Die Tür war leise, sehr leise zu öffnen, am Ende eines langen Flures, nach Erkundigungen über den Zustand der Patientin, die allein im Sterbezimmer lag unter weißer Bettdecke, die nicht mehr isst und nicht mehr trinkt, jeden weiteren Zustand verweigert. Sie ruhte, so sagt man wohl, wenn man nicht weiter weiß, unverkrampft stur ging sie fort und was übrig blieb von ihr, blieb unter uns. Die Härte wich bis zuletzt nicht aus dem Gesicht, aus dieser Starre, mit der sie Anteil nahm an sich selbst, auch jetzt, wo wir an diesem Punkt angekommen sind, wo wir sehen, wie Maren sich über sie beugt, sich Haarsträhnen hinter das Ohr schiebt, hilflos in Anbetracht des nahenden Todes. Johanna hängt am Tropf, bekommt Infusionen, die Schläuche führen unter die Bettdecke. Johanna reagiert nicht mehr, ihre Haut umspannt sie noch, die Augen sind geschlossen, trübe oder leer. Der Nachmittag wirft eine melancholische Handvoll Licht in den Raum, milchig, diffus, die Wände sind auch hier glatt und kahl, das ist der Gedanke, und der Vorhang am Fenster von stumpfsinnigem angerautem Mattorange. Der Stuhl knarrt leise, als Maren mit dem Hintern auf der Lehne vorrutscht, sich näher an Johanna Maria Born heranschiebt, zu ihr, der ausgeflogenen, versunkenen Seele, die nicht mehr greifbar ist, unantastbar, nicht mehr aufzufinden für Gläubige und Atheisten.

Nach ihrer Beerdigung war der Wind der gleiche geblieben, man roch es, aber das Wasser ist weniger geworden, und die Trockenheit nimmt zu. Den Ausweg der Fliege aus dem Flie-genglas hat Maren nicht gefunden. Sie lief lange nicht zu Si-

mon und Frank. Der Mitleser schrieb nach einem gemeinsamen Abendessen, allein der Tod selbst sei unvermeidlich.
Seither haben wir nichts mehr voneinander gehört.

Zitate aus der philosophischen Fachliteratur, Auszüge aus der FAZ, aus der FR, Dokumentationen des Archivs Frauenleben des Main-Kinzig-Kreises, Absätze aus Rudolf Virchows 1852 erschienener Sozialstudie über „Die Noth im Spessart" fanden Eingang in den Text.